今宵酒醒何處

黄朴民 著

岳麓書社·长沙

自 序

在郑重其事、中规合矩从事古代兵学文化研究，苦心孤诣、老眼昏花撰写《中国兵学思想史》《中国兵学通史》之余，我更喜欢写一些闲散冲淡、不登大雅之堂的轻松文字，或怀念师友，或记录随感，或漫议时尚，或回忆往事，因为这类文字比较少一些严肃的学术面孔，多一点真实的至情性灵，这中间的乐趣实在是妙不可言！时间一久，积少成多，遂将它们勒为一编，如今，幸蒙岳麓书社诸位朋友的抬爱，得以付梓面世，能够和更多的读者朋友分享自己的一些心得，实为人生之一大快事！

古诗有云：人生不满百，常怀千岁忧。其实，大可不必这么感慨，这么沉重！在我看来，做人也好，治学亦罢，说到底，不过是两个主题而已：一是“路过”，二是“风景”！

说“路过”，乃是指世上任何人，不管贵贱，不分贫富，无论寿夭，都不过是宇宙中的匆匆过客，都永远跋涉在漫漫的人生之路上，所谓“夫天地者，万物之逆旅也；光阴者，百代之过客也。而浮生若梦，为欢几何?”这中间的意义，并不在于结果，也无所谓结果，而恰恰在于存在，在于行走的过程之中。《周易》中有“既济”卦，这意味着人过了河，我们每个人都随着时间的推移，阅历的丰富，而走向成熟，实现其人生的阶段性目标。一旦有了这样的意识，我们才会感受到自己每一个进步的可贵，体认到自己在滚滚红尘中存在这一事实之本身的价值！

但是，《周易》中还有“未济”卦，这象征着人们永远无法真正过河，人永远会在路上，在永恒的宇宙之中，在永恒的时空之中，个人的命运其实是难以自我掌握的，个人存在的意义无疑是微不足道的，人只能接近彼岸，却永远无法到达彼岸。人，永远要去面对未知的明天，真正的过河永远是那么近在咫尺，但又那么遥不可及！不过，就是这种始终不能真正过河的存在，才给我们的生活赋予了崇高的意义，让我们感受到生命的伟大价值。有了这种心态，我们才会意识到自己的卑微渺小，这样，才不至于稍有成绩便忘乎所以、得意忘形、趾高气扬，让暂时的顺遂或成功冲昏自己的头脑，导致在阴沟里翻船。一个人才会虚怀若谷，戒骄戒躁，锲而不舍，步步为营。

至于说“风景”，乃是指外界万物投射在我们主观意识上的缤纷斑斓、异彩纷呈之印象，借此可以倾诉我们自己对生命的思考，对人生的感悟，对存在的自觉。在这里，“风景”本身是中性的，只是客观的反映，没有对错，没有是非，没有美丑，没有善恶。但是，如果赋予其主观的情愫，则一切都有了生命，有了活力。人对自己所遭遇的“风景”，既要能做到“入乎其中”，同喜同悲，更应该实现“出乎其外”，旷达超然。

我始终认为：我们今天写诗作文，其实都会在自己的文字之中，有意无意地赋予某种哲学层面的沉思。所以，从这个意义上说，我们所有的具有真正性灵意义的文字，在本质上，其努力的方向，理所当然应该呈示一种人生觉悟的象征，成为一种生命现象之矛盾的统一，即感性与理性的统一，崇高与卑微的一致，纯真与世俗的和谐，理想与市侩的协调。正是这种矛盾的对立统一，使得我们自己的文字，致力于描述的生动而鲜活，致力于叙事的亲切而自然。一句话，这样的“风景”，也许残缺，但却真实；抑或遗憾，然而感人。

“人生到处知何似，应似飞鸿踏雪泥。泥上偶然留指爪，鸿飞那复计东西。”作为一名历史学研究者，我更企冀从历史学的视野，来向广大读者朋友展示自己这些小文章中所蕴涵的历史沧桑，文化气象。我的基本看法是，如果能有幸做到，在一定的程度上使我个人的历史痕迹得以再现，能够为渐渐消逝的岁月留下历史的见证，那么，自己的文章即使是存在着诸如文字幼稚、意境平庸的种种不足，那也不再是什么太大的问题了。

“唯有门前镜湖水，春风不改旧时波”，蓦然回首，白云苍狗，树犹如此，人何能堪。但是，回忆不仅仅是苦涩，是怅然，也有怡悦，更有恬淡。无论是青春的景物、青春的放纵、青春的故事、青春的历史，都是往昔的陈迹，都是人生的烙印。所以，收入本书的文章中，我自己最为敝帚自珍的部分，是那些怀念自己的老师、凭吊江山的胜迹的篇什。在这些文字中，我主观上都致力于用平实而客观的笔触，来予以充满感情的描绘，予以富有生命的重现。这其实就是历史的回顾，更是文化的寻根。过去的风景是人们生命的源头，是人们精神的港湾，更是人们心灵的归宿。不管自己今后还会走得多远，也不管自己今后还会有怎样的遭遇，我总是会时不时地回望自己灵魂的皈依之所，梦萦于斯，心归于斯。

总之，我希望借助于笨拙的笔，使自己重新回归到那往昔的岁月，再次走入曾经发生过的个人历史的深处。要知道，历史的意义，归根结底，是要帮助我们弄明白“从何处而来，往何处而去”的终极意义。毫无疑问，每个人都会随着岁月的流逝，而挥手告别曾经的“风景”，日益变得理性，趋于沉稳，对此，我们总是美其名曰走向“成熟”。但是，我们也忧虑地发现，所谓的“成熟”，并非绝对优越，它在让我们“世事洞晓皆学问，人情练达即文章”的同时，也往往使得我们迷失精神上的自我，难觅人性上的本色。换言之，“成熟”了的我们，“世俗”了的我们，往往失去的就是过去的美好“风景”，流逝的就是以往的单纯“性灵”。在当今这个喧嚣的世界之中，我们的生理空间正变得越来越拥挤，可我们的心理空间却是越来越疏远。人情味日趋淡薄，功利心日益膨大。人们本来应该拥有的知耻之心、是非之心、感恩之心和敬畏之心，正渐行渐远，丧失殆尽。

所以，人们在仰头前行的时候，更有必要回首寻觅，找回自己失去的以往，找回自己错过的风景。“慢慢走，欣赏路边的风景”，固然重要；“回头看，带上往昔的梦幻”，同样迫切。在这个过程中，寄托自己的欣然，表达自己的体认，诉求自己的愿景，分享自己的愉悦，交流自己的感悟！

当然，这仅仅是我的一种期盼而已，眼高手低，我有限的才情其实很难达成这样的目标。不过，取法其上，方能得乎其中。虽不能至，心向往之。只要有过努力，那就不会留下遗憾。所谓“尽吾志也而不能至者，可以无悔矣”。

最后，我要再一次感谢岳麓书社的易言者社长、曾德明总编等朋友！其实，朋友之间，感谢一词，还是显得太轻飘了，完全不足以表达我自己此时此刻的真实心情！我想，既然是朋友，那么，最好的期盼，就是大家常有在一起饮酒品茗的机会，唯有如此，方可陶然进入这般意境：

“今宵酒醒何处？杨柳岸，晓风残月！”

是为序。

黄朴民

2017 年 9 月 9 日于北京寓所

目　录

第一辑　天涯萍踪

003 / 历史，究竟是什么？
——宜兰县史馆遐思
010 / 并不轻松的记忆：江华岛之行
016 / “海东邹鲁”：韩国安东之行
033 / 历史魔方：第二次韩国历史文化游述记
044 / 孤单之旅：韩国的秦汉史研究
050 / “多如牛毛”的韩国节日
055 / 洛杉矶掠影
061 / 醉心于布拉格的神韵
065 / 英伦之行速写
073 / 落日亦辉煌
——大英博物馆一瞥
077 / 特里尔的马克思故居纪念馆
084 / 兰亭的御碑

第二辑　雪泥鸿爪

091 / 三十余年的变迁
095 / 大学忆旧

102 / 答辩追忆
115 / 却道天凉好个秋：我的打油诗情结
134 / 一张试卷中的历史记忆
139 / 质朴的仁者：魏老师
144 / 黎子耀教授学述
151 / 两部遗编晋到唐
——忆业师王仲荦先生
159 / 难忘立雪程门时
——追忆拱辰师、昌五师
171 / 魂兮归来：痛悼丁冠之老师
177 / 名镌蒙山脊　德流沂水间
——追怀王汝涛教授

第三辑　羁旅书香

185 / 再读《史记》
190 / 萨孟武的睿智与清醒
197 / 翻“闲书”
203 / 与《史记》结下不解之缘
207 / 读《婺州的老村老房》
211 /《稽山文集》序
217 / 大师的宽容
——读《胡适文存》
222 / 浙江历史文化的“百家讲坛”
——读《浙江历史人文读本》
228 /《礼崩乐坏下的大裂变》之印象
230 /《诸葛亮治蜀与蜀汉政治生态演变研究》序

235 /《中国兵学思想史》为何写，怎么写
242 / 山西历史文化的三个基本特色
——兼谈“山右历史文化丛书”的出版

第四辑 夜读偶记

247 / 学无止境：大学者的学术失误举隅
261 / 南辕北辙：关于研究生培养的断想
272 / 历史学研究中的四个“误区”
279 / 所谓的“历史人物”
283 / 门外说“礼”
291 / 中国历史上的武圣人
300 / 北魏孝文帝改革的历史教训

第一辑　天涯萍踪

历史，究竟是什么？
并不轻松的记忆：江华岛之行
“海东邹鲁”：韩国安东之行
历史魔方：第二次韩国历史文化游述记
孤单之旅：韩国的秦汉史研究
“多如牛毛”的韩国节日
洛杉矶掠影
醉心于布拉格的神韵
英伦之行速写
落日亦辉煌
特里尔的马克思故居纪念馆
兰亭的御碑

历史，究竟是什么？
——宜兰县史馆遐思

2013 年 8 月 14 日下午 1 时许，我的台湾朋友、桃园机场检疫部门王先生亲自驾车，带着我从台北的台湾大学修齐会馆出发，用约 50 分钟的车程，穿越连绵十多千米的雪山隧道，来到位处台湾岛东北的宜兰。

宜兰旧称噶玛兰或蛤仔难，为平埔族噶玛兰族生活之地，由于位于兰阳平原上，因此也称作兰阳地区，1796 年来自漳州的吴沙，带领漳州、泉州及客家子民移民台湾，从淡水沿着草岭古道驻垦兰阳平原和头城地区，继而发展出二城、礁溪、四城、壮围、宜兰城等溪北屯垦区，开拓了宜兰的发展。

宜兰号称台北的“后花园”，面积 2000 多平方千米，人口 40 余万，风光如画，物产殷阜，民风淳厚，人文温煦，是理想的生活憩息之地。

由于只有一个下午的时间，我的宜兰之行采取的是“剑走偏锋”的路线，没有到礁溪泡温泉，没有在龟山岛眺望太平洋，没有探胜太平山森林公园，也不曾在罗东夜市做饕餮之徒。兴冲冲跑去头城镇的兰阳博物馆，却赶上周三闭馆歇业，只能在外面绕走一圈，留个外观的印象，唯一完成的传统项目，就是参观了坐落在宜兰五结乡冬山河风景区内的“传统艺术中心”。

然而，有了对宜兰县史馆的访问，我觉得所有的遗憾、所有的欠缺，实际上都已经得到了弥补，足以给自己的宜兰之行画上圆满的句号，说得上是“不虚此行”了！

宜兰县史馆紧挨着宜兰县政府的左侧，周围绿树成荫，花团锦簇，碧草如茵，暗香浮动，加上溪流潺潺，鸟语婉转，可谓整个宜兰环境文化的一个缩影与象征。

县史馆面积不大，也就1000平方米左右，所陈列的内容也很一般，无非是介绍宜兰历史与文化的来龙去脉而已。在我这样看过罗浮宫、大英博物馆、纽约大都会博物馆、佛罗伦萨乌菲兹博物馆、北京故宫博物院、台北“故宫博物院”的游客眼里，宜兰的县史馆，那真的是一个平凡得不能再平凡的展馆了。

但是，我却觉得宜兰县史馆又是一个留给我印象最深刻的博物馆。

宜兰县史馆的最大特色与最大价值所在，就是它的观众参与性。现在几乎所有博物馆的一个具有共性的问题，也可以讲是一个不小的局限，是它的展示方式局限于展品的陈列，以一大堆文物，配之以一些图片、文字，呈现在广大参观者的眼前。参观者只能用眼睛看，或听取博物馆工作人员的讲解，条件好一些的，或许再加上耳机设备播放馆中所陈列内容的介绍，这实际上造成了参观者与展品之间真正沟通与互动的隔膜，使知识的传播仅仅停留在外在的灌输，而非内在的体验，科学但不艺术生动，接受但不天然融合，无法真正唤起生命中的认同意识，无法真正贯通参观中的物我对应。

而我所见过的宜兰县史馆，却别开生面，引导人们与陈列展品之间进行高明而鲜活的互动，从而穿越表层的历史现象，进入对历史本质的深层思考与感悟。

在宜兰县史馆中，这种参观者与博物馆的互动，最集中反映在展示的结束部分，该环节设置了“历史究竟是什么”的问答专题，希望每一个参观者，在参观了宜兰的历史文化展示之后，能够以小识大，触类旁通，思考并回答一个非常沉重但又无法回避的问题：历史究竟是什么？人们到底是从何处来，又要到哪里去？将一个本该由历史学家或哲学家来解答的命题，让所有参观者来共同提出自己的见解。可以见仁见智，可以郢书燕说，目的是引发思考，在此基础上，尽可能地凝聚共识，认知历史。

为了最大限度地调动和鼓励参观者积极参与互动，最充分地发表自己的见解，宜兰县史馆先是以古今中外著名历史学家有关“历史”认知的文字作为参照坐标，让人们有一个可资参考的维度，如引录了史学家杜正胜先生的名言“历史就是史家与史料之间的对话”等等。

与此同时，宜兰县史馆还特别设置了一个投稿箱，让大家将自己的意见用笔书写出来，投入稿件箱中。馆方定期从各式各样的回答中遴选出有意思的答案，将它们配上回答者的照片、手迹，注明回答者的身份，制作成精美的挂页，陈列在“历史究竟是什么”的专题栏目上。这真是一个富有创见的举措。

我认真地看了一部分被遴选出来的普通人有关“历史究竟是什么”的解答，第一感觉是深深的感动与惊诧。那些答复可谓五花八门、异彩纷呈，充满着睿智，洋溢着幽默，片言只语，尽见机锋，另辟蹊径，弥足珍贵，至少比杜正胜先生的程式化解答生动百倍，有趣得多。现节选部分，与读者诸君分享：

“历史像手电筒，可以照亮灰暗，让我们不会迷路。”（张立奇，宜兰市育才小学学生）

“历史有如悔过书，设法引以为戒，纠正未来的错误。”（林亮昕，宜兰县立凯旋中学学生）

“历史，是一种可以让我们不须穿越时代就可以了解过去的——学习。”（黄晨贤，宜兰县私立慧灯高级中学学生）

这些留言，道出了历史的功用与价值。孩子们已经开始意识到，历史作为人类社会的经验与教训的总结，值得重视，值得借鉴，人不能割断历史，也无法拒绝历史，历史可以帮助今天的人们变得明智，少走弯路，少犯错误。历史是沟通古今的渠道，它似乎无用，然而，无用之用，才是真正的大用。

“历史是一间博物馆，你可以学习到知识，但不能确定都是真品。”（林惟馨，宜兰县中道学校学生）

“历史是人与时间的科学实验，只要滴一滴液体，就出现不同的变化。”（刘宸玮，宜兰县罗东小学学生）

“历史，是生命的雕刻师，凿刻出人类最真实的相貌。”（张欣珮，宜兰县立东光中学学生）

“历史是一道洪流，将上游的智慧冲刷而下，汇集成广阔的知识平原。”（林柔榕，宜兰县立罗东中学学生）

这一类的留言，似乎较之于前一类更为深刻，在充分肯定历史的功能主义的基础上，这些留言的学生已经意识到历史的复杂多样性，认知历史应该抱有历史的怀疑精神，历史的知识固然重要，但它不等于全部的真相；对接触到的大量历史信息，需要去伪存真，去芜取精，否则，就会被历史的虚假信息牵着自己的鼻子走，迷失自我，丧失主体性。要透过历史的表象，进入历史深层次的本相，关注历史的内在规律，感悟其中“不同的变化”。这种历史意识，对孩子们而言，当然是过于深奥的，但是，他们毕竟开始朦胧地意识到了，这显然是难能可贵的。

“历史像擦子的皮屑，擦过就不会重来了。”（关呈羽，宜兰市育才小学学生）

“历史是一幅画，先人打草稿，后人添加色彩。”（张君纬，宜兰市新生小学学生）

“历史，写下曾经的对与错。”（林岂霆，宜兰市力行小学学生）

“历史仿佛是游戏，储存经验值，升等、进步。”（吴沅君，宜兰县立头城中学学生）

这些留言，更是让人读后感慨良多，对这些孩子的历史文化自觉有新的认识。他们已初步进入了历史价值判断的层面，历史的对与错、真与伪、善与恶、得与失、利与弊、美与丑，是否存在？是否合理？这些历史的本质性命题已渐渐成为其思索、讨论的对象。历史的延续性，古今的贯通性，也已变成了他们认知历史的切入点。

尤其令人感佩的是，这些留言的孩子也有了淡淡的历史感伤情怀，开始懂得历史不可能重复，无法重来，过去的也就永远过去了，与其日后后悔，不若当下努力。珍惜现在，其实就是尊重历史。这显然是通过理解历史而把握眼前，立足现实而展望未来。

历史，它不是一种简单的知识机械传承，而是真正的生命自我觉醒、自我升华。这些孩子从这样的起点进入历史，意味着他们是一定能够在自己的人生道路上，书写出一份精彩的历史答卷的。这令人欣幸，更令人鼓舞！

“历史是欲望的战场，情感的坟场，思想的牧场。”（欧阳群，宜兰县立复兴中学学生）

“历史是沙漏中的流沙，时间流下，智慧留下。”（叶承昀，宜兰县立罗东中学学生）

“历史如一列不停驶的火车，火车本无始终，有始终的是乘客。”（郭欣玫，兰阳女子高级中学学生）

“历史是时间铺叙的绝句。文化流转是平，干戈群起是仄，音韵绵长。”（刘明洁，兰阳女子高级中学学生）

当读到上述留言时，我的感觉只有一个，那就是真正地受到巨大的震撼！且不说这些留言比喻的到位，形象的饱满，文字的优雅，情怀的美妙，“文化流转是平，干戈群起是仄”，是何等的生动，“欲望的战场，情感的坟场，思想的牧场”，这又是多么的典范，更重要的是，这些留言充满着哲学的睿智，思维的深邃。“时间流下，智慧留下”，寥寥八字，道尽历史的启示价值；不停的是列车，上下的是乘客，说明历史的终极宗旨。毕竟，历史对人们而言，根本的功能，在于帮助大家体悟生命的意义，认知人与自然之间的内在联系。

人们每时每刻都在有所作为，在实现人生中的阶段性目标。从这个意义上讲，人们每时每刻都已过河，即《周易》中所谓的“既济”，但是，在永恒的宇宙之中，人是非常渺小的，人们费尽心血所取得的那点成绩也是微不足道的。人永远在路上，永远不可能走到尽头，永远无法最终过河，即《周易》中所说的“未济”。人可以了解部分的历史，但永远无法掌握全部的历史；人可以无限地还原本相，但永远无法真正地认知本相；人可以不断地接近真理，但永远无法彻底地拥有真理。历史的睿哲在于它始终在那里揭示这些生命的真谛，这些留言的学生，用自己的心灵感受到这个启示，又用美妙的笔墨婉约地留下这种生命体验的“雪泥鸿爪”，实可谓“文章本天成，妙手偶得之”了！历史对他们而言，已经绝对不是单纯的知识传承，而是切切实实成为了生命的自觉，精神的洗礼。这才是对历史的本质属性的重新发现，也才是对历史的终极价值的最高认同。

从留言人的身份来看，绝大多数是宜兰当地的小学生、初中生和高中生。从中透露了一个重要的信息，台湾的历史教育之普及与深入的程度，早已达到令人钦佩的境界，俨然已成“随风潜入夜，润物细无声”的气象。这毫无疑问是造就台湾民众普遍具有较为深厚的国学功底，气质情操风流蕴藉，举止风度优雅脱俗的重要背景，这就是真正的中华文化，这就是无坚不摧的软实力。另外，这些中、小学生有关历史的认知及其所下的定义，言人人殊，莫衷一是，也恰好表明了，台湾的中、小学生，不必背诵统一的答案，不必遵循教条的引领，而从小就植根于思想自由的天地，浸润于“独立之精神，自由之思想”的良好氛围，没有僵化的侵蚀，于是，自然也不会有长大成人后沦为“脑残”一族的危险。

的确，“历史不定义什么，但你可以从中寻求自己的定义”（高若喧，兰阳女子高级中学学生）。小小的宜兰县史馆，让参观的人们有机会得以叩问历史，感悟人生，拥抱睿智，启迪心灵，这就是它存在的价值，这就是它开门的意义！

并不轻松的记忆：江华岛之行

说起仁川，稍有些世界历史知识的人没有不知道的，之所以会知道，就是因为那场著名的仁川登陆之战。当年，麦克阿瑟指挥联合国大军在此登陆，拦腰切断蜂拥南下的朝鲜部队，彻底粉碎其战略进攻的部署，从而一举扭转了朝鲜战争的局势，堪称战争史上两栖登陆作战的成功典范。

我是以研究历史为谋生的饭碗的，虽说主攻方向是中国古代思想史，但是，对那场影响乃至改变中国现代历史进程的朝鲜战争，也怀有浓厚的兴趣。如今，既然有机会来到韩国访学，那么，亲自到仁川一游，也是内心深处一个挥之不去的心愿，这也许算是读书人的一种通病吧，即，总喜欢凭吊古迹，抒发感慨，如古人所云“人事有代谢，往来成古今。江山留胜迹，我辈复登临”，我一样无法免俗。尽管朝鲜战争早已过去半个多世纪了，而半岛上也还未能完全摆脱战争的阴影，朝鲜的核试验闹腾得大家心里发毛，心情沮丧，但毕竟时过境迁，和平已是主流，合作才为主题，所谓的“如今四海为家日，故垒萧萧芦荻秋”，某些不和谐做法仅仅是支流与杂音而已，是黔驴技穷，难以为继的。

然而，当我真的着手准备寻访仁川战场时，我发现自己的想法过于简单化，一厢情愿，无的放矢。韩国的朋友告诉我，哪里还有当年仁川之战的丝毫痕迹或影踪，有的只是熙熙攘攘的人群，鳞次栉比的建筑，川流不息的车辆，莺歌燕舞的氛围。要想感受当年仁川之战的气息，只能降格以求，到首尔龙山的战争纪念馆。更何况，仁川市有偌大的范围，其地位与管辖的区域，相当于中国的一个省，除仁川地区外，还包括江华岛、席毛岛、乔桐岛、长峰岛、矢岛、舞衣岛、八尾岛、灵兴岛、永宗岛（仁川国际机场就修建在这个岛上）等多个小岛屿。当年战事最激烈的月尾岛，也是仁川辖下的一个小半岛，可那里同样也不复有战争记忆的存在，一旦去了一定会失望，何况对于英语蹩脚而又韩语不懂的人来讲，会感到交通很不方便，实在没有必要兴冲冲而去，郁闷无聊地返回。

当然，仁川还是值得一游的，只是要跳出凭吊仁川之战的心理定式，以单纯旅游的心态来对待它。很显然，仁川是座很有特色的港口城市，一直以来都是韩国的重要门户。港口城市的风情与活力，西海岸诸小岛的美丽与优雅，加上临近首尔的地理区位优势，使它成为名不虚传的旅游胜地。

喜爱韩剧的朋友更应该知道，不少的韩国电影、电视剧都是以仁川西海岸的诸多小岛为外景拍摄地的，如电影《醉画仙》《时越爱》与电视剧《纸鹤》以席毛岛为背景地，矢岛成为电视连续剧《浪漫满屋》《伤心恋歌》的外景地，电视连续剧《天国的阶梯》以舞衣岛为外景拍摄地等等，就是例证。

修正了游览的目标，我决定还是到仁川观光。由于没有了感怀历史的严肃与沉重，完全当作一次简单的观光，心里就有了真正的轻松与真切的愉悦。世间的事就是这样，牢牢抓着，不胜其烦；懂得松手，洒脱自在。

仁川太大，无法全部走遍，只能择其要者一游，据别人介绍，仁川的窗口与代表乃是江华岛，岛上有祭奠大韩民族始祖檀君的摩尼山“堑城坛”，还有许多值得一看的历史文物遗址，如青铜器时代的支石墓、高丽王宫旧址、传灯寺、广城堡等5个古堡、53个墩台等等。韩国人认为，这些古堡与墩台，所展现的是高丽时代历经39年抵抗蒙古入侵和朝鲜王朝末期抵抗西方外敌入侵的要塞面貌。总之，江华岛有历史，有文化，有景致，有格调，游览了江华岛，就等于鉴赏了仁川的精华，触摸了仁川的灵魂。

既然人们都推荐了江华岛，那么我就确定行程，目标锁定“江华岛”吧。

说起江华岛，其实刚到韩国时就曾有机会去览胜的，当时韩国高等教育财团曾组织我们这批访问学者去过一次江华岛，资助形式为“半自费”，即每人交1万韩币，不足部分则由财团包底。可我那天正好有其他事，就错过了这次机会。现在只能由自己掏足额的钱去弥补留下的缺憾了。好在精通韩语的X君也有兴趣去那里一游，正好结伴同行，否则，语言不通的情况下，我恐怕是没有足够的豪情与勇气独自前往的。

5月，一个阳光明媚的星期天，我起了个大早，赶到地铁6号线安岩站，与X君会合，先乘坐地铁转几次车后到达新川，在那里，换乘前往江华岛的专线巴士，又经一个半小时的车程，抵达江华岛的中心——江华郡汽车总站。

在专线巴士上，我和X君临时修正了江华岛一天的旅游计划，决定放弃游览摩尼山的打算，游览比较容易到达的景点。

于是，我们一抵达，第一站就是去参观位于闹市中心的高丽宫遗址。高丽宫原为王氏高丽的王宫之一，王氏高丽王朝为李氏朝鲜王朝取代后，又成为朝鲜王朝的一个别宫，朝鲜王朝衰微后，则降格为“江华留守处”。人间沧桑，物是人非，如今的高丽宫早已没有往昔的荣耀与繁华，仅仅留下一处小小的遗址供后人凭吊。“西风残照，汉家陵阙”，我们只能在这里看到一个王朝的依稀背影。

公元14世纪，李氏朝鲜王朝取代王氏高丽，是朝鲜半岛上的一个重大历史事件，“宋受晋祚，司马遂为废姓；齐受宋禅，刘宗尽见诛夷”，改朝换代过程中，伴随的是血腥的杀戮，残酷的镇压。相传，韩国当今不少的姓氏，如全姓、玉姓等等，原来都姓王，但为了逃避新王朝诛灭九族的追杀，才改换姓氏，苟延残喘，留得一线血脉。当然，作为王氏王朝的核心成员——王室宗族，是没有这份运气的，他们都让新的统治者装上船，被哄骗说是放逐到外岛，行至茫茫大海上后，船只凿沉，葬身鱼腹了。如今，韩国首尔每年都要举行宗庙祭祀大典，我想这只是李氏们的节日，全姓的、玉姓的韩国人应该有另外一种心情、一种感受吧。

参观完高丽宫后，已是午餐时分，我们就在高丽宫附近的一家小饭馆内就餐，每人要了一份大酱汤，味道很特别，与首尔饭馆中的大酱汤有差异，也许这里的才是正宗的。

在进餐时，我们向店主人询问去广城堡的走法，被告知江华岛上公交系统不发达，建议我们包一辆出租车去参观广城堡等景点。我和X君商量，一致认为这不失为一个好建议，就让店主人代我们约车。不一会儿，出租车就驶到饭店门口，店主人与司机用韩语交谈后，告诉我们，司机称可以带我们游历广城堡、传灯寺、支石墓等三个景点，最后送我们回到江华郡汽车总站，开价是5万元韩币。我们觉得价格还算公道，就成交了。

上了出租车，沿着江华岛上狭小但又洁净的公路疾驰，不一会儿就到了著名的广城堡。那是一个面对大海的军事防御要塞遗址，逶迤绵长的城墙，面向碧波万顷的海面，中心堡垒处，陈列着几门铁炮，参访的人流比高丽宫那边明显多得多了。据说它当年曾在抗击外敌入侵时发挥过一定的作用，如今还有纪念碑勒石铭记这段历史。

不过，绝大多数的人来这里，不是来缅怀历史，发思古之幽情的，他们更多是为了在这里享受美丽的景致，放松愉悦自己的身心的。的确，在晴朗的日子里，这里碧波荡漾，海天一色，阳光灿烂，绿树蓝天，让人流连忘返。这也没有什么不对，人总不能老沉浸于对往事的慨叹之中，苍狗白云，历史上的风风雨雨，冥冥中自有定数，有时候真的应看淡一些，释然一些，“山外青山楼外楼，西湖歌舞几时休”，何曾不是一种对历史的旷达！

出了广城堡，回到出租车上，正感到有些口干舌燥，司机师傅似乎是心同此理般从车上小冰箱里掏出两听饮料给我们解渴。两听饮料区区数百元韩币而已，但他的做法，却让我们实实在在地感受到普通韩国民众的纯朴与友好，双方的距离马上就拉近了。

车辆启动，我们向下一个目标——传灯寺前进。途中，司机打开了车上的音响设备，唱了一首韩国歌曲，然后，把麦克风递到我们手上，希望我们也来一曲，我五音不全，且不懂韩语，更遑论唱韩语歌了，只好敬谢不敏。X 君会韩语，且嗓音条件不错，于是就能者多劳，唱了一曲，俪歌相和，给旅途平添了不少的乐趣，就在这样的气氛中，我们来到了传灯寺。

传灯寺是江华岛上最主要的佛教寺庙，也是韩国现存的最古老佛寺之一，于高句丽小兽林王十一年（381）建成，寺内建筑以大雄宝殿的雕刻和丹青最为精致。另一个重要文物，是大雄宝殿对面1.64米高的梵钟，相传为中国北宋哲宗（1097）铸造，原置于中国河南省白岩山崇明寺，钟表面的几何图案精致优美，反映了当时中国高超的铸钟技艺。它后来怎么路远迢迢来到江华岛，文字介绍语焉不详，只能阙疑。

那天是星期天，寺内游人如织，香火旺盛。四处张灯结彩，且挂有鱼的模型。韩国的佛寺格局与日本相近，灯笼高挂，鱼为吉祥物即为标志，这与中国的寺庙有所不同，似乎多了一层喜庆的色彩。看来，宗教传入各国后，都会形成自己的特色。

游览完传灯寺，本应该到最后一个景点支石墓，但司机在车上临时提议，说免费多跑一程，带我们去参观朝鲜王朝哲宗的外舅家。我们欣然同意，并再次感受到了他的热情。

哲宗外舅家是一处普通的韩国民居，据说，哲宗少年时曾蜗居此处，就像当年西汉宣帝那样有一段流落民间的生活，对民间疾苦有比较亲切的了解与认识，本当有所作为，可惜他登基时朝鲜王朝已进入衰微的晚期，他有心无力，无法振衰起弊了，历史上并未听说他有多大的作为。

行程的最后，是参观江华岛上的支石墓遗址，韩国人对此很自豪，并把它申请为世界文化遗产。不过，在我们这些考古外行人看来，实在不觉得有什么让人心旌摇曳的地方，不就是一大片地上供一块石枝搭建的墓椁而已。我想，绝大多数人的感受是和我一样的，来此处参观的人寥寥无几也许就是证明。

当然，优秀东西的价值不是人人都能认识到的，所谓“外行看热闹，内行看门道”就是这个道理。总之，精英与大众的审美观就是不同，谁让我是凡夫俗子一个呢！

“海东邹鲁”：韩国安东之行

位于韩国东海岸庆尚北道的安东郡，号称韩国的精神文化之都，而它之所以能够荣膺这个尊贵的头衔，乃是因为那里是韩国历史上最杰出的儒学大师李滉（号退溪）的故乡和讲学地，也是迄今为止，全韩国范围内，浸染儒教文化最浓厚，保持传统文化最完整，反映民风世情最纯朴的一个地区。

在现代物质文明高度发达，整天面对着灯红酒绿、纸醉金迷、无穷诱惑的今天，为了化解膨胀的物欲、消减内心的骚动、缓释生活的压力、回应心灵的困惑，人们在尽情享受着文明带来的各种成果的同时（最热爱传统的人在这方面也是“口头革命派”，绝不会放弃更便捷快乐的生活方式的），也不免频频回过头去，向传统寻觅自己安顿精神、寄托情愫的方法。

这种价值取向的潜移默化、感化挹注，使得儒学文化保存最好、社会秩序一片和谐、民风习俗古风犹存的小小安东，成了许许多多韩国人心目中的“圣地”，被称誉为“海东邹鲁”“邹鲁之乡”，并进而夸张成了所谓的“韩国精神文化之都”！

孔夫子有云：“天子失官，学在四夷。”百多年的反复折腾下来（尤其是那一场史无前例的“文化大革命”），我们自己国家的儒学传统早已是气若游丝，奄奄一息了。近几年来，虽然有不少人在那里为振兴所谓的“国学”大声疾呼、摇旗鼓噪，但实际上多是做表面文章、虚应故事，场面不乏热闹，效果堪可存疑，在很大程度上不过是一种“文化作秀”而已。

倒不如人家韩国，不事声张地保持和光大着真正纯正的儒学精神。机构祭宗庙，学界祀孔子，家庭敬祖先，老老实实、规规矩矩、有板有眼地一件件做；社会讲秩序，人际序尊卑，交往重礼貌，脚踏实地、身体力行、润物无声地一步步走。将过去的老师远远地抛在了身后，成了“后进于礼乐，君子也”的典范。而安东则是这方面的一个样板。

这样的样板，自然很值得专程去实地考察一番，要知道，“礼失求诸野”，这本来就是“孔圣人”的遗训。而作为访问学者，我们最大的好处就是“清闲”，有的是空闲的时间供自己自由支配。猎奇的心理驱使加上有闲的时间保证，促使我们向这一年访学研究的资助方（我们私下称呼为“衣食父母”）——韩国高等教学财团——提出申请，希望追加“安东历史文化考察”为我们这些学者“韩国历史文化旅游考察”项目中的一项活动。财团理解大家的意愿，很痛快地答应了大家的要求，并积极提供了各方面的便利条件，于是乎，一次美好愉快的安东历史文化旅游便顺利成行了。

洋溢人性的佛教遗迹

严格地讲，我们这次安东之行，并不拘囿于安东一处，还包括了对其毗邻的荣州郡地面上诸多历史文化遗产的观摩参观，同时，文化考察的具体对象，也不局限于儒家文化的范围，还顺便捎带着参观了诸多佛教寺院。《孙子兵法》上讲“以迂为直”，所以，关于这次安东之行，我们还是从外围说起，在上儒教这道“正菜”之前，先看看当地的佛教文化。

佛教在韩国影响极大，据统计，其信众几占韩国信奉宗教人数的一半左右，多达1000余万，与基督新教、天主教教徒平分天下。所以，佛教寺院遍布韩国各地，像庆州的通度寺、石窟寺、佛国寺，大邱的桐华寺，首尔的开运寺，江华岛的传灯寺，牙山的修德寺等等，就是笔者本人曾经探访过的著名佛教寺院。这次到荣州与安东，考察对象中同样少不了佛寺，原先计划到三处，即荣州的浮石寺（一名无量寺），安东的清凉寺、凤停寺，后因天降大雨，道路湿滑，临时取消了爬山登临清凉寺的方案，最后只到了浮石寺和凤停寺两所。

与此前参观过的通度寺、传灯寺、佛国寺、修德寺等寺院相比，浮石寺与凤停寺并没有什么独到之处，其格局、其规模、其建筑，大同小异，看过一处，其他寺院的模样几乎可以类推想象。可是，这两座寺院还是给我们留下了比较特殊而深刻的印象。

这种特殊印象，不是来自于它们的建筑风格或规模气魄，说实在的，论气势的雄伟，论景象的壮阔，它们根本无法与国内的许多寺院相比，而是由于它们身上所附丽的历史故事，使得其少了充满神圣的崇高，而多了富有人性、洋溢温馨的亲切。

荣州浮石寺和安东凤停寺的创建，据说都与新罗文武王时期公元7世纪的高僧义湘大师有关。相传，义湘大师年轻时曾经渡海到中国大陆修学研习佛教理论，其俊逸的风度、睿智的谈吐、非凡的学识、宽厚的为人，使得一位名叫善妙的年轻女子芳心相许，对他萌生出刻骨铭心的敬慕乃至挚爱情愫。义湘大师是僧侣，但也是男人，人非草木，孰能无情，同样对善妙的一往情深有所触动。然而，僧俗相隔，终究难以跨越雷池，互表衷曲，一段美好无瑕但又归于绝望空寂的至真情感，只好深深地埋藏在彼此的心底。

数年之后，聪慧的义湘大师深谙佛理的精妙，修学有成，于是打点行装，准备重返自己的祖国。“黯然销魂者，唯别而已矣。”（江淹《别赋》）由于担心离别之际触景伤情，出现彼此伤感、无法自已的情况，他毅然决然地保密行期，悄然离去，“悄然挥手作别，不带走一片云彩”。

等善妙得悉义湘不辞而别、返回故国的消息时，她多年来压抑郁结的满腔激情终于似火山一般爆发了，再也无法保持少女的矜持，再也顾不得一切，发疯似的奔跑到大海岸边，只希望将自己的真情实感尽情地向所挚爱的人倾诉。可此时此刻，早已是“孤帆远影碧空尽”，哪里还有义湘大师的踪影！善妙痛不欲生，万念俱灰，遂一了百了，纵身跳入波涛汹涌的大海，用自己年轻的生命为这份无望的爱情殉葬。

故事还远远没有完结。殉情身亡的善妙其魂魄化作了一缕精灵，远涉重洋，悄然来到了韩国，暗地里追随在义湘大师的左右。而义湘大师本人回归自己的祖国之后，则锁住记忆的闸门，开始筚路蓝缕、披荆斩棘，全身心投入兴建寺院、弘扬佛法的事业。

在这个过程中，他与一恶魔相遭遇，双方短兵相接，进行了一场殊死搏斗，就在交锋最激烈的关头，眼见义湘大师力不能支，渐渐处于下风，善妙的精灵忧心如焚，遂化作一块巨石，从高高的空中飞速落下，将那恶魔砸死，拯救了义湘大师的生命，并为义湘修寺弘法扫清了障碍。

由于这块巨石的缘故，位处荣州地界的这座寺院就被称为“浮石寺”，以纪念善妙与义湘的那一份情缘。浮石寺建成后，义湘感慨于世事的变幻，感激于善妙的挚情，决定为善妙美丽的灵魂超度。他的超度方法很是别致，既非焚香馨祝，亦非诵经祷告，而是用洁白的纸折叠成一只栩栩如生的凤凰，并向碧蓝澄澈的天际放飞。希冀善妙的灵魂附丽于这只特殊的凤凰，随着她飞越那浩瀚的海洋，回归到自己的故土。

天高云淡，和风习习，这只白色的纸凤凰徐徐升空，飞向远方，飞呀飞，“五里一徘徊”，但终于不忍永别义湘所在的这块热土，最后停落在安东境内的一个地方。义湘大师追随而至，就在纸凤凰飘落之处兴修起一座新的寺院，这就是驰名全韩国的“凤停寺”的由来。

很显然，在闻名全韩国的佛教古刹浮石寺、凤停寺的身上，依附着一个美丽哀怨、委婉凄恻的爱情故事。佛门清净之地，居然津津乐道一桩超越时空的男女之情，这在我们国人的眼里，恐怕多少有些出人意表，匪夷所思：善妙少女怀春，情迷意乱，有辱闺秀之风；义湘六根不净，心旌摇动，简直有“花和尚”之嫌疑。

然而，韩国的民众却没有这种“冬烘”僵化的观念。在他们看来，这不仅不是佛门的耻辱，反而应该是一则崇高而美好的佳话。义湘“发乎情而止于礼”，令人敬佩；善妙“问世间情为何物，直教人生死相许”（金代大诗人元好问词句），更使人唏嘘不已！所以，他们在介绍这些寺院的历史之时，总是坦坦荡荡、光风霁月地渲染这个故事，感动各位游客。还在凤停寺寺院内专门兴建了一座供奉善妙的庵堂，使这段感天动地的爱情绝唱永远伴随寺院，悠悠传播四方。

这样的境界，所透露的恰恰是韩国佛教中尊重人性、承认人情的价值取向，它不是高高在上、不食人间烟火的道德训诫，而是亲切平和、善解人意的心灵契合。而正是这种平民化、世俗化的亲和力，才使得人们对它趋之若鹜，拥有了无数的善男善女信众。

儒教文化博物馆

当中国大陆学术界仍在对儒学的性质是“学”还是“教”，做无谓的笔墨之争的时候，人家韩国人可是要爽快多了，早早地把儒学升格成为了儒教。的确，孔圣人曾经说过“必也正名乎”，“名不正则言不顺，言不顺则事不成”；“悠悠万事，唯此为大”。先正了名再说，不必在概念名词上兜圈子，闹腾得云山雾罩，乌烟瘴气，使寻常民众嘀咕困惑，无所适从，“无所措手足”！

安东是韩国儒学的中心，自然也是韩国儒教的圣地。人文荟萃，名流辈出，乡校犹存，书院林立。地方当局清醒地认识到自己这种独特的文化资源和文化优势，始终把保持和弘扬儒学文化精神作为当地社会建设与管理的一项重要举措来抓办落实。

安东儒教文化博物馆的设立，就是其文化战略实施过程中的一个主要环节。

其实，重视儒家文化，也不是安东特有的现象，韩国各地都一样。像荣州绍修书院就附设有绍修博物院，宣传表彰的中心内容也是儒教，供奉的也是孔子、朱熹以及李滉、周世鹏等中、韩两国的儒学代表人物。但是，就布展场面的宏大、布展内容的丰富、构思设计的缜密、宣传力度的强化而言，还得首推安东。而如果想在比较短的时间里了解和认识韩国的儒教文化，最佳的选择，就是走访参观当地的儒教文化博物馆。

安东儒教文化博物馆是由韩国国学振兴院创立的，2006 年

6月才正式开张，是迄今为止韩国国内唯一一家专门的儒教博物馆。它是一座颇具特色的四层楼建筑，据介绍，其总面积为2675平方米，除收藏库与共同设施外，纯粹用于展示的实有面积为1886平方米。

安东儒教文化博物馆为所有参观者提供了亲身体会韩国传统文化的核心——儒教文化的机会。它规模不算太大，但布展主题鲜明、构思巧妙合理、内涵相当丰富，更重要的是，它具有显著的特色，即十分注重儒教的实践功能展示，而不过于拘泥儒教的理论性质罗列，呈现出平民化、通俗化、世俗化特征，形象生动，具体亲切，这正是韩国儒教文化自身特有民族个性的集中体现。

儒教文化博物馆共有八个展厅，其中六个普通展厅和两个专题展厅。无论是普通展厅还是专题展厅，其重点展示的内容都是以儒学的社会实践活动为主体，而不是着重于儒学理论形态的介绍。

在普通展厅中，除了第一展厅“相识儒教”的布展简明扼要地展示了东亚地区的儒教年表，介绍儒教文化的形成发展过程（这当然是以韩国儒学发展演变的源流与学脉为重点），其他的五个展厅，都是儒教具体而微的实践行为再现。如第二展厅“儒教与修养”，介绍的是儒教实践论出发点（通常所称的“功夫论”）的具体方法，通过实践场所模型“五伦村庄”以及《活人心方》等途径，使儒家一贯倡导的修身养性主张有了十分形象的展示。第三展厅“儒教与家族”，集中展示的是作为儒教文化共同体实际基础的传统家族文化之方方面面，使有关家族形成、维持及分化的历史得到相当完整的体现，“冠、婚、丧、祭”等礼仪形式及其实施过程有了形象的说明。第四展厅

“儒教与社会”，反映的是儒教在韩国社会生活水银泻地、无所不在的指导及其影响，像构成士人一天生活的动作模型，用韩纸工艺模型绘成的“书堂”与“乡约”，书院教学模型，科举制度解答等等，几乎无所不包，一览无遗。第五展厅名曰“儒教与国家”，主要展现儒教在政治现实中的作用及其表现。在这里，我们可以清晰地看到反映国家与儒教礼仪之关系的《王世子入学图帖》，可以了解到朝鲜时代官僚制度的各个方面，同时还能通过现代化的视听设施环视古代韩国的宫殿建筑艺术。

很显然，安东的儒教文化博物馆，其重点不在于具体诠释和展示儒教的基本学理，而是立足于介绍儒家原理如何在社会日常生活中的渗透和发挥影响；不是理论的概括和总结，而是实践的体现与真切感悟。它让所有到这里的参访者，不必以仰视、膜拜的心态去远远观望高不可及的儒教原理，而能够以平视、融合的姿态去亲近具体生动的道德教化，从而巧妙地去掉圣人大贤与凡夫俗子之间有形无形的生疏和隔膜，让儒教传统的传承与实践，真正成为人们生活中的一部分。毛泽东曾经说过：让哲学从哲学家的课堂上和书本中解放出来。而安东儒教文化博物馆的布展宗旨，所体现的精神，恰恰与毛泽东的理念不谋而合，殊途同归，这倒是一件很有意思的事情。

在中国思想发展史上，知难行易与知易行难始终是诸多学人激烈辩驳、莫衷一是的重要命题。如果拿中国国内的儒学文化传承与韩国安东的儒教文化博物馆的学术旨趣做一番比较，我们可以发现，中国的做法似乎更侧重于“知”的层面，把儒学儒教当作学理探索、研究的对象，执着于梳理儒学的理论体系，阐发儒学的微言大义；而韩国的情况则有所不同，他们更为关心和重视的，是促成儒家学理教义的平民化、社会化，在实践操作的层面上，努力实现儒教基本原则的具体生活转换。前者可以说是文化的“大传统”，而后者则似可归入“小传统”的范畴。两者各有所长，亦各有其弊。

没有“大传统”做坚实基础，“小传统”就会流于平庸、浅薄，没有“小传统”作为支撑，“大传统”就会陷入孤立、僵化。不过，就我个人而言，我更为欣赏韩国的“小传统”做法。因为只有在千千万万胼手胝足的小人物都充分感化挹注于儒教精神、高度认同于儒教基本价值的情况下，那些精英们的“大传统”才能够获得最广泛的群众基础，才可以注入新鲜活泼的勃勃生机，才能使儒学真正成为人们日常生活中的思维模式和行为方式。否则，躲隐于象牙塔里，一心一意钻故纸堆，那只能是被我们的社会边缘化。用流行歌曲的歌词来形容，就是“当孤单已成为一种习惯”，其结局必定会是“一个人的精彩”了！

风声雨声中的书院

安东（也包括其毗邻的荣州）作为韩国儒教文化的中心，象征之一，就是书院。换句话说，人们提起安东，首先联想到的，就是那里许多著名的书院——绍修书院、陶山书院、屏山书院……从某种意义上讲，安东是韩国的“书院之乡”。

绍修书院地处荣州，是著名大儒周世鹏当年教授学生儒家学问的地方，从大范围说，它也可以纳入“安东书院文化圈”之内。

屏山书院，其前身是丰岳书堂，李氏朝鲜壬辰卫国战争时期著名大儒、曾经在朝廷里担任过宰相之职的柳成龙一度在此处讲学。其去世后，他的弟子们将它改造发展为屏山书院，用来供奉柳成龙的牌位，并进行四时的祭祀。目前存在的主要建筑有福礼门、晚对楼、东斋（高年级学生的宿舍）、西斋（低年级学生的宿舍）、入教堂以及供奉柳成龙牌位的尊德寺。

该书院在公元 1863 年受赐朝廷颁发的“屏山”匾额，至今仍高高悬挂在那里。这说明，跟咱们中国一样，韩国古代的士子（即今天所谓的“知识分子”），也都怀有与朝廷庙堂攀关系、套近乎的热切愿望，都以沾受“圣上”的雨露恩泽为自己无上的光荣与骄傲。没有办法，普天之下，儒生士人很少有不想进入体制与主流而成为专制国家机器上的一颗“螺丝钉”的。而自己一旦贴附上了这张“皮”，那也就只能出主入奴，充当现存统治秩序的辩护士和吹鼓手了。“吃人家的嘴软，拿人家的手短”，这是时代的局限，也是读书人的悲哀！

在安东，最有名气的书院当然首推陶山书院。这不是因为它的规模比其他书院来得大，而是指它的来历最不平凡、最不简单：它是一所由韩国儒家第一人李滉（李退溪）亲自兴办的书院。

陶山书院面对碧波荡漾、清澈纯净的安东湖水，左、右、后三面为郁郁葱葱的松树林所环绕，清幽寂静、空山鸟语，确实是一方静心读书、修身养性的胜所。其主要的建筑物，有当年退溪先生教育指导莘莘学子的陶山书堂，受业弟子居住的陇云精舍，以及退溪先生去世后，其门生弟子陆续增建兴修的典教堂（讲堂）、尚德寺（供奉和祭祀退溪先生及其高足月川、赵穆的牌位之所）、光明室（珍藏退溪先生遗墨手迹与其他重要儒家典籍之处）、东西斋（学生宿舍）、试士坛（举行“陶山别科”考试的场所）、藏板阁（收藏“陶山十二曲”刻板）等等。

李退溪在韩国历史上的地位，有如中国历史上的孔子，甚至还要更高——韩国最常用的面额1000元的纸币，就是以退溪先生的肖像做图案的。无论是在生前，还是在身后，李退溪都极受朝廷与广大民众的尊奉，于是他当年的讲学场陶山书院也几乎变成了一个儒教的圣地，备受褒扬和推崇。李氏朝鲜王朝宣祖八年（1575），当时最著名的书法家韩石峰秉承国君之命，为陶山书院专门题写了匾额，从此，陶山书院也被人们称之为“赐额书院”。这样的殊遇和荣耀，在韩国众多书院里属于独一无二。

古代韩国的书院，其主要功能有两项：一是课徒授教，二是祭拜典祀。自从近代西方教育体制被引入韩国之后，书院的第一项基本功能便渐渐从历史舞台上消逝，至今已不复存在了。但是，它的第二项功能——祭拜典祀，却依旧在延续。

毫无疑义，书院是韩国社会中保存和发扬儒教文化的大本营。它用儒学的基本原理教育和培养了一代又一代的士人。既为国家政权输送了大批熟悉儒家典籍、秉承儒家传统的行政管理人才，又为社会提供了众多从事儒学教育、推广儒家文化的普通知识群体，为儒教文化在整个韩国社会的全面推广与弘扬光大奠定了坚实的基础。而它平时以儒家礼仪程式为行为准则的各类祭祀活动，也为整个公众社会提供了儒教文化实践上的具体范式。从这个意义上讲，没有书院的薪火相传、一脉维系，就不会有今天韩国社会儒教文化的普遍存在。

正是由于这个缘故，书院在韩国历史上曾经盛极一时，蔚为大观。据相关资料显示，在李氏朝鲜王朝后期，全国各地大大小小的书院居然多达1000余所。这几乎是一个让人咋舌的巨大数目。要知道，当时整个朝鲜王朝的辖境，包括今天的韩国和朝鲜，也不过是20万平方千米左右而已，因此，说当时的朝鲜乡乡都有书院，近乎遍地开花，人人埋头苦读，处处弦歌不绝，也不会有任何的虚饰和夸张。韩国的儒教文化之昌盛，于此亦可以管中窥豹、一叶知秋了。

不过，就像今天中国高等学校疯狂扩大招生带来数不清的后遗症的情况一样，韩国当年书院过多过滥，也不可避免造成一些弊端。据相关资料介绍，其主要原因，是入书院研读的士人可以蠲免赋税徭役。书院过多，导致生产第一线的青壮劳动力严重流失；而众多士人免赋免役，又使得国家府库收入骤减，财政运作左支右绌，捉襟见肘。

此外，我个人还有一个大胆的推测（套用法律的名词，即审案法官的“自由心证”）：全国各地书院过多，直接的结果是符合做官条件的士人数量以几何级数迅速增长，可是，朝廷和地方所能提供的官职却是一个萝卜一个坑，毕竟相对有限。于是遂使得相当多数量的士人丧失了顺利入仕为官的渠道（就如同今天国内大学疯狂扩招，导致大批本科生、研究生毕业无人问津，工作一职难求，整天坐居愁城、一筹莫展的情况一样），根本看不见升官发财的光明前景。“万般皆下品，唯有读书高”，这时却再也“高”不起来了。

要知道，能够进入“采菊东篱下，悠然见南山”这种境界的读书人实在属于凤毛麟角，“风声雨声读书声，声声入耳；家事国事天下事，事事关心”固然不错，但立足点还是先落在个人利益上。所以，“僧多粥少”的结果可以预知，一旦读书人失去了通畅的入仕途径，那么，他们就会成为游手好闲的一群，就不免无事生非。所谓“儒以文乱法，侠以武犯禁”（《韩非子·五蠹》）的现象便在所难免。待在家里就不免怨天尤人，舞文弄墨，讥讽领导；聚在一起就不免大发牢骚，议论政治，指斥朝廷，给社会政治的稳定和统治秩序的和谐带来不怎么“稳定”的因素。

“天下有道，则庶人不议。”基于增加赋税收入、改善国家财政状况，尤其是有效消除读书人放言清议、批评时政以致破坏社会稳定等因素的考虑，大院君曾在 19 世纪后期下达命令，撤销了全国 1000 多所书院中的绝大多数，只象征性地保留了寥寥几十所书院。当然，像安东的陶山书院、屏山书院以及荣州的绍修书院这些龙头老大式的样板书院，都是在保留之列的。看来，任何事物的发展都得有个限度，过多过快总是会走向自己的反面，即便是像书院这样的儒教文化传承基地，其存在和发展，也不能违背这个一般的规律！

即便如此，韩国民众对他们的书院文化还是充满着自豪乃至自傲的情绪，尤其是前些年孔子第七十七代裔孙孔德成到韩国安东访问后，挥毫留下“海东邹鲁”“邹鲁之乡”等题词的举动，更让他们欣欣然，有些喜不自胜、忘乎所以了，认为儒教文化的传承与弘扬独独在韩国一地了，大唐衣冠、汉官威仪也只有在韩国的土地上才可以得到再现！

在屏山书院，一位韩国当地中年妇女在尽义务向我们介绍了屏山书院的历史沿革、书院的基本功能以及书院文化在韩国社会生活中的作用与影响之后，又有意无意向我们提出了两个问题，一是询问我们怎么看待孔子第七十七代裔孙有关安东为“邹鲁之乡”的评价与期许？二是提问中国现在是否还有书院，情况怎样，中国人又怎么看待书院文化？

我们这些中国教授并不笨，她的潜台词当然听得出来，她无非是暗喻你们中国早已自动放弃了书院的优良传统，书院文化只是在韩国独得其大，独得其传。这当然是韩国人特有的韩国式“自大与自囿”（南开大学王先明教授语），很难让我们这些参访者苟同。于是，我们告诉她，由于种种原因，书院文化在中国，虽然不如韩国这样的普及，但是并未绝迹。事实上，具有千年以上传承历史的长沙岳麓书院、庐山白鹿洞书院、河南嵩阳书院、睢阳应天书院等等，“其气势与规模、其文脉与神韵，又怎得几个小小的绍修书院、屏山书院可比”（王先明教授语）。

不过话虽这么说，与韩国民众对儒教文化的真诚与呵护相比，我们自己对祖宗留给我们的文化遗产的忽视和怠慢也是不争的事实，即便是岳麓书院这样的书院典范，在今天似乎也成了旅游资源，以每年门票收入达千万元之巨而沾沾自喜。“人必自侮，然后人侮之！”所以，与其厌憎与责怪人家的自大与自囿，倒不如老老实实地反省自身的不足，清醒地看到自己和人家的差距。我们必须明白一个最基本的道理：讳疾忌医、故步自封、坐井观天、夜郎自大，永远是一个民族进步的大敌与崛起的罩门！

歧路彷徨：儒教文明向何处去

平时读报看资料，知道韩国基本上已经实现了现代化，而现代化的主要标志之一，是城市人口的剧增和农业人口的锐减。就以韩国为例，它整个国家的城市人口已占全国总人口的百分之九十以上，而广袤辽阔的农村地区的人口，则不到全国总人口的百分之十。在人口结构上，年轻人绝大多数都涌入了首尔、釜山、仁川、大邱、大田等大、中城市，而留守农村故土的，只是一些老人与妇孺。

这种理论上的印象和概念，只有亲身到农村地区走上一回，才能获得感性具象的证明，这次安东之行，就提供了这样的一个机会。

驱车在奔赴荣州、安东的高速公路上，丘陵绵延起伏，绿树成荫，田野平坦，宛如绿色的绸缎；河溪弯绕，恰似亮丽的彩带。细雨蒙蒙，空气中飘浮着沁人心脾的清香；云霭沉沉，林木丛传递来清脆悦耳的鸟鸣。但就是一路上很少见到车辆和行人，即使是在十分著名的河回民俗村参访，偌大的一个村子里，也没见几个当地的村民出没其中，“落红满路无人惜，踏作花泥透脚香”（杨万里《小溪至新田》），真的让我们有了一次远远离开城市的喧闹，亲近自然本色的机遇。

“万里归船弄长笛，此心吾与白鸥盟”（黄庭坚《登快阁》诗句），从更深的层次去思忖，我们也多少明白了一个道理：建立在农耕文明、自然经济基础上的儒教文明，也只能与安东这样的环境和氛围取得和谐、取得契合。它的悠然自得，它的诚实纯朴，是根本无法适应日趋喧闹、充满竞争的当代社会生活的基调和节奏的。据韩国高等教育财团的朋友行前介绍，安东乃是韩国全国范围内经济最不发达的地区之一。我们驱车经过安东的闹市区，发现他们所说的的确是事实，一座城市的大街两侧，都是比较简陋的二、三层楼房子，没有摩天入云的高楼大厦，也没有灯红酒绿的巨大诱惑，一切都是那么的质朴和自然，一切都是那么的安详和宁馨。入安东的饭馆就餐，当地最有名的一道菜“安东煮鸡”，其分量之大，其价格之低，都叫人有些难以置信！不能不为安东人的重义轻利、古道热肠而喟叹不已！这一切，往好处讲，是田园牧歌式的宁静，而朝坏里说，则是老牛破车式的落伍！

在安东地区，有不少保持着完整的儒教传统的宗宅，比较著名的有重建于 1929 年的李退溪宗宅，老山金氏礼安派嫡裔居住的乌川遗址，朝鲜王朝时期著名学者鹤峰金城一的鹤峰宗宅，位于河回民俗村之内的柳成龙宗宅（忠孝堂）和柳云龙宗宅（养真堂），以及我们这次游览安东期间入夜下榻的聋岩宗宅等等。

这些宗宅就像是沉默不语的证人，伫留在那里作为民间社会传承儒教文明的纽带和象征。典型的民族建筑风格，大量的先辈遗物，叠床架屋的典籍图书，珍贵稀罕的手迹草稿，让参观者感受到的是扑鼻而来的书卷气。在其长满茵茵芳草、盛开绚丽鲜花的庭院中伫立片刻，你便可以暂时忘却人世间的烦心之事，为自己得以回归心绪的安宁，找到自然的本色而滋生出由衷的欣幸！

可是，如果再追问自己一句，真的在这样的环境里长年居住，使“山气日夕佳，飞鸟相与还，此中有真意，欲辨已忘言”这一境界成为现实，你愿意吗？恐怕其答案只会是否定的。是的，人可以留恋过去，却永远无法退回到昨天；人可以抱怨现实，却永远不会放弃了今天。这是一个悖论。

再一个悖论是，难道儒教文化传统的保持和弘扬，就得以牺牲经济的发展和繁荣为前提或代价，就像今天韩国安东的局面一样？要纯朴就必须闭塞？要优雅就必须滞后？尽管在我们中国人看来，安东地区的农村已经相当发达了，早够了我们常说的“新农村”标准，然而，就韩国全国范围而言，安东的的确确是处于经济发展的下游位置。这样，儒教文明对于安东又究竟有多少意义（这同样是给那些整日嚷嚷要在中国推行儒家王道政治的人物出了一道难题）？是否应该睁眼看世界，忍痛割舍它，使自己更快地融入时代的滚滚潮流，走出一片全新的天地?

是“率由旧章”，抑或是“器惟求新”? 这的确是一个问题!

历史魔方：第二次韩国历史文化游述记

基于让受邀赴韩访学的亚洲各国学者更多了解韩国的历史，培养对韩国文化传统的好感，增进彼此的交流与理解的目的，韩国“SK”集团属下的“韩国高等教育财团”，每年都要组织三次“韩国历史文化旅游”活动。这类活动，不但期待和欢迎访问学者本人积极参加，而且也允许其家属陪同出席（如果活动举行时他或她的家属恰好正在韩国“逍遥”的话），全程免费，轻松享受，教人充分感受了活动主办方的办事魄力和待客热忱。

这其中，第二次文化旅游活动一般安排在每年的 4 月份，地点是距离首尔不远的忠清南道（大约两个小时的车程），时间为一天。这也算是多年一贯制了。至于活动的项目，则有 4 个（按参观顺序排）：一、游览瑞山市云山面龙贤里的瑞山摩崖三尊佛像；二、凭吊礼山郡德山面柿梁里的忠义祠；三、参观德山面境内的修德寺（有的游览资料中又称为寿德寺，估计是手民的误植）；四、瞻仰牙山市盐峙邑白岩里的显忠祠。

在这四项参访活动中，第二项与第四项无疑是重点，至于第一项与第三项，更多是属于陪衬而已。忠义祠祀奉的是著名志士尹奉吉的英灵，显忠祠纪念的是朝鲜历史上伟大民族英雄李舜臣的殊勋。所以，我们这些中国访问学者私底下把这次文化旅游活动称之为“接受韩国爱国主义和革命传统教育之旅”。

2006—2007 年度的“韩国高等教育财团”访问学者的第二次韩国历史文化旅游，定在了 2007 年的 4 月 28 日。那天清晨 6 时，我和一同寄寓于高丽大学“IFH”馆的其他 4 名中国学者，抓住公鸡尾巴赶一大早，匆匆下山，到安岩乘坐地铁 6 号线到新堂转乘地铁 2 号线，直奔位于江南驿三的“韩国高等教育财团”大楼，在那里与其他同期国内及亚洲各国学者会合。上午 8 时，装载我们这些人的大巴准时发车，向忠清南道方向疾驶而去。

乘坐在舒适洁净、宽敞明亮的豪华巴士上，享受着财团为大家预先准备的早餐——紫菜包饭（韩国人做任何事都是那么的细心认真，简直可以用“无微不至”四字来形容），观览着车窗外美丽如画的山山水水，真的是心旷神怡、其乐陶陶。

时间在不知不觉中很快过去，一个多小时后，我们来到了第一站。下巴士走上一段不算太远的山道，眼前出现的就是“瑞山摩崖三佛像”。

“瑞山摩崖三佛像”或许在韩国有一定的名气，因为韩国旅游发展局印发的“韩国旅游指南”也把它列为重点的观光景点，大力推荐。不过乍的一看，却让我们这些曾经领略过洛阳龙门石窟、大同云冈石窟、敦煌麦积山石窟以及乐山大佛、大足石刻风采的中国学者不免有些失望：这瑞山摩崖三尊佛像也太不显山露水了！中间的本尊佛如来立像，仅仅有 2.8 米高，左侧的观世音菩萨立像和右侧的半跏思惟立像则更是低矮，分别只有 1.7 米和 1.66 米，而在四周空旷原野的巨大背景衬托之下，这些佛像看上去似乎又低矮了一大截。

关于它们的建造时期，好像也是一桩混沌不清的公案，“韩国旅游手册”上称：“据推测（请注意“推测”两字，这等于是拍脑袋、凭想象给历史文物断代，毫无可信性），是百济末期的7世纪初建造的。”而当地现场的文物展示牌上的介绍文字，则说其建造时间相当于中国魏晋南北朝的北魏时期，又提前了一二百年的时间，其实这是更没有谱的说法。即使是北魏时期的文物，在我们中国人眼里，也算不得什么稀罕东西，这样档次的文物宝贝，泱泱中华大地上可是多得去了！

“朝国旅游手册”指南上还说：“从三尊佛像的满面笑容（这种笑容又被誉为百济的微笑），便可以看出当时百济人和谐浪漫的性格。佛像根据光线照射角度不同，笑容也略有不同，当时百济人的雕刻艺术之高，由此可见一斑。”这段说明文字也同样有点儿大言炎炎的味道，至少我们数十号人看了许久，谁也不曾看出“笑容略有不同”的任何端倪来，更无法形成所谓“雕刻艺术之高”的印象。

当然，瑞山摩崖三尊佛像也有它的特色，一是观音是男身，这符合佛经上的原始记载，也表明佛像建成的历史不会太短（韩国其他地方的观音造像跟中国一样，也是女身）；二是佛如来等三像无威严、一本正经相，没有高高在上的样子，而呈示出和蔼亲切、食人间烟火的形象，有比较浓厚的人文色彩，说它是“百济的微笑”也不是没有一星半点的道理，这多少给人以亲近自然的感觉。尽管如此，韩国人把它列为国家古迹第84号（类似于我们中国的全国文物重点保护单位），虽说是高度重视对自己历史文化遗产保护的体现，但是另一方面也显得有些夸张，用一个不尽恰当的词语来形容，就是“小题大做”。

礼瞻瑞山摩崖三尊佛像结束，大巴士又把我们拉载到纪念韩国现代著名抗日义士尹奉吉的忠义祠。

尹奉吉，号梅轩，韩国忠清南道礼山郡人氏，1908 年 6 月 21 日出生，是家中五子二女中的长子。据称他 19 岁时便参与以反抗日本殖民统治为宗旨的“农村复兴运动”，为日本殖民统治者所不容，故于 1930 年辗转流亡到中国。1932 年 4 月 29 日，尹奉吉携带水壶模样的炸弹，悄悄潜入日本人在上海虹口公园举办的天长节兼战胜纪念祝贺仪式现场，孤注一掷，伺机实施爆破，当场炸死日居流民会会长河端与日本占领军白川司令，重伤多人（看来这炸弹威力颇不小呀），自己则视死如归，当场被捕。当年 5 月 25 日，日本人在上海军法会议上判处尹奉吉死刑，并于同年 12 月 19 日执行。是年，尹奉吉 25 岁，韩国人称之为“壮烈殉国”。1945 年，韩国摆脱日本殖民统治独立建国后，尹奉吉的遗骸被迁移回韩国本土，以国民葬仪式安葬于首都汉城（今称首尔）的孝昌公园之内。

在广大韩国民众的心目中，尹奉吉是典型的抗日爱国义士，不折不扣的民族英雄，所以敬仰有加，纪念不辍。礼山郡的尹奉吉忠义祠，就是在这么一种高涨的全民爱国热忱氛围中，于 1968 年隆重兴建的，当时的大韩民国总统朴正熙曾亲自参加竣工仪式及义举纪念活动。1972 年，尹奉吉忠义祠被正式指定为韩国第 229 号史迹及第 568 号宝物。此后，忠义祠又经过多次修缮、扩充，遂形成了我们今天所见到的格局和规模。

目前的忠义祠是一座庞大的建筑群体，主要的纪念处所有：供奉尹奉吉灵位的本殿、尹奉吉出生后曾居住 4 年的生家（光显堂）、4 岁时移住直到其 23 岁流亡中国前所居住的成长家（抵韩堂）、纪念馆、十一景图室、尹奉吉语录碑、纪念塔、纪念碑、包袱商遗品展示馆等等。

这中间，纪念馆是整个纪念建筑群的重点，它陈列着 56 种尹奉吉的遗物，并免费赠送韩、英、中、日等多种文字的尹奉吉事迹介绍手册。让我们中国人感到特别有意思的是，这里面还很郑重其事地展出了当时的中国领导人蒋介石先生（浙江奉化人）的题词：“壮烈千秋。”仔细一想，蒋介石这么做也并不奇怪，他在早年也曾奉其上司陈其美（浙江湖州人）之命令，在上海广慈医院残忍暗杀了光复会领袖、辛亥革命功臣陶成章（浙江绍兴人），对暗杀的行为有“同情之理解”和天然的亲切感，尽管他的行为与尹奉吉的暗杀义举在性质上根本不同，但毕竟采用的手段实有一致之处，这叫作“惺惺惜惺惺”。

尹奉吉刺杀日本侵略军司令的做法，站在饱受日本殖民统治苦难的韩国人民立场，无疑是正义合理的，在当时也起到了打击日本侵略者嚣张气焰、振奋韩国抗日义士斗争精神的作用，韩国人建造忠义祠加以纪念，褒奖和弘扬其反抗侵略的爱国情操也理有固宜。

然而，历史的吊诡与逻辑的悖论是，今天却有人（恐怕为数还不少）又把巴勒斯坦人用人体炸弹与以色列人作斗争的行为，看成是恐怖主义，这就多少有些矛盾了：以色列侵占巴勒斯坦土地，使得大批巴勒斯坦民众沦为难民，颠沛流离，与当年日本人侵占朝鲜，搞殖民统治，在问题性质上是基本相似的，巴勒斯坦人要赢得自己的合法权益，自然有权力自由选择自己反抗的斗争方式和手段，在正面无力与强大对手交锋，打“堂堂正正之阵”情况下，这手段就很难把似乎“下三滥”的“人体炸弹”的选择排除出去。尹奉吉在上海虹口公园搞爆炸，情况颇为类似，如果说，当年尹奉吉的爆炸行为是义举，那么，今天巴勒斯坦人的做法同样是可以理解了，甚至是“无可厚非”了；一样的道理，如果指认今天巴勒斯坦人的行为为“恐怖主义”，那么，当年尹奉吉的做法似乎也难逃搞“恐怖活动”的嫌疑，而显然，这是我们所根本无法接受的，韩国人民更绝对不能同意。总之，“恐怖主义”的“恶谥”绝对不能任意定性，随便套用，更不宜厚此薄彼，否则真的会像是李零教授所说的那样，是“恐怖主义一锅粥”了（见《中国历史上的恐怖主义：刺杀和劫持》，载《花间一壶酒》）。

我在参观“忠义祠”过程中得到的一个深刻感受，是日本侵略者在推行殖民统治时所体现出来的手法上的“狡狯”与“精明”，这不是简单视之为“妖魔”所能够解释的，而恰恰是大恶似善，大奸似忠！

对尹奉吉义士的爆炸行为，死伤惨重、深受巨创的日本侵略者当然是恨入骨髓，咬牙切齿，照其本意，是巴不得将“肇事者”五马分尸、千刀万剐才甘休，然而，将尹奉吉生擒活捉后，他们的政治“理性”还是暂时压倒了生物“兽性”，并没有搞“株连九族”“祸及全家”式的清算，在韩国当地的尹奉吉亲戚似乎并未因此而锒铛入狱、杀身成仁，即使是对尹奉吉本人，也不曾搞“从重从快从严”式的判决，更不曾有“千刀万剐”“五马分尸”式的酷烈，而是经审判程序（哪怕仅仅是装模作样而已），几个月后按正常的枪决方式执行死刑（纪念馆展出的尹奉吉被枪决的照片上，其双眼被黑布蒙上，这是中规合矩的枪决方式）。

更加让人万分诧异的是，尹奉吉被执行死刑之后，其随身物品，包括怀表、私人印章、皮夹、钱币、亲友照片等等，均由日本当局仔细收集保管，然后完整无缺地送还给在韩国的尹奉吉家人。这比起我们当年“文化大革命”大浩劫中对待自己同胞张志新之类的惨无人道（又是性侵、又是割喉），至少在表面上似乎要“文明”一些。

这当然绝对不是日本殖民者的“良心发现”或“仁慈厚道”，其蛇蝎心肠、狼心狗肺的本质是毋庸置疑的。这只是表明，日本殖民者在统治手段运用上的的确确相当老到，充满“狡猾阴毒”，有意降低血腥镇压的调门，软硬两手双管齐下，镇压“怀柔”各显神通，以化解或至少减低殖民地人民的反抗决心，为维系自己的殖民侵略的长远、根本、全局利益做有利于自己的策略选择。

历史的意义在于不断地进行思考和反省，对日本侵略殖民罪行的声讨和斥责，假如仅仅停留在简单化地发泄义愤的层面，那是幼稚的冲动，也是无济于事的对策。只有真正认识了其包藏的祸心与狡狯的伎俩，才能够透彻说明问题，做到有的放矢、鞭辟入里。

这次韩国历史文化旅游的第三站，是参观距离忠义祠不远的修德寺。

修德寺，是韩国佛教禅宗曹溪宗系统的一座普通寺院。韩国 4000 多万人口中，信奉佛教的多达 1000 多万，占全国总人口的四分之一强，所以，像绝大多数韩国的佛教寺院一样，修德寺的香火也很旺盛。我们去时，寺院里正张挂着无数个彩色灯笼，似乎是在为每年 5 月份佛诞节的届临营造和烘托喜庆吉祥的气氛。

不过，那一天使我们留下比较深刻印象的，却不是寺院内的香烟缭绕，信众如织，大殿巍然，古木森森，而是在它的山门上悬挂着一块题书为“东方禅宗第一寺院”的大匾额，这确实有些突兀，足以让人惊讶。修德寺固然有些气派，可是称之为“第一寺院”未免也太夸张了点，比起中国普陀山的普济寺、杭州的灵隐寺、宁波的天童寺（它们也是佛教禅宗系统的寺庙），修德寺实在是望尘莫及（至少在面积、建筑、雕塑等硬件方面），可是我们的邻居韩国人就根本不管这些，自以为是第一就是第一，典型的妄自尊大（2006 年 10 月第一次韩国历史文化旅游时，我们在釜山附近的通度寺也看到过类似的大话，什么“国之大刹，佛之宗家”之类，叫人浑身上下起鸡皮疙瘩）。这种自恋傲慢，其实透露的恰恰是其骨子里的相对自卑的信息。韩国什么都好，民风淳朴、社会有序、家庭和谐、生活安康，就是狂妄自大、老子天下第一这种心态，叫人有些难以苟同，不敢恭维。

第二次韩国历史文化游的最后一站，是瞻仰位于牙山市的纪念朝鲜王朝时期抗倭名将、民族英雄李舜臣将军的显忠祠。

我们游览显忠祠这一天，恰好是一年一度的显忠祠祭祀日，这一天显忠祠免费开放，参观者络绎不绝，摩肩接踵。韩国高等教育财团选择这个日子组织我们前来参观，一方面可以让我们更真切地感受到韩国民众热爱历史、敬慕英雄的热烈场面，另一方面也可以节省 50 多人的门票费，尽管门票费才区区 500 元韩币一人，对偌大财团而言，连九牛之一毛都谈不上，这也显示了韩国人办事的风格，该花的钱出手大方，毫不吝啬，能省的钱则该省便省，不必为面子的光鲜去充当冤大头。这一点，颇值得国人借鉴和效仿。

显忠祠是专门供奉忠武公李舜臣将军影帧的祠堂。李舜臣（1545—1598），系李氏朝鲜王朝中期的著名将领，曾在“壬辰倭乱”中统率以“巨龟船”为主力（韩国人称李舜臣主持建造的“巨龟船”为世界上最早的铁甲舰，又是一项世界“第一”的纪录）水师，多次大败由丰臣秀吉率领的日本入侵军队，最后英勇牺牲，壮烈殉国。韩国民众为了纪念这位叱咤风云、精忠报国的民族英雄，兴建了显忠祠予以祀奉。

进入显忠祠后，我们不禁为其恢宏的气势、肃穆的氛围所震撼。整个场所占地广袤，建筑庄重雄伟，布局谨严气派，繁花似锦，绿树成荫，森然肃穆，气象万千，反映出李舜臣在历代韩国民众心目中的崇高地位，这景象，这架势，是尹奉吉“忠义祠”所无法比拟的。如果说，“忠义祠”是“奇兵”，那么，“显忠祠”就是“正兵”，典型的“正正之旗”“堂堂之阵”。可见，在绝大多数韩国人的内心深处，所认同的是，从正面杀败敌人，让对手缴械认输，是比那种依靠暗杀手段打击敌人似乎更有价值、更上台面的事情。

在参观显忠祠的过程中，我们也再一次领教了当年日本殖民统治者镇压控制殖民地手段的“狡诈奸猾”。据显忠祠管理处提供的相关背景资料介绍，在李氏朝鲜王朝末期大院君擅政阶段，朝廷曾正式下令废止“显忠祠”（这让人想起“人必自侮，然后人侮之”这句古训，无怪乎朝鲜会遭遇亡国的惨祸了）。今天我们所见到的“显忠祠”，乃是1935年由当时的东亚日报等机构团体发起，重新修建而成的。

众所周知，当时的朝鲜半岛正处于日本殖民侵略者的铁蹄统治之下，即所谓的黑暗“日据时期”，东亚日报等机构要修建和恢复“显忠祠”，在没有获得日本殖民侵略者的默许认可的情况下，是根本无法想象的。换言之，显忠祠的重建，某种程度上是在日本殖民统治者的允许乃至暗中支持的背景下进行的。这些日本小鬼子居然“天良发现”，允许韩国民众建祠纪念自己的民族英雄（这个英雄当年还打败过日本历史上的大枭雄丰臣秀吉，也可以算是日本的“世仇”了），这的确有些出人意表，匪夷所思！

这种行为、这种“气度”，的确让人多少觉得诧异愕然。尽管其动机也许是为了缓和与广大韩国民众的尖锐对立，稳固自己的殖民统治，是“黄鼠狼给鸡拜年，不安好心”，但是，其手法上所表现出来的圆滑老练，我们不能不予以认真的对待，对日本殖民统治者这种统治手段上的特点，我们有必要重视，绝不可托大轻忽。要知道，敌人的可怕不在于他的张牙舞爪，而在于他的绵里藏针，笑里藏刀的敌人远比赤膊上阵的敌人来得危险！的确，学做“愤青”，简单发泄，固然痛快淋漓，但这其实往往是傻子发飙、太监自慰，徒然让对手在私底下笑话而已！

当然，日本人的这种招数，也不是他们自己的发明，而应该说是从乾隆皇帝那里学来的，“依样画葫芦”而已！当年，乾隆皇帝在大搞血淋淋的“文字狱”，用“硬”的一手弹压住汉族民众的反抗情绪的同时，也开始表彰那些在明清易代时为明王朝尽忠死节的仁人志士，对史可法、张苍水等人追赠美谥、举行厚葬，用“软”的一手消弭汉族民众的对立意识，甚至进而麻醉汉人，笼络人心。恩威兼施、文武并用、刚柔相济、双管齐下，终于大致摆平了满汉民族的尖锐对立（至少在表面上如此），反映出其极其娴熟精明的统治魄力与手法。日本人长期以来以中国为师，自然很了解并欣赏乾隆的思路和做法，亦步亦趋，在李舜臣“显忠祠”兴废上的态度与处置，可以明显地看到这种痕迹。必须说，这并不让人觉得诧异！

另外，令人感到有些遗憾的地方，是一些韩国人历史观上的小家子气。而小家子气往往会使得历史的客观真实性受到一定的伤害。这一点，在显忠祠的布展陈列中同样有所反映。在显忠祠遗物馆陈列与介绍文字里，只有李舜臣和朝鲜王朝军队的事迹，而只字不提及当时大明王朝派遣大军驰援朝鲜，双方携手共同抗击日寇的历史实情，让邓子龙老将军和众多的中国将士白白为之血染疆场，奉献生命了。这当然是很不公允的！我们并不要求人家铭记我们的恩典，结草图报，但也不赞成隐瞒历史的真相，抹杀了历史上那些英烈们的伟大贡献。

再一点，就是某些刻意的“去汉化”做法也值得引起关注和进行批评。1935 年兴修的显忠祠，祠名用的是汉字，前些年显忠祠重新修缮，旧祠被迁移至院中的一角，代之而起的，是用韩文书写匾额的“显忠”新祠。这种做法，呈示的仍是愈演愈烈的“去汉化”趋势。虽说这是人家韩国人自己的自由，毋庸我们多置喙，多批评，但是这种现象看在我们这些中国人的眼睛中，也多少有些不尽自在的滋味涌上心头了！

孤单之旅：韩国的秦汉史研究

在韩国高校，历史学教学与研究大致可以划分为三大板块：一是韩国历史，二是世界历史，三是历史教育及其方法。

这中间，第一模块“韩国历史”自然是主体，长期以来的附庸、藩属地位，加上五六十年被日本殖民统治的悲惨现实，让韩国民众普遍变得敏感，极其容易激动，屈辱记忆唤起的是民族自尊心理的极度反弹（这恐怕多少是自卑情结的另类表现形式），于是寻找自己历史上任何值得一提的亮点，连蛛丝马迹也不放过，甚至夸张到以自己为世界历史的中心。

这只要看看各地历史博物馆陈列的“统一新罗示意图”“高丽王朝全盛图”，就可以留下深刻的印象了。在这些地图上，“新罗”“高丽”的疆域居然包括了中国的东北三省、山东半岛、长江三角洲、内蒙古等地，实在令人“佩服”某些韩国学者的“想象”与“勇气”。而《朱蒙》《大祚荣》《渊盖苏文》等一系列历史剧作品，更是不遗余力宣传古代大韩民族的“伟大”“光荣”，弘扬其民族主体意识。这样，便有了“高句丽”猛将射伤唐太宗眼睛，使其伤重不治之类的“情节”虚构。历史意识“大胆”如斯，真让人有如观看“荒诞剧”，变得无话可讲。在这种大众民族历史“认同”大氛围之下，“韩国历史研究”成为其整个历史学的主体，也就是顺理成章、板上钉钉的事情了。

第三模块“历史教育及其方法”，其性质类似于我国的历史学师范教育，主要是培养初中级学校的历史教学的师资，重点是传授一般历史知识，进行历史教学方法的训练。在这个类别里，学术研究不是具体的任务与目标，对各种学术动态与进展，只需要有所了解和及时引入就可以了。在某种意义上，它是韩国历史学的基础，发挥着普及历史常识的作用，营造尊重传统、尊重文化的浓厚氛围。

应该说，将历史教学从历史学研究中独立出来，是可取的做法。毕竟研究是极少数历史学者的职责，不必太多的人大呼啦一拥而上，更有必要的是注重历史的大众教育与社会普及。这一点，颇值得中国历史学界借鉴：要尽可能跳出“精英”意识的窠臼，而不该把历史研究与历史教育混为一体，须知道，中国虽大，却没有太多的饭碗可供数以千万计的“专业历史学者”拿捧！

第二模块“世界历史”，又分“西洋史”与“东洋史”。在国立首尔大学、高丽大学、延世大学等韩国著名高校中，所谓的“史学科”，其实指的就是这一模块（韩国史、历史教育又分别设有“韩国史科”和“历史教育科”）。中国历史研究，属于“东洋史”的重要组成部分。而在“中国历史研究”领域里，又区分为“上古”（先秦至隋唐）、“中古”（宋元明清）、“近现代”（晚清至当代）等不同阶段。

详今略古，关注近现代，也是韩国的中国史研究的基本特色，因此，相形于近现代史的相对活跃，中国古代史研究要冷清得多。而同为中国古代史研究，以宋元明清为主体的“中古”史研究，又稍有点生气，至于“上古”史，则真正地处于

“门庭冷落车马稀”的尴尬境地。

秦汉史是所谓“上古史”的一部分，即使在中国本土，其研究现状也颇不乐观。这主要是由于史料的相对阙如，多年探讨主题的烂熟，可谓几乎到了“题无剩义”的地步。尽管随着居延汉简、睡虎地秦简、银雀山汉简、马王堆帛书、里耶秦简、张家山汉简等简牍材料的发现，研究上史料依据问题略有改善，但整体上仍缺乏后劲，日薄西山也是不争的事实。

这种情况当然也会折射到韩国史学界的“秦汉史”研究领域，其整个研究状况陷入严重的不景气，乃是毫无疑义的。秦汉史研究队伍凋零殆尽，后继乏人；高校秦汉史教授岗位长年空悬，递补无期（高丽大学史学科就是明证）；秦汉史研究成果寥若晨星，乏人问津。这种状况表明，在当下的韩国，秦汉史研究已步入严寒的冬季，且有如“王小二过年，一年不如一年”的趋势！

据我观察，韩国的秦汉史研究之所以深陷这样的窘境而不能自拔，原因是多方面的。首先，是对韩国而言，中国的秦汉史与其实在是太缺乏交集了。在其他断代，中国的历史与韩国历史颇有交集互动的地方。如隋唐时期的渤海国问题，新罗、百济、高句丽与隋唐王朝关系；宋元时代的宋丽关系、元丽纠葛；明清时期的李氏朝鲜与明、清政权的恩怨情仇，都是历史研究中无法绕开的症结。相反，秦汉时期，由于史料阙如，两国的交往与互动，则明显缺乏具体内涵。尽管有“普州太后许黄玉”之类的传说性材料，但毕竟混沌一片，很难成为专家们关注的焦点。

学术同样是功利的。一个国家对他国历史的关注和研究，理所当然也要基于本土的立场，研究主题的选择，也自然会考虑到与本国的利益关系亲近疏远的因素。秦汉史既然于韩国历史主体性定位可有可无，味同嚼蜡，那么，虽然不至于将它完全取消，但是任其自生自灭、一蹶不振也就是很寻常的现象了。

其次，也是更为重要的，是韩国的秦汉史研究在研究主题与研究手段上，似乎走入了一条越来越狭窄的胡同，自我封闭，孤芳自赏，从而加速了自己在学术圈子里的边缘化。

我们知道，研究秦汉史的人的最大困惑，在于史料的极其有限。一部《史记》、前后《汉书》，加上《东观汉纪》《汉官六种》《三国志》以及《淮南子》《春秋繁露》《盐铁论》《潜夫论》《白虎通义》《全两汉文》等等，几乎成了研究这段历史的主要家当。在这种背景下，要推进研究、超越前贤又谈何容易！近年来，简牍材料的发现，尤其是张家山汉简的面世，总算是给濒临衰微的秦汉史研究打了一支强心剂，让研究者又可以在极其有限的空间稍稍施展一下拳脚。

韩国的秦汉史研究者当然也明白利用简牍材料来延续研究生机的这层道理。存亡继绝，迫在眉睫；悠悠万事，唯此为大！于是乎，他们趋之若鹜，争先恐后，把释读和利用简牍材料作为自己秦汉史研究的中心任务，如醉如痴，乐此不疲，形成了当下韩国秦汉史研究中的唯一一道风景线。

他们这样做的初衷当然没有什么错。当年王国维就曾说过，“古来新学问起，大都由于新发现”，故有孔子壁中书出，后有汉古文家之学；有赵宋古器出，而有宋以来古器物学、古文字学。近现代史学领域的新开拓，也大都与新资料发现与运用息息相关，甲骨学、简牍学、边疆史地学、敦煌学的兴起并成为显学，均无例外。所以，韩国秦汉史研究者致力于运用新简牍材料深化研究，大方向无疑正确。但是，问题在于，他们在具体做法上，走向了极端，完全矫枉过正了。常言说，真理越过一步，便成了谬误。他们所犯的，就是这类形而上学的过错，进入了唯简牍为上的思维误区。

具体来说，韩国各地大大小小的秦汉史学者，都把秦汉史研究，等同于读《张家山汉简》一件事情，而在读《张家山汉简》时，又只读其中的《二年律令》，至于《盖庐》等材料，则是无人关心的。我曾参加过在淑明女子大学举行的每月一次的秦汉史学术月会，主题就是一个，逐期释读和讨论《张家山汉简》中的《二年律令》的简文，月复一月，别无他例。与会者人手一册中国文物出版社出版的《张家山汉简》普及本，一条简一条简读下来，再叽叽喳喳讨论一番，忙乎几个钟点，就做这么一件事。

在这样的学术生态之中，任何韩国秦汉史研究者都没有了其他的选择，只能是一本正经地一哄而起释读《二年律令》，否则，就等于是没有“预流”，自绝于这个学术圈子（也真的是小得可怜）！我相识的金珍佑博士，原来侧重于两汉政治史研究，学位论文写的是“昭宣时期汉王朝政治生态嬗变”，可现在早已是尽弃旧业，以昨非而今是的姿态，一头扎进《二年律令》之中，企冀所谓的“预流”，以争取获得这个小小圈子的认可。

不过，问题在于《张家山汉简》固然重要，“二年律令”对深化推动汉代法律史研究固然意义显著，但它毕竟不能等同于秦汉史研究的全部，更无法取代或笼括秦汉史其他研究领域。而韩国的秦汉史学者置大量丰富的秦汉历史内容于不顾，以释读研究《二年律令》为秦汉史研究的唯一对象，很显然是挂一漏万、自我设限的做法。表面上，这是对中国秦汉史学界学术热点的亦步亦趋，积极“预流”，可实际上，却是狭隘封闭，关上门后的“一个人的精彩”，其遭遇冷落，被社会边缘化乃是可以预料的结局。

毕竟，由于语言、文献、视野、交流等各种条件的限制，即使是专搞《二年律令》，他们所能取得的成绩也是比较有限的，很难超越中国甚至日本学界这方面的研究水平。既丧失了研究的主体性，又缺乏了研究的多样性，攻其一点，不及其余，“螺蛳壳里做道场”，自娱自乐，无怪乎韩国的秦汉史研究之路会越走越狭窄，看不见隧道尽头的光亮，成了真真切切的“孤单之旅”。要知道，世上是没有人乐意为这种钻牛角尖式的学问“买单”的，韩国秦汉史研究的前景，未卜也能知晓！

“多如牛毛”的韩国节日

到韩国访学一年，最深刻的感受之一，是韩国人的节日真多，简直多到了“泛滥成灾”的地步。

韩国人的节日多，只要有名目，就设定一个节日，然后全民共享过节的快乐。“土”节乃是“国粹”所在，自然多多益善，于是，春节、中秋节、清明节、重阳节，一个不落，统统要过；国家认同、民族凝聚是立国之本，一样不可或缺，于是，开天节、光复节、独立节、显忠日，纷至沓来，欢欣鼓舞；“洋”节是与国际接轨，不可闭关锁国，于是，圣诞节、复活节、情人节、万圣节，粉墨登场，共享快乐；亲情珍贵，家庭重要，维系和谐温情自是必有之义，于是，又有了儿童节、母亲节、父亲节，再加一个有韩国民族特色的父母节。

“和谐”的本质是为了追求平衡，妇女不可忽略，这样一来，就有了妇女节；可难道男人就该边缘化？结果，便听说又多了个男子节。宗教又不单单是基督教、天主教，这么多的佛教徒怎么办？搞个平衡，那就来一天“佛诞节”。劳工神圣，因此，劳动节是不可少的；教师伟大，所以，教师节是必须过的。至于军人、农民、商人是否有属于自己的专门节日，我对韩国国情了解不多，不敢肯定，但按常理推断，应该也是不会缺席的。

这些节日，有的是法定的公休假期，如圣诞、中秋、春节、元旦、佛诞、复活、开天、显忠等等；有的则不是，像儿童、父母、情人诸节。但是不论放假与否，一遇节日，就欢快庆祝，尽情放松，则是一致的。一次，我认识的几位中国留学生计划登临南山首尔塔，结果到了那里，发现是人山人海，根本无法搭乘上山缆车，只好很郁闷地打道回府（太懒，爬山也费不了很多力气）。原来这一天是儿童节（5 月 5 日），属小朋友的天下，不弄清状况，贸贸然跑去，自然只能是铩羽而归了。5 月 8 日晚上，我按日常作息时间外出散步，发现满大街都在出售鲜花，许多人提着小花篮、小花盆来来往往，行色匆匆。我心想大概又在过什么节了。果不其然，向韩国友人一打听，原来这一天是父母节，子女们送鲜花给父母，报答养育之恩。

韩国的节日按特征，又可以区分为公众性与私密性两种。像“圣诞”“开天”之类的节日，属于前者；而“中秋”“春节”之类的节日，则属于后一种。我个人觉得，韩国人更重视的是后一类的节日。“中秋”“春节”作为最重要的节日，不但放假时间长（整整三天），而且还有吃年糕、打饼之类的习俗配套（民以食为天）。更重要的，是它们的宗旨为家庭团聚，即在这两个佳节里，住在首尔等城市的人们，或搭乘飞机、火车、巴士等公共交通工具，或驾驶私家车，都要回到自己的农村老家（韩国人口百分之九十在城市，留守在乡村的大多为老者），全家团聚，祭祀祖先，慎终追远，敬本报始。

我也由此想到，尽管西风欧雨早已鼓荡韩国，现代文明早与韩国社会血肉相连，但是，在骨子里，韩国还是很传统的，传统的家庭伦理观念牢牢植根于当代韩国人的心坎里；眷顾家人、珍惜亲情、孝敬父母、光宗耀祖始终是其最重要的价值取向与生命自觉。对“中秋”和“春节”的特殊重视，反映的正是韩国民众的这种集体民族意识。

从更深的层次考察，每年过这么多形形色色、光怪陆离的节日，其实应该是韩国人特殊的精神风貌写照，体现的是他们豁达大度的人生态度、幸福平和的自然意识，同时也呈现了他们热情执着的生命追求本色、痛快淋漓的移情放空心理。

大多数韩国人并不是太有钱，他们也要挣钱养家糊口，也要追求更富裕更体面的生活。可是，他们并没有一头扎进钱眼里去，更注重的是中国道家所倡导的生活境界（尽管绝大多数韩国人不知道老、庄究为何物）：“全真葆性，不以物累形。”所以，星期天街头大大小小的商铺大多打烊，关门大吉，原来人们多是爬山踏青去了。为了潇洒放松，人们宁可放弃生意不做，也不愿锱铢必较，天天陷入为钱忙累之中。至于正儿八经的公休节日，自然更是解放自己，使自己享受轻松自由的好机会，绝对不会错过。所以，我认为，韩国人这么热衷于过节，闹腾出这么多的节日名堂来，恐怕潜意识里乃是为自己轻松生活、自在逍遥寻找合理的借口而已！

初到韩国的国人得注意，像春节、中秋这样的日子里，你最好别出门上街，那时候街道上必定是空荡荡的，大大小小的商肆也必定是“铁将军把门”，你到街上闲逛，只能是呼吸空气，触摸孤寂。我自己就有这样的经历，中秋节那天傍晚，想和一位中国留学生一起吃顿饭，结果愣是走了好几个街区，才找到一家不打烊的小饭馆（我估计很可能是由来韩国淘金的中国东北朝鲜族人经营的），不至于空着肚子回住地。

平和的反面是热烈，这就像火与冰一样混杂交织在一起的矛盾统一。既内敛又外向，既沉淀又发泄，韩国人过节也呈现了这种鲜明的对立。5月7日至5月9日，高丽大学所在的首尔城北区举办“阿里郎艺术节”。我闲着无事，就与几个中国学者结伴去看热闹。9日那天下午，天下着雨，我们冒雨来到现场，只见一大群中老年妇女，加上少量的中老年男士，身穿雨衣围着舞台观看表演。台上的人则打着雨伞，手持麦克风，在强烈的音乐伴奏下，引吭高歌。一人唱完，就下台当观众，台下观众高声喝彩，以示捧场。接着又有人从观众群里招摇亮相，登台接力，继续表演。如此轮番上场，就像是一场大型的卡拉OK大赛。

看着风雨中那些中老年妇女洋溢着热情与痴狂的脸庞，看着她们随着音乐歌声而不自觉扭动的身躯，我突然明白了，原来所谓“阿里郎艺术节”，其实是给那些长年让家务纠缠得十分辛苦的中老年妇女——“阿祖妈”们，一个放松心态、宣泄情绪、重温青春的机会。毕竟，节日不仅仅属于年轻人，也属于曾经年轻、依恋昨往的她们这一群！可见“阿里郎艺术节”在韩国诸多节日里，虽是一个不怎么起眼的节日，但同样富于丰厚的文化内涵，同样反映了韩国节日的本质特征，因为对于生活中日益边缘化的韩国中老年妇女来讲，它意味着“生命中的不可承受之重”！

不过，《孙子兵法》讲得在理：“无所不备，则无所不寡。”《道德经》说得高明：“多则惑，少则明。”韩国社会生活中节日多，本来是一种很好的文化传统，是维系传统、凝聚人心、拥抱世界、和谐社会的强大黏合剂、推动力，是韩国民众自信、乐观、旷达、优雅精神风貌的集中展示。可是到了“多如牛毛”的程度，却未免有些夸张了。节日太多，也难免会产生“审美疲劳症”。尤其过节总是要有破费，快乐固然美好，轻松固然愉快，可荷包变扁，则多少是美中不足。在经济这根魔杖面前，人人都无法彻底免俗。尤其是在金融危机降临的情况之下，人们更是有理由调整心态，收敛自己的快乐！

因此，近些年来，有些比较注重现实，比较在乎荷包的年轻人对过“中秋”“春节”这种“出血”多多的节日，渐渐有了“恐惧”乃至“抵制”情绪。据韩国的报章载报，眼下有些年轻人开始以“工作忙”为托词，而不愿在“中秋”“春节”等节日里返回老家与家人团聚。这虽然是少数现象，却是一种重要的征兆，说明在现代快节奏、高强度的生活方式冲击下，传统的维系正越来越面临着挑战。

当然，在可以预见的将来，韩国的节日还是会“多如牛毛”；而韩国人呢，也会继续从这些大大小小、林林总总的“节日”里，安顿他们的心灵，释放他们的情愫，充实他们的人生，维系他们的传统！

那么，还是让我们对广大亲切善良的韩国民众予以最美好的祝福吧：节日快乐，万事如意！

洛杉矶掠影

美国西海岸的洛杉矶，号称美国的第二大城市。当下，美国的 NBA 球队一共也就三十支队伍，可洛杉矶一个城市就拥有了两支：洛杉矶湖人队与洛杉矶快船队，这也多少从一个侧面，显示出洛杉矶的特殊地位。

不过，洛杉矶留给我的印象似乎并不怎么样。它没有圣巴巴拉的澄净，没有波士顿的典雅，没有明尼阿波利斯的从容，是我们 2008 年美国四城之行中相对比较逊色的地方。而与纽约的繁华、旧金山的亮丽、芝加哥的规整相比，洛杉矶更像是一个超级巨大的集镇。

的确，“星光大道”的平凡，金融中心的迟暮，“中国城”的落寞，街头建筑的杂乱，都让人深觉意外、不胜感慨：这座城市的朝气与活力究竟到哪里去了？

当然，洛杉矶也有让人惊奇的地方：地铁站无人管理，让人任意出入，是否购票，纯粹看你本人的良心自觉。洛杉矶也有值得欣赏的地方：偌大的国际机场，贯彻以人为本的理念，使你总能在最短时间出港，而不必像我们首都机场 3 号航站楼那样，每次进出港都让你行走得两腿发酸、精疲力竭。洛杉矶更有给人快乐的地方：美轮美奂的环球影城景观，浓缩了美国优秀特色文化的元素，充满激情，孕育希望，让人心旌摇曳，帮人找回青春！

是的，在我的粗浅印象里，洛杉矶的最大优势，就是包容，种族的和谐，文化的包容。如果更确切地讲，就是洛杉矶拥有“好莱坞”！而“好莱坞”就是美国文化力量的真正体现者。

美国之所以强大，迄今依然是世界上当之无愧的“老大”，固然是它拥有首屈一指的经济资源、独占鳌头的军事力量、无与伦比的科技优势，但本质上是它具备着称雄天下的文化软实力，文化才是关键中的关键。十年“文革”大劫难使我们当年“国民经济濒临崩溃的边缘”，但经过短短30多年时间的经济改革，我们早已扭转了这一切，今天我们国家已跃居世界第二大经济体，“中国制造”遍布全世界。可是那场大浩劫给国家和民族文化造成的破坏，使人丧失敬畏之心，是非之心，感恩之心，价值观颠倒，人生观扭曲，世界观堕落，一切唯功利，万般尚欺诈，才是最大的问题。而这一切，依然是我们生命中的不能承受之痛！

所以，要读懂美国，我们的首要任务，就是要了解和认识美国的文化；而要认识美国的文化，就必须以好莱坞为最重要的对象。这个好莱坞，就在洛杉矶。

我始终认为，中国主管宣传方面的大员，都应该以“好莱坞”为最好的老师，学习人家美国人是怎么包装和推销他们的价值观念的，怎么能将抽象的思想理念宣传做到炉火纯青、出神入化的地步，“清水出芙蓉，天然去雕饰”，这是水平与能力，更是超越与升华。

好莱坞的电影绝对不是单纯的娱乐，而是对美国价值观的巧妙弘扬，是“美国梦”编织和宣传的最大推手。像家喻户晓的大片《泰坦尼克号》，就是美国文化精神的最好形象宣言。

你看影片中那位男主人公杰克，活脱脱就是一个美国文化价值观的生动载体。他浪漫、冒险，不受陈规陋习的束缚，信奉“享受每一天”的人生哲学，这正是美国人与众不同的一个基本特点。自由不羁的心灵，挑战危险的精神，追求幸福的自觉意识，是美国人心目中的理想人格，它们在男主人公身上获得高度的和谐统一。好莱坞制片人通过这个形象，突出并强化美国人的“选民”意识，并试图为世界芸芸众生树起一尊楷模：去健全你们的人格吧，去完善你们的心灵吧，去选择正确的生活方式吧，榜样就是我们美国人，就是像我们电影中男主人公式的美国人。

等到影片中女主人公露丝历尽千辛万苦，死里逃生，终于踏上美国国土，伫立在纽约自由女神高大塑像之下，准备开始新的人生时，这种美国文化精神更是千百倍地得到了强调和突出。它的潜台词，寓意是非常清楚的，说白了，就是象征自由女神将自由、民主以及幸运赋予每一位进入美国这块热土的人，只要与自由女神同在，只要是在美国的土地上，那就意味着心灵能够获得自由，个人价值能够得到实现，事业能够获得成功。就等于找到了“芝麻开门”的咒语，打开了通往平安、温馨、幸福、美满的大门。这种美国至上，美国拯救世界的居高临下的自傲情结，充斥于好莱坞的众多电影之中。它们都用镜头语言，传递着这种意识。像《陨石大冲撞》（又译为《绝世天劫》）中，当主人公以生命引爆核武，使人类终于躲过陨石撞击地球的毁灭性灾难后，电影镜头所呈示的，就是全世界各地民众打开美国国旗，庆幸自己的新生，向救世主美国膜拜致敬的景象。于是，美国是世界的拯救者之观念，就被不加任何掩饰地植入千百万普通民众的头脑之中了！

美国人良好的自我感觉在这里表现无遗，这是坦率，也是自信。由此可以明白，为什么美国一些政客老爱拿镜子照别人，喜欢做太平洋警察，“管得宽”，正是因为有这种公众心理认同做基础，撑着腰杆。它上升为理论，就是福山所宣扬的“历史终结论”，一切历史终结于美国为代表的西方文明，终结于美国所呈示的最后也是最好的自由世界。

不管是钦佩美国人的坦率也好，抑或是厌憎美国人的自以为是亦罢，美国人至少在较长一段时间里不会放弃自己的这种文化优越感，前提当然是美国的实力仍占据优势的地位。《泰坦尼克号》就是一个很有说服力的例子。

然而，你不得不承认，美国的制片商（也可以说是文化人），的确是很会做“思想工作”的，出手便不同凡响，既旗帜鲜明，又生动自然，在潜移默化之中，把自己的文化价值观推广开去，可谓是“羚羊挂角，无迹可求”。这是十分高明的境界：即既不客气地掏走你身上的钱，去撑满他的腰包；又留给你一张美国式的精神账单，让你迷失自我，放弃自主，为付清这张精神账单而转变为亚“美裔”，渐渐在精神上同化并融入以美国为中心的主流文化。

看不到这一点，是谓笨伯；简单地对此发泄义愤，是谓懦夫。

你不能不承认，斯皮尔伯格等好莱坞的第一流导演，都是天才的“美国梦”的打造者。他们用镜头，用天衣无缝的电影语言，诠释和赞美了美国文化的价值观。这种价值观不仅有独立精神的坚守，自由思想的张扬，个性人格的尊重，同样也有对爱国主义的歌颂，对忠诚、助人为乐、信仰、宽容、勇敢、担当、同情等人类共同美德的赞美。

像英格丽·褒曼，她出演的多部经典杰作，如《卡萨布拉卡》（又译为《北非谍影》）《美人计》等等，都回旋着爱国的高昂主旋律。像《弱点》《保镖》《金色池塘》《二见钟情》《百万美元宝贝》《我家买了个动物园》等影片，艺术水准或许各不相同，但提倡包容、珍惜情谊、讴歌关爱、主张尊重、热爱生活等基调是完全一致的，而且是通过最艺术的手法来提炼、来聚焦的，使人“如饮醇醪，不觉自醉”！

的确，在《拯救大兵瑞恩》的片尾处，当你看到这样的镜头：在阿灵顿公墓，在蓝天白云之下，星条旗迎风飘扬，一位白发苍苍、垂垂老矣的战争幸存者，举手向着密密麻麻、一望无际的死去战友之坟墓行庄严的军礼，相信这个时候，所有看着影片的美国人，都会激动不已，热泪盈眶，心头充满肃穆庄重的情感，对这个国家产生无限的依恋、认同与自豪，而他国人，作为美国朋友的，对美国就会有多一份的敬重，作为美国敌人的，则也会对美国多一点畏惧。因为，影片已给全世界一个强烈的暗示，作为美国政府，它是视本国民众的生命为国家最高利益，为此，不惜为拯救一个普通大兵瑞恩而竭尽全力，不计成本；作为美国民众，他们也是国家的真正主人，愿意为国家的利益而赴汤蹈火，死不旋踵。这样的民族，这样的国家，就是无坚不摧、所向无敌的。这才是宣传，真正高明的宣传。肯尼迪总统就职演说中的名言，“作为美国的民众，不要问国家能为你们做什么，而要扪心自问你能为国家做什么?”通过电影的镜头语言，形象地、春风化雨式地浸染到了所有美国人的骨髓之中。

反观我们国内近些年来泛滥成灾的“抗日神剧”，杀鬼子如切西瓜，扔手榴弹打下飞机来，匪夷所思到了荒诞绝伦的程度。我印象中特别深刻的，是潘长江等出演的《举起手来》，称之为“闹剧”并不为过。如果打鬼子真的如此轻松愉快，那么，抗战打八年，且要在美国、苏联的共同参与下才取得胜利，岂不是证明我们中国人太无能太窝囊了吗？这简直是在污蔑当时浴血奋战、舍命抗日民众的形象，也是在侮辱今天广大观众的智商。

看看人家好莱坞是怎样讴歌英雄主义、弘扬爱国精神，怎样推崇美国社会的核心价值，再回观我们的编剧、导演的拙劣表现，就不能不陷入无际的悲哀和深深的绝望之中！

所以，有了好莱坞，美国文化的力量就无法让人轻视；有了好莱坞，洛杉矶就永远是一座了不起的城市！

醉心于布拉格的神韵

读过米兰·昆德拉的名著《生命中不能承受之轻》，却不曾观赏过据此而改编拍摄的电影《布拉格之恋》，原因无他，就是不希望让电影镜头中的美妙布拉格风光预支了那份惊艳、那份激动，而愿意让自己亲临其境，近距离地去感受和领略这座处处沉淀着历史、洋溢着浪漫的城市。

令人欣幸的是，机遇凑合、上苍垂爱，使我很幸运地两度踏上布拉格的大地！一次是在寒冷而阴郁的冬季，一次是在鲜花绽放的夏季。

在此之前，斯美塔那交响组曲《我的祖国》中的第二乐章“伏尔塔瓦河”那优美深沉的旋律，曾使我对捷克这个美妙的国度、对布拉格这座神奇的城市，充满了想象、充满了期待、充满了渴望。但是，百闻不如一见，当我登临雄伟的布拉格城堡、走近那庄严的圣维塔教堂、漫步于古老的查理大桥、流连于诗意的瓦茨拉夫广场之时，我还是被震撼了，我还是被电击了！

是的，从历史深处吹来的浪漫风韵、典雅气息，让人陶醉，让人迷失。布拉格，她是美丽的，她美丽得几乎令人窒息；布拉格，她是神妙的，她神妙得可谓童话世界。当夕阳西下，天边被染成略呈暗红底蕴的金色，布拉格，这座城市散发出一种沉郁而迷人的气息。卡夫卡、米兰·昆德拉描写过的场景，就一一浮现，斯美塔那、德沃夏克流淌出的音符，就如梦般飘过。这时，你就不能不承认，将布拉格整座城市列为世界文化遗产，成为全世界的首例，这个决定，乃是人类最正确的一次抉择！

布拉格给我留下的最深刻印象之一，是它堪称一座建筑历史的开放式博物馆。从公元十世纪前后的宗教建筑，到公元二十一世纪的艺术杰作，罗马式、哥特式、巴洛克式等风格各异的建筑，在布拉格街头鳞次栉比、淡定自若地交相辉映，参差不齐而又和谐协调地形成一个近乎完美的整体。文艺的气质，飘荡在每一条大街、每一段小巷之中；诗意的芬芳，沾染在每一位市民、每一个游客身上。这种美妙的景象，在欧洲许多城市中都难以寻觅。

这座城市的历史长河之水之所以源远流长，未曾断绝，也许要归功于捷克人的生存智慧，即忍耐是一种美德，坚守就是希望。因此，当蛮族人的铁蹄呼啸到来时，他们忍耐着接受了事实；当奥匈帝国的雄师蜂拥而至时，他们还是忍耐着接受了事实。面对希特勒法西斯的猖獗嚣张，捷克人没有做鱼死网破式的拼命，而当老大哥苏联人的坦克履带碾过布拉格街头时，捷克人还是把冷漠写在脸上，而将憎恨留在心头。读米兰·昆德拉《生命中不能承受之轻》，你可以明白，在柔弱无助的表层背后，有一种信仰在支撑着捷克人咬着牙坚持下去，这就是强大无比的力量。老子有言，水，乃天下之至柔，但“攻坚强者莫之能胜”。斯言信然！

这种欧洲大陆上的“圣雄甘地”式的“不抵抗不合作”，换来的是国家历史的延续，民族文化的传承，以时间换空间，从而保存了人类创造的结晶，留住了人类文明的根脉。毕竟，最后赢的，不是那些侵略者，而是捷克，是布拉格！浊浪滔天，但终究有风平浪静的那一天。

所以，我们在讴歌那些拔剑而起、挺身而斗，不惜肝脑涂地、玉石俱焚式的英勇就义、慷慨赴死壮举的同时，也不妨换个视野，对那些忍辱负重、卧薪尝胆式的隐忍与坚毅，予以充分的尊重。我们应该知道，像《赵氏孤儿》中公孙杵臼、程婴两人在生死关头做出不同的选择，都是伟大的壮举，殊途同归，不分轩轾！而且在某种程度上，程婴的选择要更为困难。因为慷慨就义易，忍辱负重难，作为后者，他所需要面对的是多少误解，多少嘲讽，多少责备。这要求勇气，更要求境界！

历史，就是那样的吊诡：壮烈，有时会堕入万劫不复的千丈深渊；而耻辱，有时却会留住东山再起的一线生机。当年，如果伽利略凭一腔热血、浩然正气，与黑暗的宗教裁判所抗争到底，那肯定会被绑在火刑柱上活活烧死，和布鲁诺同一个下场。这当然是大义凛然的壮举，也会受到人们的敬仰和歌颂。然而，他后来的伟大理论体系就不可能存在，而恰恰是他向教会妥协后完成的进步理论，才最后无可争辩地摧毁了教会“地心说”的神学大厦，为欧洲文艺复兴、启蒙运动的兴起，开辟了道路。

因此，李清照她推崇项羽，固然是自有道理，“生当作人杰，死亦为鬼雄。至今思项羽，不肯过江东”。可是，杜牧他替项羽惋惜，也同样值得肯定，“胜败兵家事不期，包羞忍耻是男儿。江东子弟多才俊，卷土重来未可知”。前者，着眼于拥有道德上的尊严，所谓“宁为玉碎，不为瓦全”，“志士仁人，有杀身以成仁，无求生以害仁”，“宁鸣而死，不默而生”；后者，关注的是赢得现实中的胜利，“留得青山在，不怕没柴烧”，“君子报仇，十年不晚”。它们都有其历史的合理性，都有其道德的合法性。布拉格走了后一条路，于是它就享有了“百塔之城”的美誉，也成为世界上第一个以“整座城市”列入世界文化遗产的城市。得失功过，可真的无法一概而论！

在这座城市里，曾留下过斯美塔那、卡夫卡、昆德拉、哈维尔这些人类精英的踪迹，它保存着神圣罗马帝国首都的绰约风姿，飘荡着中欧最古老大学——查理大学的朗朗书声，当旧市政厅的天文钟钟声敲响之时，它回荡的，正是那悠远的历史文化神韵，在布拉格的大街小巷，处处镌刻着历史，时时呈现着人文。

人们喜爱布拉格，就是因为在这里，那些保存完好的千年建筑，一直鲜活地呈现着中欧地区各个时期的艺术风格和文化精神，同时，也像维也纳一样，空气中弥漫着悠扬缥缈的动人音符。毫无疑问，这座黄金城，俨然是一座琳琅满目、美不胜收的巨大博物馆。漫步在布拉格潮湿光滑的石板街道上，人们仿佛正踩着先人的足迹，徜徉在那蜿蜒流淌、无际无涯的历史长河里。

总之，呼吸着布拉格的空气，触摸着布拉格的脉搏，我这时才对伟大的尼采那段脍炙人口的名言有了真切的体会，有了永远的敬仰：“当我想以一个词来表达音乐时，我找到了维也纳；而当我想以一个词来表达神秘时，我只想到了布拉格！”

英伦之行速写

卡斯莱顿

读过《呼啸山庄》《德伯家的苔丝》《简·爱》等小说的人们大概都会得出这样的共识：英国最让人迷恋的，不是她的都市，而是她的乡村。可以这么说，一个旅游者，如果没有和英国的乡村有近距离的亲密接触，就等于不曾真正到过英国！

2007 年第一次来到曼彻斯特，探望我那信奉天主，当了 60 余年修女的姨妈，其间我和女儿很幸运地有过一次美妙的英国乡间之旅。所到达的地方，就是曼彻斯特近郊的卡斯莱顿，一个极其普通，甚至在一般地图上都没有标识的小镇。

连绵的小山和溪谷编织出一幅美丽雅致的图画，这就是英国著名的山峰地区。这里是最适合徒步旅游的地方，徜徉于幽深静谧的小路上，人们可以充分享受悠闲的漫步乐趣。

所谓“山峰地区”，是指曼彻斯特和谢菲尔德之间的德比郡内的国家公园（1951 年建立，整个英国的第一家），这里的自然风景是英格兰北部所特有的旷远低谷。山峰地区又分为北部的黑峰和南部的白峰。

卡斯莱顿是黑峰地区的一个普通乡镇，云霭沉沉的天空，低矮连绵的丘陵，四季常青的草地，典型的英国田园风光。友人C小姐驱车将我们带到这里。也许正是冬季的缘故吧，时间虽是下午2时许，但小镇上几乎见不到人的踪影，只是偶尔有几辆汽车从我们身边驶过，表明时间不曾停止，大地没有沉睡，生活还在继续，而且小镇同样也进入了现代社会。

脚下，是一条条鹅卵石小路，眼前，是不知其年代的建筑，历史就像在这里进入了甜蜜的沉睡，小镇处处流淌着淡淡的怀旧气息。一句话，这些小路，这些民居，它们其实象征着某种生活的境界。远处，几只绵羊在旷野中晃悠，在英国，好像连牛羊也能够“悠闲自在”，突然明白了古人讲的“宁为太平犬，不为乱离人”的道理！

而视野的尽头，参差不齐的树，苍劲地屹立在那里，给这幅油画般的图卷，增添了些许生机。小镇，除了宁静，还是宁静，不，岂止是宁静，这简直是寂静！漫步在卡斯莱顿街头，会让人暂时忘却了生活中的纷扰和烦恼。

在街角的小小广场上，我们终于发现，小镇上除了我们这几个不速之客外，还有别人的存在：几个孩子在那里嬉闹着玩球，他们玩得很开心，也很专注，并没有在意我们从他们的旁边经过。

信马由缰，漫无目标地走着，我们又有新的发现：眼前出现了一条小小的溪流，它从村镇中蜿蜒穿过，那溪水浅浅的，清澈得能见到底，有几只鸭子在上面戏水飘游，那份惬意，连人都要羡慕。我脑海中突然冒出一个奇怪的念头：哦，原来在自然的国度里，连动物也是这般的自由。而作为万物之灵的人，若都能单纯地活着，那又该有多好！而湍急的溪水，则也预示着卡斯莱顿，乃至整个英国依旧富有生机活力！

最后，终于找到了镇上的小邮局，在那里买了几张以卡斯莱顿小镇景物为画面的风景明信片，写上地址，贴上邮票，再投入邮筒，给整天一个下午的卡斯莱顿之行画上一个句号。

美好的时光总是短暂的，可是，我们已经十分感恩，尽管只有半天的时间，但毕竟让我们得以短暂地远离城市的喧嚣，而回归到宁静的乡野，有了与大自然的亲密接触，有了与英国乡村的融为一体。

在我看来，卡斯莱顿是英国文化精神的一个缩影，体现着悠闲、高雅、舒缓、惬意、尊贵。英国人之所以温文尔雅、雍容华贵，甚至可以说是守旧拘谨，其根子就深深地扎在乡间。这种风范，这种气质，这种意蕴，这种内涵，这种气韵，从一开始就在卡斯莱顿这样的地方培育，到了后来，才渐渐地走向伦敦这样的都会，走向整个的世界！

卡斯莱顿，我们终生都难以忘怀的曼彻斯特近郊之旅！

切斯特

如果说卡斯莱顿是一个小镇，那么，切斯特就是一座小城。的确，相较于伦敦古典气息夹杂着现代文明的繁华，曼城作为工业文明起源地的喧闹，切斯特是一个很静谧很安逸的小城市。

切斯特位处英格兰的中北部地区，距离英格兰第二大城市曼彻斯特不远，驾车从曼彻斯特过去，大约一个小时。切斯特具有悠久的历史，向上可追溯到古罗马时代，在中世纪，它是抵御海盗入侵英格兰北部的要塞之一，而利用流经城市的迪河（River Dee）便利的水运，它也曾一度成为繁荣富庶的通商城市。

如果要对切斯特作一个最简洁也最准确的定位，那么，就只能如此说：切斯特，一座渗透着优雅、充斥着宁谧的古城。

作为一座中世纪以来风韵犹存，让人第一眼见它就能喜欢上它的古城，它属于历史，没有沾染现代化的浮华与躁动，近乎原汁原味地保存着中世纪的韵致。

四座城门，一圈城墙，将切斯特古城区环绕成一个中世纪的凭吊之处。而那些城墙与城堡，正是通向历史记忆深处的闸门，帮助今天的人们去追寻和回味往昔的光荣与失落。当你在砖块垒成的城墙上漫步时，你的思绪一定会穿越时空，会情不自禁地遐想：数百年来，究竟有多少阴谋、厮杀、交易、友谊、爱情，发生在这低矮的城墙内外？可是，它们的终极意义又到底在哪里？还不都是“歌榭舞台，风流总被雨打风吹去”！

我们用了一个上午的时间沿着古老的城墙旧址走了一圈，见到了很多肥大的灰松鼠，一同去的朋友说是它们从澳大利亚引入的，似乎很适应英国的气候，繁殖了很多，英国本土原有的红松鼠因为生存资源被侵占，反而已经几乎消失了踪影。这也是生物入侵的一种吧，我想。虽然我们多年来耳熟能详的都是澳大利亚的兔子灾难，可谁又知道澳大利亚的松鼠对于英国的松鼠而言，也是灭顶之灾呢？

紧紧毗邻着切斯特的北面城墙，有一条河面并不宽阔、水波淡定不兴的河流，它的名字就叫迪河。别看它是一条并不起眼的河流，却是切斯特的生命之河！数百年来，它总是那么沉稳而静静地流淌着，却见证了切斯特这座城市的兴衰沉浮。

给所有到过切斯特的人们留下最深印象的，或许是切斯特的建筑，它富有独特的个性与无穷的魅力。黑木为柱，白土为墙，这是切斯特小城建筑的特色，更是切斯特文化的标志。在这些建筑之间的空隙处，往往植有几棵树木，树与屋纠缠在一起，显得特别自然，特别和谐，让人不能不感叹：树与屋的舞蹈。原来一切都那么鲜活，那么动人！

切斯特市中心的商业街是步行街，我们去的时候恰好是周末，街上是熙熙攘攘的人潮，也算是这个安静的小城里最热闹的景象了。在切斯特的街头，我们还见到了多处的卖艺人，他们萨克斯管中吹奏出的音符，给小城抹上了一层淡淡的忧郁，看他们如此投入，这其实也是一种精神，一种尊严。

还有比较 remarkable（显著、瞩目）的，就是商业街尽头见到的一辆劳斯莱斯。虽然英国是劳斯莱斯公司的总部，不过这些天来我亲眼看到的也不过区区这一辆。非常漂亮的车，似我这般的凡夫俗子，委实觉得气质高贵得很。有当地的小孩跑到车边上拍照。同行的朋友笑谈，普通英国人一辈子也就乘坐两回劳斯莱斯，一次是在自己的婚礼上，一次是在自己的葬礼上。老子说，“多则惑，少则明”，正因为稀罕，才特别显得珍贵！这哪里像我们国内的“土豪”，一掷千金，纸醉金迷，“豪”是“豪”了，钱的确多得夜里做梦也会笑醒，可毕竟是“土”，“土”得掉渣，半点文化的气息也不见。文明与野蛮，它们的分界，也许恰恰就在这里。

鳞次栉比的中世纪建筑，川流不息的各类车辆，造就传统与现代的奇妙组合。商业街的两侧，就是那些别具一格的切斯特木结构“排屋”，它似乎在提醒人们，在拥有当下、走向未来的时候，不能舍弃过去，割裂历史，否定传统，否则就会成为无根的一族，漂浮在没有希望的虚幻之中。

当然，切斯特像所有其他的欧美城市一样，教堂都是城市不可或缺的重要组成部分。切斯特大教堂恢宏庄严，气象万千，是切斯特的地标性建筑。这座始建于公元十世纪的大教堂，它曾经让多少代人的灵魂有所皈依！

市政厅就在城市的中心，算是整个小城中最气魄的建筑物了。权力，在任何地方、任何时候，都表现为显赫与炫目，在切斯特似乎也不例外。不过，切斯特市政厅还给我留下一个印象，即便是在中世纪的建筑中，同样能够干现代化的新事业，哦，旧瓶原来可以装新酒！

切斯特古城的东门，上面建有一座宏伟的钟楼，无论你身处小城的哪一个位置，它都能出现在你的视线之中，它象征着切斯特的文化密码，不管怎么宁静、怎么悠然，时间总是在悄无声息地流逝，作为活在当下的人们，应该有的态度是：对过去要珍惜，对现在能把握，对未来有期待。

风貌各异的城门、爬满青藤的城墙、黑白分明的排屋、堂皇气派的钟楼、巍然屹立的教堂……将切斯特，这座平凡却蕴含无穷魅力的小城，永远定格在历史的巨大天幕上。英格兰人自己之所以为之骄傲，海外观光客之所以为之吸引，理由只有一个：那就是切斯特，英格兰一座保存最为完整的中世纪小城！

面对她，赞美之辞，会显得苍白；走近她，去追寻那历史深处的记忆，切斯特，她曾历经沧桑，却始终怀有梦想……

伦 敦

伦敦，大不列颠及北爱尔兰联合王国——也就是英国——的首都，一座古老而伟大的城市，它曾经是世界的心脏，至今依然是让人向往的地方。它的雍容典雅，它的博大气派，它的深沉厚重，给所有到过这里的人都留下极深刻的印象。

在我曾经到过的几座世界著名城市中，纽约充斥着商业气息，巴黎飘荡着艺术旋律，柏林流淌着硬汉血液，东京呈现着平民风采，而伦敦，则蕴含着贵族精神。

这种贵族气派，在伦敦是无处不在，伦敦的街景，慵懒地透出一种诗意的美！不同时期、不同风格的古典建筑，在伦敦市区内可谓触目皆是，无言地诉说着历经千年的荣耀。白金汉宫前的维多利亚纪念柱同白金汉宫本身，更是在执着地提醒游览者，在这里，你能读懂英国，它的尊严，它的光荣。

随着军乐团鼓声的渐渐远去，白金汉宫前的英国皇家卫队换岗仪式进入了尾声，围观的人潮慢慢退去，我们开始沿着气势恢宏的白金汉宫前林荫大道前行，不一会儿，就来到了大道尽头的海军部拱门，这里可是“日不落帝国”之梦的象征。走过拱门，就是伦敦的心脏地带：特拉法特广场，矗立在广场中心的纳尔逊将军纪念柱，毫无疑问，始终是英国民族精神的支柱，庇护着英国这个国家能够历经坎坷而一直前行。

伦敦的厚重与大气，更体现在古典与新潮的水乳交融，体现在传统与现代的浑然一体。走近国会大厦，这个世界近代民主的发祥地，你就能读懂西方价值的核心精神；走近威斯敏斯特大教堂，这处英国国教驻守之地，则能让你明白，英国人的气质原来是通过宗教而积淀的。当然，人们也一定会到那座伦敦塔桥上留下自己的足迹，这可是伦敦拥抱世界的一张名片。而在塔桥的旁侧，就是那著名的伦敦塔，作为囚禁自由的历史见证，当年，与伊丽莎白女王角逐争夺英伦三岛统治权失败的苏格兰玛丽女王就曾经被囚禁于此处，并在这阴暗的囚禁地被处决。然而，她的儿子詹姆士，最终又在伊丽莎白女王去世后登上了王位，历史的吊诡真是没有什么逻辑可言。伦敦塔，这座英国的“巴士底狱”，数百年来一直沉默地屹立着，帮助人们完成对历史的穿越！

当我们徜徉在暮霭初起下的泰晤士河畔，我们理解了河水原来可以承载起一种民族精神；当我们眺望着庄严宏伟的圣保罗大教堂，我们庆幸世上总算有宗教可以用来安顿人们的灵魂；当我们从一座座经历过数百年沧桑而依旧沉默地屹立于狭窄街道两侧的屋宇前穿行而过时，我们似乎真正明白了平时经常挂在口头的两个词汇——历史与传统的内涵。

这就是伦敦，这就是英国！

落日亦辉煌

——大英博物馆一瞥

如果说，法国的卢浮宫是“艺术”的，美国的纽约大都会博物馆是“文化”的，那么，英伦三岛上的伦敦大英博物馆就是“历史”的。在卢浮宫，人们看到的是精美；在大都会博物馆，人们感受的是气魄；而在大英博物馆，人们体会的乃是厚重！

这个伟大的历史文化中心，建成至今天，已经有了二百六十年以上的时间，它本身就是一部历史，而它所展示的内容，上起公元前数千年，更是一部历史。它成立的宗旨，就是要立足于国际学术中心的高度，在最广泛的意义上传承历史，弘扬文化，推广知识，教育公众。正如1761年第一本大英博物馆指南中所标榜的那样：“求知欲几乎遍及于全球……而保存这一时代丰富知识的最佳途径，莫过于在每一个国家都建立像大英博物馆一样的收藏机构。”

大英博物馆所呈示的历史，最大的特色，是它并非以不列颠的历史为中心，而是以整个世界的历史为坐标。其展品，全方位地展示了古代埃及、古代近东、古代中国与东亚、史前欧洲、古代希腊、罗马帝国、中世纪欧洲、文艺复兴与近代欧洲、现代欧洲与美国、古代美洲、澳大利亚与大洋洲的全球历史与文化。内容之丰富、价值之连城、形式之生动，可谓美轮美奂、无与伦比。这应该是全人类共同的精神财富，也是全人类共享的伟大骄傲！

大英博物馆的历史，同时也是大不列颠历史的一个折射。当年，这个号称“日不落帝国”的强权，使得它能从全世界各地搜集到如此丰厚的历史文物，其间，伴随着对他国文物的掠夺，伴随着对他国民众的征服，可谓恃强凌弱，巧取豪夺，无所不用其极。当源源不断的精美文物涌入大英博物馆，使它的文物藏品变得越来越充盈的同时，也是其殖民地和诸多弱小国家不堪回首失去尊严、失去珍藏的惨痛历史记忆。换言之，大英博物馆的历史，对英国人或许是光荣，但对曾遭受过英国侵略或统治过的其他国家和民族而言，则不免是刻骨铭心的历史佐证。这一点，恐怕是谁也难以否认的。当然，我们也不能把事情说得绝对化，大英博物馆所收藏的历史文物中，也有相当大的数量是通过合法的途径征集而来的，或来自收购，或来自捐赠，干净清白，不带一丝一毫的血腥痕迹。

大英博物馆的管理者，对此还算是有自知之明的。因此，它有关历史文物内容的文字介绍，一般都集中在历史文物的本身，而不涉及相关的背景，用语中性，描述客观。当然，有的文物的历史本身，已是敏感的话题，牵涉国家的尊严与文物的最终归属，这时候，大英博物馆一方就不得不作出相应的回应，而这种回应，同样是基于维护英国国家利益的立场，想方设法为自己占有该历史文物作辩护。

这在其镇馆之宝——古代希腊雅典帕台农神庙雕像的解说词中就有明显的体现。稍有世界历史或艺术史知识的人都知道，建于公元前五世纪中叶的帕台农神庙，是古代雅典人为雅典城守护女神雅典娜而建的最重要神庙，岁月风尘的侵蚀，使得它到近代时，沦于颓败残缺的景况，只余下多块神庙外墙上的浮雕板、一些残缺不全的前庭雕像以及神庙南墙上的三槽板。英国埃而金勋爵于十九世纪初期，将残破不全的帕台农神庙雕像带回了英国，并将它捐赠给了大英博物馆。近些年来，希腊方面一直要求大英博物馆将它归还给希腊，大英博物馆当然不会乐意，于是，双方就陷入了旷日持久的拉锯战中。

在这样的背景之下，帕台农神庙的解说词就显得很有意思，将神庙雕像的来历做了合乎自己立场的申说，大意是十八世纪末至十九世纪初，希腊国内政局动荡，珍贵的文物有遭灭顶之灾的危险，大英博物馆对帕台农神庙的收藏，使得这一宝贵文物躲过一劫。其言外之意，是希腊方面不但不应该追索这一历史文物，还应该好好感谢英国人才对。这种曲辞辩解，也算是让人大开眼界了。谁能说国外的学术界不讲政治呢？

大英博物馆的又一个特色，是它非常重视事业上的与时俱进、不断开拓。它不但是历史文物的陈列展示，更赋予这种展示以新的内涵、新的活力。换言之，它是文物的收藏与陈列机构，也是历史研究的重要平台。除了馆内展览、馆藏出借之外，还经常举办反映学术前沿水平的讲座和研讨会，出版高水平的相关领域学术著作，投入文物考察与考古发掘，其中以对尼罗河流域与近东地区的文物发掘为重点。收藏与研究的有机结合，使大英博物馆的历史展示有了持久的活力，始终处于学术的前沿。而在展示历史的同时，大英博物馆也关注当代，不断增加对当代具有代表性民族文化的收藏，在沟通历史与现实之间搭起一座桥梁。由此可见，大英博物馆的成功，绝非偶然。

总之，当你徜徉于大英博物馆展示大厅时，你的思绪会穿越历史，你的感慨会呼应历史。你会明白，个人在历史面前是那么的渺小，你会懂得，强权在历史面前是那么的可笑。固然，真与假，历史也无奈；善与恶，历史也困惑；是与非，历史也悲悯；得与失，历史也失语。但是，敬畏历史，不会有错；热爱历史，终究明智。这就是这座博物馆留给我的历史启示，这就是这次走马观花之行馈赠我的历史价值。那么，就让眼前这些鲜活的场景，变成每个曾经到过这里的人其记忆深处美好而永恒的历史吧！

特里尔的马克思故居纪念馆

对我而言，脱下戎装、挥手作别军营后才能够有很多的机会走出国境，到世界各地转悠，领略外面世界的种种精彩！

德国是我到过次数最多的国家，在许多德国城市的街头巷尾，都留下过我的足迹。这中间，有古朴的莱比锡、典雅的海德堡、大气的柏林、旖旎的德累斯顿、温情的科隆、繁华的法兰克福、厚重的慕尼黑、沉静的哥廷根、精致的波恩……

但是，在诸多的德国大小城市中，留给我印象最深刻的，似乎非特里尔这座小城莫属。原因无他，就是在那里曾经诞生过一位改变了世界历史进程的人物——马克思。

2011 年的冬季，作为成员之一，我随所在的学校访德代表团，在团长 J 校长带领下来到德国的哥廷根，与哥廷根大学进行学术交流，洽商两校之间的合作事宜。在得悉特里尔就在哥廷根附近，且该城有一座马克思纪念馆，J 校长就提议利用业务工作的空隙，到特里尔参观并“朝圣”，大家一致赞同，于是遂有了难忘的特里尔之行。

特里尔（Trier）坐落在狭长的摩泽尔河谷盆地中，为青山绿水所环绕，迄今已有 2000 年以上的历史，堪称德国最古老的城市，现有人口 10 万左右。公元前 16 年，罗马皇帝奥古斯都将这里建成后方重镇，这一年就是特里尔的开始。公元 285 年，罗马帝国西部恺撒——君士坦提乌斯一世把特里尔选为首都，公元306年至316年，君士坦丁大帝曾驻于此。

毫无疑问，罗马帝国时期是特里尔的黄金时代，当时作为征服者的罗马人为了使这座城呈现自己的宏大气势与风格，曾营建了无数的巨石建筑和雕塑，因此，这里十分自然地遗存有不少罗马帝国时期的古迹，是整个德国现存古罗马时代遗迹最多的城市。在这座不大的城市内，教堂林立，当年罗马统治者下令修建的豪华宫殿、大浴池、气势恢宏的竞技场和十几里长的城垣可谓星罗棋布、触目皆是。在经历了2000多年的风雨洗礼之后，这些宏伟精美的建筑及大大小小的博物馆中珍藏的雕刻品风采依旧，仿佛在向人们诉说那漫漫历史长河也掩饰不住的昔日辉煌。

直至今天，罗马时期的城门（特里尔人把它称为大黑门）依然在那里迎来送往，见证当今世界的风云变幻，而古朴的罗马式大教堂仍旧矗立在那里，成为今天人们灵魂皈依的重要场所。当你身处这些古迹之中，你一定会萌生出一种奇妙的时空穿越感觉，如同能依稀触摸到古代先人的脉搏，而不得不感叹时间的永恒、韶华的不老。在特里尔的街道上，游客正步履匆匆、络绎不绝地涌向那些古罗马遗迹：古城堡、古城墙、古罗马博物馆、古罗马斗兽场、公共温泉浴室的废墟……尽情地饱览和欣赏这罗马古都的景色，体验和品味罗马古都淳厚凝重的历史。

但是，特里尔这座城市最吸引人们尤其是众多中国游客的，乃是坐落于布吕肯街10号的马克思故居。这是一座灰白色的三层楼房，淡黄的粉墙、棕色的门楣和窗沿、乳白色的窗扉，是当时德国莱茵地区的普通建筑。1818年5月5日，马克思诞生在这里，多年之前这座故居就被辟为纪念馆开放。

我们在这里的“朝圣”，持续了将近两个小时，看得非常仔细，我不知道同行者参观后有什么样的感受，但我自己的感慨，却是实在而明确的。

首先，在我眼里，纪念馆的陈列相当系统、相当全面，马克思的一生经历、主要事迹、感情世界、友谊天地、理论建树、社会影响等等，可谓得到了巨细无遗的全方位展示。这应该是一座纪念馆布展成功的基本要求，即，它的意义与价值，取决于是否能将一个人与他所处时代做出全景式的呈现。马克思纪念馆显然是做到了。这里的展览，图文并茂地介绍了马克思的一生以及他同时代的历史和人物。

纪念馆共有三层，第一层有 4 个展室：第一室为接待室、问讯处；第二、三室，专门举办各种专题展览；第四室，为电视录像放映室。在第二展室中展出有马克思的出生证书，马克思与燕妮的结婚盟约和结婚证书，还有马克思家庭成员的照片及马克思的英文死亡证书等。

第二层上的第一展室是马克思父母的卧室，墙上悬挂着照片、文件、手稿，玻璃展台里陈列着马克思和恩格斯的许多著作和有关的历史资料，其中包括马克思的毕业论文、博士证书等。第二展室介绍的是马克思和恩格斯之间终生不渝的友谊。第四、五、六室，介绍了马、恩与诸多志同道合者之间的交往，建立共产主义者同盟、第一国际、各国工人政党和德国社会民主党的历史。在第五展室里陈列着马克思和恩格斯的全身铜像。

故居第三层上第一展室介绍了马克思的共产主义理论，陈列着《共产党宣言》的各种版本，包括陈望道先生根据日文版翻译的最早的中文版《共产党宣言》。第二展室、第三展室的展橱里陈列着马克思的《资本论》。还收集了马克思许多著作的第一版，马克思和恩格斯赠送给友人的书籍，马克思、恩格斯的照片原版、手稿、书信，马克思赠给父亲的诗集的手抄本，和马克思为妻子燕妮收集的民歌等文物。

很显然，作为一个历史人物的故居纪念馆，这里文物的收藏是丰富的，内容的展示是全面的，展览的形式也是有特色的。

我参观后留下的第二个印象，是纪念馆主事者在展示过程中所体现的公正立场和客观态度，突出了对历史的敬畏，对所纪念的人物的尊重。

马克思的思想，是对资本主义文明的挑战与批判，也是所谓的无产阶级否定资产阶级统治秩序、进行阶级斗争的理论武器。他自己在《共产党宣言》中开宗明义宣称共产主义是“幽灵”，让有产者一想到就恐惧不已的“幽灵”与“魔鬼”，并充满激情地预告：“无产者”在这场斗争中，失去的只是“锁链”，但他们将赢得的是“整个世界”。

这是最激进的革命性质的意识形态纲领，最强烈的反叛者政治诉求，对资本主义世界的当权者而言，属于典型的“颠覆政权”的理论主张。现在的德国，毕竟依然是资本主义体系中的一员，从意识形态的层面来讲，马克思的理论仍旧属于异己的思想文化。可是，人家德国在这个问题上，早已超越了二元对立的简单思维，呈示了极大的包容性，在那里，马克思不但不是一个禁忌，而且始终是一个受关注、受热捧的代表性理论形态。对自己体制的“掘墓人”马克思，给予充分的尊重，这就是西方文明成熟与完善的体现。

的确，就像西方哲人所一再强调的那样：我不一定赞同你的观点，但我一定尊重和保护你自由发表意见的权力。马克思纪念馆的建立并良好运行，证明了德国和整个西方文明的宽容与纳异精神的客观存在，而纪念馆中展示内容的陈列与解说，更是十分有力地印证了对待异己人物与思想上的人文情怀与理性态度。在陈列的解说词里，一再地肯定了马克思理论产生的历史必然性与历史合理性，强调马克思的思想对于批判与纠正资本主义弊端的重要价值与深远意义，这在专制体制社会里是无法想象的，可是，这恰恰就是德国社会理性与成熟的表现。

一个社会，一种体制，它是否健康，是否自信，衡量的最好标准，就是看它能不能容忍异己，容纳批评。马克思纪念馆的展示，就从一个侧面为德国社会崇高的文明境界与博大的文化气度做了富有典型意义的注脚。

马克思故居纪念馆的展示给我留下的第三个印象，是那里有关马克思生平事迹的介绍，在相当程度上做到了“据事直书”的标准，呈示了不“为贤者讳”的文化精神。

马克思是伟人，但同时也是凡人，他有伟人的崇高，也有凡夫俗子的猥琐。“尺有所短，寸有所长”，一个人无论怎么优秀、怎么杰出，也一定会有其人性的弱点、其人性的软肋、其人生的败笔。马克思在这方面同样不应该是例外。

马克思纪念馆的主办者，在陈列展示马克思生平事迹的过程中，既将马克思当作伟人来尊重，但另一方面又将马克思当作普通人来对待。让广大参观者看到了马克思作为一个普通人的一面：喜怒哀乐形诸于色、七情六欲无所掩饰。他的聪慧，他的睿智，他的钻研，他的成就，固然让人肃然起敬，高山仰止；可他的自私，他的懒散，他的暴戾，他的贪色，同样让人感慨系之、鄙视嫌憎。

展示中有一段内容让我对马克思私生活的不道德不检点，

有了无法忘怀的记忆：马克思曾经背叛善良贤淑的妻子燕妮，而与家中一位女佣发生不正当的苟合，并产下一个孩子。事情发生后，又为掩饰自己的丑行，而让自己的最好朋友恩格斯来顶缸，由恩格斯来冒认他的私生子。马克思在这件事情上的所作所为，无疑是非常卑劣，让人所不齿的，说它为马克思生平中的一个严重污点，并不为过。

当然，个人私德上的缺陷，并不能抹杀马克思作为杰出思想家在理论建树上的不朽成就，不以小眚掩大德，乃是评价历史人物功过的重要原则。金无足赤，人无完人，马克思身上有毛病是很正常的，而马克思故居纪念馆的处理则是秉持了真正科学理性的立场，再现了一个真实的、有血有肉的马克思，他也食人间烟火，他也犯各种错误，他同样出洋相，他同样闹笑话。

然而，恰恰如此，我们所见到的马克思才是真实的马克思、亲切的马克思，一个由“神”返回为“人”的马克思。这也更能凸显一个普通的孩子努力勤奋，为坚定的信念而奋斗终生并成为一代伟人的意义之所在。

参观马克思纪念馆后给我留下的第四个深刻印象，是任何一种伟大的学说或理论，在日后的传承与发展过程中，很有可能出现异化的现象。历史总是会对人们开沉重的玩笑：本来应该走进这张门，可往往打开的是另外一扇窗。

“异化”作为一种深刻的历史现象，是客观的存在，是不以人们的主观意志为转移的。尽管有些人出于特定的动机，千方百计试图否定或抹杀这一点，但这不过是掩耳盗铃的徒劳之举。

马克思纪念馆做法上的高明，是没有回避这个敏感的问题，而且用了相当大的篇幅，揭示了马克思理论在历史实践中遭遇“异化”的实际存在，它将苏联斯大林统治时期的“大清洗”运动、红色高棉主政时的“大屠杀”行径、中国“文革”十年的大浩劫惨相，用图文并茂的方式加以展示，让古拉格群岛上的冤魂、红卫兵皮鞭下的呻吟，来形象地说明一种伟大的理论是怎么遭到“异化”的、是怎么走向反面的，这对众多参观者来说，的确是触目惊心、不胜惊诧，具有极强的震撼力。也能激发人们进行深深的“反思”：伟大的理论不一定就必然转化为理想的现实。世界上，打着崇高的旗帜，干卑劣的行径的，大有人在。对那些口口声声标榜冠冕堂皇大道理的人，要切忌轻信，更不能盲从。

应该像当年的马克思一样，始终保持清醒的头脑，善于独立思考，勇于质疑批判，能够从正常中发现不正常，于合理处指出不合理，以避免被“异化”，避免被“解构”。

所以，我们不必去苛求或责难马克思纪念馆主事者这么做的“动机”，而是应该反躬自问，我们如何真正能走出“历史周期律”，逐步走近当年马克思等人为人类所描绘的理想世界！

兰亭的御碑

民国时期著名人物汤寿潜，曾为绍兴兰亭王右军祠撰写有一副脍炙人口的对联：

陵邑久蒿莱，缅江左衣冠，尚有文章传久远；
登临余感慨，望中原戎马，莫教人物负溪山。

玩味着这副名对，使我不禁有了一种想写写兰亭的冲动，于是就有了以下的文字。

兰亭，地处浙江绍兴城西南十三千米的兰渚山下，依野史记载，是春秋时越国君主勾践派人专门种植兰草花卉的地方，汉代为驿亭所在，地以物传，故有此名。然而，东晋永和九年（353）三月初三，号称“书圣”王羲之的一篇《兰亭集序》，却使得兰亭这个并不起眼的地方成了千百年来无数骚人墨客心仪向往的“书法圣地”，也给古城绍兴平添了无限的骄傲。

兰亭算是一座江南园林胜地，其现址为明嘉靖二十七年（1548）重修，后又为清康熙十二年（1673）整饬，1980 年全面修复如初。主要的景观建筑有鹅池碑、兰亭碑、曲水流觞、流觞亭、御碑亭、右军祠、书法博物馆等。不过，恕我这个土生土长的绍兴人直言，兰亭的景致并没有太出众的地方，即便以敝乡范围而言，论气派的恢宏庄严，它比不上大禹庙；论风光的奇幽旎丽，它诚不若东湖山水；论景观的丰富多彩，它也逊色于柯岩名胜。兰亭更像一座普通的小型公园，孤独地坐落于远郊的寻常山水间。然而，若在没有到过绍兴的外地人当中做个统计，知道兰亭的人肯定要比知道东湖、柯岩甚至禹陵的人来得多。

可见，兰亭的驰名，并不在于它依山傍水、竹木掩映，是个风景胜地，也不在于它历时悠久，来历有绪，是个历史古迹，而在于它是一种文化的象征，它寄寓着延绵不绝的文化传统，萦系着中国历代文化人追求“天人合一”境界的情怀和旨趣。具体地说，它与王羲之的不朽书法艺术联系在一起。史载：东晋永和九年（353）三月初三，王羲之和当时名士孙统、孙绰、谢安、支遁等四十一人，在兰亭“修禊”宴集，成诗三十七首，王羲之为诗集作了一篇序文，是为《兰亭集序》。通篇二十八行，三百二十四字，书法隽永飘逸，精美绝伦，被誉为“天下第一行书”。梁武帝《书评》推崇王羲之书法艺术：“字势雄强，如龙跳天门，虎卧凤阙。”唐太宗李世民对王羲之书法也是激赏有加：“详察古今，研精篆素，尽善尽美，其惟王逸少乎！观其点曳之工，裁成之妙，烟霏露结，状若断而还连；凤翥龙蟠，势如斜而反直。玩之不觉为倦，览之莫识其端，心慕手追，此人而已。其余区区之类，何足论哉！”（《晋书·王羲之传赞》）

《兰亭集序》除了书法艺术的卓越不可企及之外，更在于它流淌渗透着魏晋士人的生命自觉意识，传递着超越现实的人文关怀信息。所以，只要你是一个半瓶子醋的文人，往兰亭的石径上这么一站，你就会发现，浮躁的心灵似乎马上变得沉静，并无端生发出“向之所欣，俯仰之间，已为陈迹”的感慨，别有一股“固知一死生为虚诞，齐彭殇为妄作，后之视今，亦犹今之视昔”的滋味涌上胸口。我想，兰亭的永恒魅力，大概正在这里。

所以，喝够了人头马，吃厌了鱼翅席的大款小蜜犯不着游兰亭；做足了人上人，听惯了阿谀词的高官大宰没必要朝书圣。因为，兰亭对他们来说，无疑是另外一个精神世界。王羲之所描绘的“此地有崇山峻岭，茂林修竹，又有清流激湍，映带左右”的山水野趣，“修短随化，终期于尽”的人生感怀，别属于那些普通文人和寻常百姓。

正由于这个缘故，我一直对矗立在兰亭流觞亭背后的那块巨大御碑抱有深深的反感，觉得它简直就是兰亭美妙文化氛围中的一大败笔。因为它所体现的权力意味、帝王尊严，实在是对兰亭文化精神的一种亵渎，它会让人只看到权势的霸道，而忘记了兰亭的真正主角乃是右军的逸飞壮思、文人的笔墨精灵、思想的遥远回声，从而掩盖了兰亭的本色，嘲弄了寻梦的宗旨。

说真的，富有天下、享尽荣华的“天子”，何尝能真正体会到魏晋士人的喜怒哀乐，何尝能真正读得懂“仰观宇宙之大，俯察品类之盛”“修短随化，终期于尽”这一类妙语。纯粹是附庸风雅，无病呻吟，唐突斯文，玷辱圣地。康熙皇帝还算知趣，只书抄了一篇《兰亭集序》了事。“十全老人”乾隆更是可笑，明明踌躇满志，顾盼自雄，却偏偏要在这里“发思古之幽情”，把自己并不高明的诗篇刻石树碑，胡诌一通“向慕山阴镜里行，清游得胜惬平生。风华自昔称佳地，觞咏于今纪盛名。竹重春烟偏淡荡，花迟禊日尚敷荣。临池留得龙跳法，聚讼千秋不易评”（《兰亭即事诗》）。这可真的是佛头着粪，大煞风景，不知趣到了极点。

郑板桥有词云：“看蓬门秋草，年年破巷，疏窗细雨，夜夜孤灯。难道天公，还箝恨口，不许长吁一两声。”（《沁园春·恨》）心里有了不痛快，口中难免要出声，反正皇帝早已龙驭宾天，发点牢骚再不会大祸临门。于是笔者有一年游兰亭后，就把对御碑亭的憎恶形诸文字，凑成歪诗一首，抒发胸口恶闷：

兰亭——在那绿竹摇曳深处。
绿竹摇曳深处——是那兰亭。
曲曲幽径，青砖砌成，
通向巍峨的“御碑亭”。

血红的太阳照耀着它，
投在地上一个巨大阴影。
大石碑矜持地叙述附庸风雅，
和帝王的纡尊。
三流水平的御笔，
窃窃冷笑俯视猥琐寂寞的“书圣”。

清风吹不去历史垢尘，
“集序”随太宗长眠昭陵。
苦痛要撞开记忆闸门，
辨才和尚空遗一腔悲愤。

于是，再看不见云彩，
也听不到鸟鸣，
只留下几声轻轻叹息，
在这绿竹摇曳的兰亭。

但我不久便发现，原来那个“巨大阴影”，不仅投射在兰亭的土地上，而且也残存在几乎每一个人的内心深处。你看那些熙熙而来、攘攘而往的游客，他们可以对“曲水流觞”视而不见（那是一湾浅浅的溪水，的确不怎么吸引眼球），也可以对“王右军祠”内书法碑文熟视无睹，但是却几乎没有不跑到“御碑亭”跟前拍照留念的。

从表面上看，这恐怕是“御碑亭”作为整个兰亭景点中最有气魄的建筑，对他们拥有巨大的魔力，非把他们吸引到这块高68米、宽26米、厚0.4米、重量18000余千克的大石碑底下不可，在这里留上一影，也算是给自己找了个“到此一游”的印记。

但在潜意识中，这或许更是出于对帝皇权威的崇拜和艳羡。对他们来说，连皇帝陛下都对兰亭说好道妙，倾慕不已，那么可见兰亭的确不同凡响，美轮美奂。换句话说，兰亭的价值，不是王右军书法及其所蕴含的文化精神，而是高高在上的皇帝的褒奖之词，有了九五之尊的金口玉言，一切便好；否则，便什么都不是。这种唯权是尊、唯势是崇的群体意识，早已融入许多人的血液之中，使得他们习惯于做精神的侏儒，匍匐在权势的膝下而自我感觉始终良好。即所谓“上之所是，必亦是之；上之所非，必亦非之”（《墨子·尚同中》）。

这一病灶，可不是一朝一夕便可以消除的，人们对兰亭御碑的趋之若鹜、致敬尚礼，已从一个小小的侧面再一次证明了这一点。

看来，根除人们心灵深处“崇圣尊王”情结的“巨大阴影”，在我们这个有数千年封建文化传统的国度里，始终是一个长期而艰巨的课题。

第二辑　雪泥鸿爪

三十余年的变迁

大学忆旧

答辩追忆

却道天凉好个秋：我的打油诗情结

一张试卷中的历史记忆

质朴的仁者：魏老师

黎子耀教授学述

两部遗编晋到唐

难忘立雪程门时

魂兮归来：痛悼丁冠之老师

名镌蒙山脊　德流沂水间

三十余年的变迁

请读者朋友们千万不要有什么误会，以为我要学做太史公，真的想写什么鸿篇巨制，记录下我们这个社会30年来的变化发展历史轨迹，我没有这个资格，也没有这个野心，更没有这个能力。我只想撷取杭州大学历史系兴替盛衰一个小小的个例，看看其所透露的世象变幻，说说其所反映的文化落差。

36年前的今天，正是我跨入杭州大学门槛的时候。当时的杭州大学，文科方面除了外语系之外，也就是中文、历史、政治三个系科。在这三个系中间，中文、历史并驾齐驱，一时瑜亮，至于政治系，则只能当个附庸，不但中文、历史系的学生瞧不起它，连它自己的学生也有点儿灰头土脸、自惭形秽。这也是事出有因，它的学生入学考试分数，普遍低于中文、历史两系，据说平均达到近10分。在我们这个推崇应试教育的社会里，分数成了衡量学生水平高低的主要标尺。政治系学生的分数比较低，自然脸上不怎么光彩，在言行上也显得谨慎和收敛，不同出头露面的好事去沾边。

我很高兴自己选择了历史系。因为自己虽然没有什么能耐，可是历史系在当时的风光，却让我能跟着出彩，正所谓“水涨船高”，甚至可以“狐假虎威”。

那可真的是历史系最具辉煌的岁月，它的名头在全校叫得最为响亮，它的学生在莘莘学子中备受尊敬。这种地位不是它自封僭称的，而是真刀真枪靠本事自己打出天下的。这里有具体的依据可作证明：

连续四五届全校学生百科知识竞赛，历史系始终独占鳌头，蝉联团体总分第一名简直是小菜一碟，易如反掌。个人一等奖 5 个名额中，历史系学生少则 3 席，多则 4 人，有一回居然独吞独吃，半点谦让也没有。15 个二等奖中，历史系学生通常也占据半壁江山，至于三等奖、优胜奖，更是过江之鲫，不可胜数，将全校规模的竞赛，几乎回回变成了历史系内部的一场游戏。在其他系，得个三等奖就算英雄豪杰，可在历史系，得三等奖就等于是打了一场滑铁卢，只有回寝室反思的份儿。在全校同学的面前，历史系的学生差不多成了知识的象征，“书橱”的代称。

更令人叫绝的是，当时历史系的学生不仅读书上是出类拔萃的尖子，而且玩得也让人心跳，他们兴趣之广、智商之高、体能之棒、玩法之精，足以让其他系的同学为之折服：围棋比赛团体折桂，桥牌角逐名列第二，乒乓球系际团体赛上豪居冠军，篮球场上夺得亚军，足球场上打入三甲，即便是全校田径运动会上，人单势薄的历史系，也连克诸路高手，站到了团体第三名的领奖台上。只有排球，似乎一直起色不大，与前三名无缘，给历史系辉煌的“征战史”上留下了小小的遗憾。

不过，几乎和国内其他高校的历史系一样，杭州大学历史系的辉煌也是短暂的，耀眼的光彩不久就变得黯然，青春的活力转眼就消退得无影无踪。这是命运的无奈，也是历史的必然。

大约在我们毕业的那一年（1982），杭州大学的政治系被一分为三，分别建成哲学、经济、法律三个系科。除了其中的哲学系依旧是“门庭冷落车马稀”之外，经济、法律两系可是一出世便气度不凡，笑傲江湖。使它们一炮走红的原因不是别的，就是它们的学生毕业后几乎都能够分配到称心如意的单位，捧上一只装满了鱼肉、香味扑鼻的饭碗。于是乎，原先在大家眼里的“丑小鸭”政治系，马上变成了令人垂涎欲滴的“香饽饽”。打这之后，更一发而不可收，又在经济等系的基础上，派生出金融、旅游、工商、财会等系科，就像滚雪球似的，没几年的时间便占领了杭州大学文科的大半壁江山，名头是越来越响亮，实惠是越来越丰厚，生源是越来越优秀，前途当然也是越来越光明。

相形之下，不要说历史系，便是杭州大学整个文科专业中的龙头老大——中文系，也是风光不再，日显萎靡和寒酸！

杭州大学历史系的没落，从我们毕业那一刻已现端倪。80余号曾有过光荣经历的“老夫子”，放在毕业分配这口大锅里一煮，顿时蔫吧，可怜兮兮让人同情和怜悯：不是分去当中学的教员，就是去档案馆、文管会、方志办等清水衙门领上一份干饷，晒太阳看云彩。同经济、法律，甚至中文系的学生毕业去向相比，历史系的学生实实在在成了可怜的“弃儿”，只好和哲学系那些“准哲学家”泪眼相对婆娑，同病相怜。

尽管系里的头头脑脑不甘心让自己的弟子受委屈，遭冷落，变着法儿办起文博、图书馆、档案等专业，到了后来，更干脆将历史系“升格”，易名为“历史文化学院”(20世纪90年代，浙江大学、杭州大学、浙江农业大学、浙江医科大学四校合并后，校政主事者在工科思维的指导下，又将历史系打回“原形”，“院”重新降格为“系”了)，以此来光大门面，包装自己，吸引社会上的考生，稳定住日益萎缩中的生源质量，然而依然是“可怜无补费精神”，无法扭转历史系走向没落的趋势，真可谓“王二小过年，一年不如一年”。

到如今，历史系虽然还能勉强开门，可招收到的，总是那些高考中刚刚过了学校录取分数线的学生，而且往往是其他文科系科所拣剩下的倒霉者。这样的处境，这样的生源，要想续写当年我们在母校时的那种“辉煌”，在院、系际各类竞赛中笑傲群雄、尽展风流，自然是一个遥不可及的美丽幻想了。这样的春梦，不做也罢！

30 余年的时间并不算太长，可是包括杭州大学（现在该算是“浙江大学”了）在内的国内高校的历史系，都经历了大起大落的变迁，尝遍了亦喜亦悲的滋味。从文科的中心，不可逆转地滑向文科的边缘；从众星捧月般的高处，无可奈何地跌落到无人问津的尘埃。真可谓“其兴也勃，其亡也忽”。其实，这并不奇怪，正如实践是检验真理的唯一标准一样，在学科前途上，利禄资源的配置乃是决定学科盛衰的最有力杠杆。英国大哲学家培根曾经说过：“读史可以明智”，这话固然不错，可是，我们得清醒地明白一个最普通的道理，即“明智”毕竟不等于沉甸甸的饭碗。为了这只饭碗能够装满鱼肉，也只好暂且把“历史”这碗坚硬的稀饭搁置到一边。

如果站在更高的历史层次看历史系这 30 余年来的荣辱盛衰，我们还可以发现，这实际上是折射出社会进步的痕迹：经济建设早已经成为一切的中心，“GDP”始终是执政者最为关注的问题，社会生活中多了几分务实与功利，少了一些空泛与崇高。这是非常正常的现象，也是十分合理的变化。若是让历史系一直“辉煌”下去，那才真正出了问题呢！因为，现实意味活力，未来预示希望！

所以，比较明智的选择是，且把当年的辉煌，连缀成历史的一页，无妨偶尔翻翻，却大可不必顾影自怜，自怨自艾。

大学忆旧

我 1978 年参加全国高考，最终的成绩委实令人惭愧，没有受过高中教育的后果（其实由于种种原因，我小学和初中加起来也就读了六年），在数学这门科目上充分反映出来：28.8 分的成绩，差一点将自己的“大学梦”敲个粉碎。幸亏历史、政治、地理诸科均取得了 85 分以上的分数，才使自己侥幸以 357.3 分的总分，趺趺撞撞挤进杭州大学（今已并入了浙江大学）的校门（当年杭州大学文科的录取分数线据《浙江日报》记载，为 330 分），成为该校历史系的一员，开始了前后为期四年的大学生活。

杭州大学在当时是一所省属“重点”综合大学，类似于安徽省的安徽大学、河南省的郑州大学、辽宁省的辽宁大学，在全国诸多的综合性大学里，属于高不凑、低不就的角色。比起厦门大学、武汉大学、南京大学、中山大学、山东大学等全国重点大学来，它无疑要低上一个档次；可在同类的省属综合性大学中，它似乎更显山露水，名头要响亮一些。而就一些系科而言，与众多全国重点大学相比，亦未遑多让：像中文系就有夏承焘、姜亮夫、王驾吾、蒋礼鸿、陈企霞、胡士莹、蒋礼鸿、徐朔方、刘操南、汪静之、沈文倬等一流权威，历史系有沈炼之、陈乐素、黎子耀、徐规、毛昭晰、胡玉堂、王正平等著名专家。这样的特殊地位，使得它多少有些不安分，老是想“婢学夫人”：一方面企冀向全国重点综合大学看齐，逐一日之长，另一方面又想在同类性质的学校中称尊，引领风骚。既自尊又自卑，不知道拿自己该怎么办才好。这也多少影响到我们这些学生，老是由于自己成为杭大人而思想躁动，心猿意马：既遗憾于自己不够争气，与全国重点大学失之交臂；又多少满足于自己能搭乘上杭州大学这一趟班车，未至于一落到底，让他人笑话。

踏进大学的门槛之后，方才知道上文科，混文凭原来是这般轻松自在的事情。大学大学，实际上就是大而化之地学，稀里糊涂地熬年头，至少做历史系的学生是如此。平时，老师在课堂上照本宣科地念讲稿，学生在底下如留声机似的记笔记。谁勤快，谁专心，谁本分和老实，谁的笔记就详尽和具体，谁就是成绩出众的好学生。

学生通常活动规律是：上午应付上课，下午就自由活动。午睡一睡就到 3 点以后，然后便一身轻装，冲上操场踢足球、扔篮球、玩排球，满身大汗冲完澡，便是进晚餐的时候。填饱肚子，老实一点的，夹上书包上教室自修功课，潇洒一点的，不是到西湖边上观夜景，便是去学校图书馆阅览室翻杂志，最最不济，就待在寝室里侃大山，摆龙门阵。只是到了每学期临近考试的那段时间，才稍稍有一点学习的气氛：从几个平常听课最认真、笔记最勤快的同学那里借来笔记，拣自己认为有可能会考试的内容抄录下来，然后努力调动大脑记忆的细胞，尽可能地把它们背得滚瓜烂熟，等到考试之时，再把它们一一誊抄到答卷纸上。背得多的，少错讹的拿八九十的高分；丢三落四背得不够全的就得六七十分。好在最后一个不落地都能够顺利过关，皆大欢喜。4 个学年，8 个学期，就这样“从终点又回到原点”，循环往复，周而复始，轻松自在走了过来，直叫那些学理科的同学羡慕得要命、嫉妒得吐血！

杭州大学的地理位置得天独厚，位于武林门外往西 1 千米处的西溪，距离“浓妆淡抹总相宜”的西子湖，只不过步行 20 分钟的路程，乘公共汽车票价才 4 分钱。著名风景胜地黄龙洞离得更近，散步 10 分钟便可到达。尤其让我们这群穷学生高兴的是：当时景点都免费开放，可以做不速之客，自由出入。于是乎，大家“却之不恭”，动辄到黄龙洞消闲，1 角钱一杯龙井茶（自然不是正宗的），2 角钱一包葵花子（口感还挺不错），三五个人围坐在一起，闻花香，听鸟鸣，赏云彩，一坐就是整整一个下午。兴致高涨的时候，还可以到初阳台、保俶塔、岳王庙凭吊遗迹，到西子湖操桨划船，自自在在、没心没肺把大量的闲暇时间打发掉。

对我们这些囊中羞涩、穷极无聊的学生来说，当时最大的消遣和娱乐，首推观看电影。当时，人们收入微薄，故而物价低廉，电影的票价不过 1 角 5 分钱，与今天看场电影动辄数十元乃至上百元的天价相比，这简直等于是让大家免费观看。所以，看电影也就很自然地成了我们当年相对廉价的享受。既有大把空闲的时光，又不用承受过大的经济负担，我们自然是将那时候上映的影片几乎一部不落地看过一遍，给 4 年的大学生活平添了一段愉快的回忆。

当时，在黄龙洞边上的浙江艺术学校有一座实验剧场，但在我的印象里，似乎从不见它用来演戏办晚会，只见其播映电影。由于它那里的票价比其他影剧院更为低廉，只卖 1 角 2 分钱，加上距离学校又相对比较近，大家便把它列为看电影消闲的首选场所。夕阳西下，华灯初上，约上三五位气味相投的同学，散步遛弯10分钟便来到它的跟前，彼此轮流做东，掏出几角钱，换回几张票，信步踱入放映大厅，与影片中的男女主角同悲喜、共忧乐一二个钟点，然后伸伸懒腰，打个呵欠，悠悠荡荡打道回府，等待第二天的太阳再从地平线东边升起来。

说实在的，我这大半辈子看的电影中，百分之九十五都集中在那4年。其中至今仍鲜活地留存于自己记忆库中的，就可以列出长长的一串名单：《巴黎圣母院》《红菱艳》《生死恋》《追捕》《人证》《砂器》《火红的第五乐章》《蝴蝶梦》《简·爱》《悲惨世界》《拿破仑在奥茨特里斯》《叶塞尼亚》《摩登时代》《魂断蓝桥》《鸳梦重温》《冷酷的心》《蒲田进行曲》《未来世界》《爱德华大夫》《英俊少年》《我两岁》《挪威的森林》《望乡》《车队》……这些外国影片（真该死，就是想不起中国的影片，让那些喜欢说“不”的“义和拳孑遗”“愤青”大大“不爽”，该斥责敝人“崇洋媚外”了），让自己初初感受到爱的温馨，善的可贵，真的不易，并在一定的程度上影响了自己的生活态度、人生追求、价值观点，因而一直为自己所珍视，看作是一笔无可替代、弥足珍贵的精神财富。可以这么讲，大学本科4年就我而言，学了点历史知识固然重要，但是看了这些优秀影片却尤为可贵！

与如今靠吃粉笔灰维系生计、一年半载看不上一场电影（像《无极》《英雄》《满城尽带黄金甲》《非诚勿扰》这样的片子不看也罢）的苦行僧生活相比，大学4年里那种每逢新影片必到场的日子，简直就如同生活在天堂一般，着实令人向往和怀念。不过，时过境迁，白云苍狗，套用一部外国影片中的插曲歌词，便是“过去的好日子，一去不再复返”，也只能留一份温馨美好的回忆永驻在心间！

除了看电影，大学4年中的“吃”也应该记上一笔，道理很简单，“民以食为天”，大学生作为“草民”乃至“蚁民”之一分子，当然也得“吃”，填饱肚子，方可圆上“中国梦”，吃来吃去，便生出一些小小的插曲，堪可记述。

我们在校期间，正赶上沾溉计划经济的恩泽，享受社会主义的优越性之“尾巴”。国家大包大揽，不但没有让我们为读书交费，由我们白住宿舍，白用水电，白占课堂，而且还发给每个人数额不等的助学金。那时可绝对没有穷人子弟上不起大学的情况发生！记得我当时得的是二等助学金，每月17元5角（头等助学金是18元5角），和我在绍兴中药厂做学徒工时的收入相等。

别看这笔钱今天说来微不足道，还不够吃一顿麦当劳快餐，但是在物价极其低廉的30多年之前，它可是一个颇为可观的数额。当时学校发放的每月菜饭票合在一起，每人也不过9元钱而已，这意味着每个人一月花费9元钱，就可以保证吃饱肚子，上课时绝对不会闹低血糖。学生食堂菜价之便宜，说出来，如今的大学生恐怕没有一个敢相信的：大排加菜底每份1角7分，红烧狮子头加菜底，每份1角5分，芋艿豆腐5分钱一碗，清炒油菜3分钱一盘。后来虽然价格有所上涨，但到4年后毕业时，大排加菜底仍不过为2角2分一份（原来的菜价是一分一分地涨，眼下的房价是一万一万地升）。

俗话说，“人心不足蛇吞象”，当时的生活费用即便是如此低廉，如此合理，也仍有一些同学“身在福中不知福”，对食堂的伙食表示种种不满。有一段时间，在校方的授意之下，食堂为了表示倾听同学对食堂伙食的看法，以期帮助改进工作，提升服务质量，曾在饭厅的墙壁上挂出一本意见簿，让同学们提意见、进建议。这一下可热闹了，写在上面的什么乌七八糟、稀奇古怪的内容都有，其中有两则，由于太有创意、过于尖刻，而让我迄今记忆犹新。一条是：某张姓炊事员打菜，就好像割他老婆身上的肉一样心痛（骂他手紧，菜的量给得太少）；另一条是：青菜肉丸中的肉丸子正变得无穷小（用数学符号表示），而炊事班长的身子正变得无穷大（也用数学符号表示，一看就是聪敏的理科生干的活，本分的文科生似乎没有那个脑筋）。校方见个别同学闹腾得太夸张、骂得太出格，有违于建设“和谐社会”的伟大宗旨，很快就出手，把挂墙才几天的意见簿给收了起来，一场小小的“茶壶里的风暴”就此迅速平息，校园“维稳”立马呈现成效！

我在杭州大学4年中关于“吃”的最温馨、最愉快的记忆，莫过于每月至多两次，最少一回上街头小饭馆“打牙祭”。通常情况下，一个月下来，学校发给的助学金除吃饭、乘车（大学生中多有在公交车上逃票者，我也不能免俗，这样拿不上“台面”的坏事似乎也做过一两回，惭愧了）、购书、看电影之外，总是会略有结余，这时肚子里的馋虫便开始作祟了，于是，便和来自金华地区浦江县的同学张志锐君，一起到文二街的一家饭馆（店名已经记不起来了），点上菜，喝碗酒，解解口馋，两人轮流做东，实行变通的AA制。

当时饭店的菜肴也同样相当便宜：糖醋排骨5角一份，冬笋炒肉丝6角一盘，家常豆腐4角一碗，黄芽韭菜炒鸡蛋3角5分一碟，散装啤酒（如今改称扎啤了）2角一大杯。两个人四菜一汤外加啤酒、米饭，整顿饭的全部开销还不到3元钱。

菜罄盘底，酒饮微醺，彼此话匣子便打开了，天南海北、古今中外，信口开河，无拘无束，种种感慨也渐渐涌上心头，嬉笑怒骂，皆成文章，悲欢离合，均为云烟。讲得最多的，就是眼下囊中羞涩，花钱拘拘束束，发誓待毕业后挣了工资，再见面时一定要喝个痛快，吃个明白！

但是，十分遗憾的是，后来的事实已经充分证明，当时醉眼蒙眬时立下的夙愿，说到底，是一介穷酸书生一厢情愿式的傻话。大学毕业三十五六年，有机会与志锐老兄在一起喝酒聊天，也就寥寥两三回而已，而且心境都有了很大的不同，再也不复有当时在文二街小饭馆中“打牙祭”的那种韵味了。

答辩追忆

本人不才，但正规的高等教育还是完整接受过的，自 1978 年混进大学，一口气在宁静的校园里泡了整整十年，本科、硕士生、博士生三个阶段，一个也不曾落下，是名副其实的“老运动员”。

读书，尤其是攻读硕士学位、博士学位，其成败的衡量标志，就是几年寒窗用功下来，最后能否写出像样的学位论文，并顺利通过答辩。其他的那都是扯淡。道理很简单，学位论文的写作，尤其是博士学位论文的撰写，是学科知识的积累、问题意识的培养、研究能力的展示、写作水平的呈现之最综合的体现，而论文的答辩则反映了归纳问题的逻辑、口头表达的能力以及随机应变的水准，二者综合，对一个人的学术水平与能力的了解，大致也能够做到八九不离十了，所谓“虽不中，亦不远矣”。

正是因为论文的写作与答辩在研究生培养整个体系中占有举足轻重的地位，因此，导师和学生本人都对它予以高度的重视，在某种程度上，有着成败在此一举的关键性意义。导师生杀予夺、大义凛然，学生战战兢兢、如履薄冰，为的就是最后的答辩那半天。

我硕士学位论文题选得不理想，做“孟子政治思想研究”，可谓“题无剩义”，加上答辩过程中口才拙笨，发挥不佳，结果给时任论文答辩主席的沈善洪教授留下不太美好的印象，以至三年后我博士毕业求职时为浙江社科院所婉拒……沈先生当时担任着浙江社科院院长，进人最终由他把关。这就从一个侧面说明了学位论文撰写、答辩与一个人前程的关系。

一句话，在我读书那个年代，学位论文答辩绝对不是玩虚的，是真枪实弹的较量，论文答辩未能通过，完全不是新闻，而是司空见惯的现象。完全不像今天，绝大多数情况下，学位论文的答辩只是一个形式，虚应故事，走个过场而已。当然，我们那时每个人所遇上的状况也不完全一样，有的导师宽容一点，走“批判从严，处理从宽”的路子，有的导师严格一点，不但“批判从严”，而且“处理也从严”，那学生这时也就只能自求多福了。

在我们的印象中，北京大学历史系的宋史研究权威邓广铭先生的把关之严在学界之中是出了名的，属于有口皆碑，他的博士生中真的有答辩数次未过，而被搞得灰头土脸、狼狈不堪的。在这样的背景下，当时的学位论文答辩方面也流传过不少的趣闻逸事，我印象比较深的一则是这样的：有一位硕士生专门研究南宋时期的圩田问题，论文提交给导师后，被毫不留情地打回，他百思不得其解，跑去请教导师，询问问题出在哪里。导师告诉他，论文写得很扎实，富有创见，但政治上有欠缺，即论文数万字中居然没有征引经典作家的语录，若能补上，便可通过。这位学生唯唯而退，但回寝室后却完全犯难了，经典作家可没有专门对圩田有评论的，该怎么征引？他坐拥愁城一整天，临睡时突然来了灵感，茅塞顿开，原来他想到了毛泽东的名言：“水利是农业的命脉”，于是赶紧抄到论文开头处。次日再将论文文稿呈交导师，果然顺利过关，得以允准参加答辩，并一帆风顺通过答辩，拿到学位。这也算是具有典型意义的时代政治氛围制约规范中国学术研究的一个缩影了。

我是1988年春夏之际在山东大学历史系完成博士生三年的学习计划的，接下来的事就是提交论文并参加答辩。那年春节前夕，我在将自己的论文初稿提交给导师杨向奎拱辰先生、田昌五先生之后，就返回老家浙江绍兴，去与家人团聚了。当时我孩子还未满周岁，正需要我在家帮着照料，于是我乐不思蜀，在家里一待就是好几个月，直至4月初同门Y兄打来电话，惊破我的春梦。

Y兄在电话中告诉我："你赶快回学校，你的论文遇上麻烦了，田先生认为现在的稿子有缺陷，是不适宜提交答辩的。具体情况，电话里我不能细述，你自己回学校后再了解吧。"我一下子被打蒙了，悠悠万事，唯此为大，赶紧购了火车票，昼夜兼程，返回学校。到了学校，取来杨先生与田先生两位导师的论文初评意见，我才弄清楚自己的论文症结所在。杨先生只对我论文提了些技术性处理方面的建议，没有更多的意见，而田先生则是对我论文的论述范围过于宽泛，期期以为不可。

原来，我们当时的论文选题是很随意和很自由的，可做一本正经的论文，也可做有考据性质的古籍整理，如我同门齐涛教授，直接跟随王仲荦先生治学，最早的选题就是晚唐诗人韩偓的《香奁集》整理与研究，王先生逝世后田先生接手指导，才改选题为"唐代盐政研究"。又如，山东大学中文系杜甫研究权威萧涤非先生指导的博士生林继中君，他的博士论文选题就是《赵次公注杜诗》的整理与研究。此外，可以做非常宏观的大题目，也可以做非常微观的小考据，像萧涤非教授指导的另一位博士生、后来当上新华通讯社社长的李从军先生，其博士论文的题目就是“唐代文学论纲”。我开始时的论文选题走的是类似于当年李从军的那条路，定为“两汉儒学思潮的嬗变及其特征”，现在看来的确有些大而无当、天马行空了。田先生认为这类面面俱到式的东西，不应该成为博士学位论文的选题，就不容分说给打回来了。

今天细忖田先生的初衷，是完全合理的，这才是对学生的真正负责。问题是当时已是 4 月份了，距离论文答辩只有两个月了，这中间还要留出论文送审的时间，而我又不想因此延迟毕业。在这种情况下，完全推翻重来、另起炉灶显然是不现实的，只能以原稿为基础，突出与强化重点，使论文命题更为集中，重点更为突出，讨论更为深入，形式更为合理。

于是在田先生的具体指导下，并报请拱辰师允准，决定重点地系统地梳理和总结两汉儒学的最大代表董仲舒的思想体系，在此基础上，上延至战国末年、西汉初期的社会思潮趋势，往下涉及《白虎通义》、汉末儒学演变，主次相从，详略相宜，从而对以董仲舒为中心的两汉儒学基本内涵、发展逻辑、主要特色、相关影响做出自己有一定新意的解读与揭示。与此相应，论文的题目也由原先泛泛的“两汉儒学思潮的嬗变及其特征”，改为“董仲舒与新儒学”了。

时不待人，确定了新题目后，我即全力以赴投入改写论文的工作。那段时间，可真是拼了小命，完全豁出去了，称之为废寝忘食也没有任何夸张，即兵法所云：“置之死地而后生，投之亡地而后存。”

那些天，我基本的作息规律是这样的：上午 11 点起床，下午搜集资料、酝酿思路，晚饭后伏案写作，一口气干到凌晨四五点，成稿 8000 字左右，5 点上床休息，直到中午。每隔两天，到田先生寓所，将两天来写成的稿子呈田先生阅示，田先生也跟着忙碌，我的文稿是随到随审，提出修改指示。我取回后也是按其要求加以改订。这样的奋斗延续了整整半个月，我终于完成了 13 万字左右的论文。接下来就是交付打印和装订，然后，便是将论文提交相关专家审阅评议。谢天谢地，至此，我终于赶上了与同门 W 君、Y 君旅进旅退的答辩期限。

当时给我的博士论文书写评议意见的专家，有中国社科院宗教所的孔繁研究员、山东大学历史系的葛懋春教授（他也是我博士生学习期间的副导师）、山东省社科院院长刘蔚华研究员、山东省社科院儒学所所长赵宗正研究员、山东省社科院哲学所于首奎研究员、曲阜师范大学《齐鲁学刊》主编李启谦教授、山东师范大学历史系安作璋教授、时任西北大学校长的张岂之教授。他们对我的论文予以基本的肯定，如张岂之教授的评语就指出我论文将董仲舒思想体系概括为一大支柱、三重层次是颇为恰当的，认为我论文中强调董仲舒的“天人合一”思想源自墨家的“天志”说是很有新意的观点等等。送审的结果，意味着我的论文又过了一关，可以进入答辩的最后阶段了。

这里，要补上一笔的是，由于我论文完成拖沓的缘故，距离答辩的时间已所余无几，所以留给专家评审的时间十分有限，而这些专家拿到论文后都能及时审读并出具体意见，确保了我能按时参加答辩，这是莫大的恩德，每念及此，我内心始终充满了感激之情。另外，我的母系山东大学历史系，也给予了最大的支持，当时没有快递这一说，论文用平信邮寄，有寄丢的担心，用挂号信邮寄，又费时多多，为了确保我能按时参加答辩，系里慷慨出经费，让我随身携带思想史专业三人的论文专程赴西安，呈送给张岂之教授审阅。

张先生当时正在校长任上，公务缠身，日理万机，就让其助手任大援先生代收下论文。次日，任先生即来电话，通知我可前往西北大学取回张先生的评议书。原来，张先生收到3本论文后，用一个整夜的时间读完，并用毛笔写出了三份详尽的评议书。山大历史系对自己学生的关爱，张先生的全身心投入，也都让人铭感五内，难以忘怀。

终于迎来了答辩的时候。当时博士生还是比较稀罕的动物，不像今天这样，“博士满街走，教授贱如狗”。那一年，整个山东大学也就11个博士毕业，其中，历史系就占了其中的6位，另外5人，分别是数学系、物理系、化学系的博士。缘是之故，学校很重视，在经费很有限的情况下，予以最大的支持。所以，我们历史系的博士生学位论文答辩搞得很隆重，从各地请来很多位权威级学者主持或参加我们的答辩。

我记得当时到场的学者专家有下列几位：中国社科院历史所的张政烺先生、何兆武先生、张泽咸先生、李鸿彬先生，北京师范大学的何兹全先生，河北大学的漆侠先生，西北大学的张岂之先生，山东师大的安作璋先生，我的导师杨向奎先生、田昌五先生和副导师葛懋春先生自然也参加了答辩。可谓阵容严整，名师云集。

那天我的论文答辩会，有以下七位教授参加：拱辰师、昌五师、张岂之先生、张政烺先生、漆侠先生、何兆武先生、安作璋先生，由张岂之先生担任主席。

这些先生中，当时我心里最发怵的，是漆侠先生。漆侠先生是邓广铭先生早年的高足，是宋史学界除邓先生之外当之无愧的领军人物，他的要求严格，在史学界是遐迩闻名的。更要命的，是他与昌五师私交最好，这使得他提任何问题，都不必考虑顾忌导师的情面——大家都知道，学生的论文答辩在某种意义上也是检验导师的水平，如果学生的论文被挑出一大堆问题与缺失，客观上也多少是暗示导师指导上有所不足，没有将地雷提前排除掉，会让导师脸上也有些挂不住。

其实，对我们来说，漆侠先生的严厉，已不是耳闻的印象，更是目见的事实。我上一届师兄答辩时，漆侠先生亦到场，有一位师兄在回答漆侠先生的提问时，表现得过于自信，结果让漆侠先生连珠炮似的追着问，直到张口结舌、理屈词穷为止，搞得颇为狼狈，时间也大大延长，一场上午的答辩居然忙乎到下午1时。

这次漆侠先生也在其他师兄的答辩中尽展学术风采，经常问得答辩的同学前言不搭后语，好在大家已比较乖巧了，遇到答不上来的，就老老实实地缴械树白旗投降，表示自己读书有限、思考不周，日后当努力补课，迎头赶上云云。这时，漆侠先生反而释然了，就给出路："知之为知之，不知为不知，是知也。你既能虚心地认识到自己之不足，那就表明还有希望，下去后继续用功吧!"大家如蒙大赦，赶紧诚惶诚恐地表示：敬受教诲。

由此可见，漆侠先生的"严"，并不是要和同学们过不去，而是希望通过此种途径，煞煞大家的骄傲，让同学们明白"学无止境"的道理，认识到完成博士学位论文，仅是一个读书人万里长征的第一步，日后的路长着呢，只有虚怀若谷、谦逊谨慎，才能有所进步，逐渐成材。

冥冥之中有一种鬼使神差的宿命，即你越是害怕什么，那么，这害怕就越是会纠缠你。我的那场答辩，在进入答辩专家提问这个环节时，第一个发言提问的，就是漆侠先生。当时的答辩是现问现答，不像今天的学位论文答辩，是所有答辩专家问完问题后，给学生一段时间，让其下去针对专家所提的问题专门做准备。所以当时的答辩形式更要求学生具有敏捷的思维、随机应变的能力。

按常理说，漆侠先生是专治宋史的，我的论文是写汉代思想，研究方向隔得很遥远，可我那个时代的学者又是何等人物，历史上的那点东西，全在他们的掌握之中，所以，一出招就是见血封喉，直击要害："董仲舒讲天人合一，司马迁称究天人之际，通古今之变，成一家之言。那么他们所言的天人，含义是否一样，若不一致，差异又在哪里？"初闻之下，我的脑袋一下子就大了，因为这之前我真的未曾考虑到董氏与司马迁的"天人关系"之异同，但事到如今，退路是没有的，我只好硬着头皮，搜索枯肠，见招拆招，勉勉强强地陈述一番。大意是，两者形式相似，作为西汉思想界、学术界的顶尖人物，都一定会关注到"天人关系"这个两汉思想史上的最重大命题。但是，其"天人"所指代的内涵却有明显的不同，司马迁所说的"天"，是自然之天、抽象之天，也含有孟子阐述的命运之天的意义，是事物自由运行与发展的内在规律性的另类表述，而董仲舒所指称的"天"，是将它赋予了人格神的含义，具有了神秘主义、宗教化的色彩，从而造成了董仲舒整个学说走向神秘化的不归之路。

这样的回答，当然显得很肤浅，也不十分到位。但漆侠先生觉得我的态度尚端正，且也感到再提问，我也无法有更高明的表现了，所以，就点到为止，放我一马。不过尽管漆侠先生是高抬贵手了，但我这边却已是汗流浃背，近乎崩溃了。

所幸的是，接下来提问的张政烺先生非常温和，给了我以喘息的时间。张政烺先生是山东荣成人，与业师拱辰先生是20世纪30年代北京大学历史系的前后届同学，其读书之广、学问之大，在整个史学界是得到公认的。他的论著数量不算多，但字字珠玑、篇篇精粹，堪称史学研究领域中的典范之作，如《宋江考》《古代中国的十进制氏族组织》等等，皆为其例。

之前，我在杭州大学历史系读本科时，曾有幸在学校听过他的讲座，题目是“甲骨卜辞中的劦田考”。张先生口才不是十分出色，但仔细体味，你能发现他的学术卓识的确非同凡响，胜义迭呈，出神入化。如劦田问题，通行的说法是奴隶制下奴隶的集体耕作农田，张政烺先生认为这样的观点难以成立，于是他遂从天文、历法、气象、宗教、古文字、民俗以及日本学者研究甲骨文的成果等多个方面，进行十分深入而精湛的综合性考释，发隐烛微，提玄钩要，论证了劦田的本义当为一种祭祀“田主”的盛大仪式。千古之谜，遂得以涣然冰释。我当时虽不能完全听懂和理解，但张先生别开生面、另辟蹊径的研究视野与方法，则让人耳目为之一新，大开了眼界，不由得推崇备至了。

但是，在人们面前，张政烺先生恂恂如也，非常低调谦和，这也反映在他在论文答辩的提问方式中，记得他当时对我提出的问题是让我对一块汉代碑刻的内容做简单的解释。我于汉碑所知甚少，当然答不上来，面红耳赤，惭愧不已。张政烺先生微微一笑，只说了四个字：没有关系。就此打住。但潜台词我还是懂的，年轻人，学如逆水行舟，不进则退；人似平原走马，易放难收。人生有涯而学也无涯，还得静心苦身，继续学习啊。

接下来，是何兆武先生提问。何兆武先生早年毕业于西南联合大学，长期在中国社科院历史研究所（前身为中国科学院历史研究所）从事思想史、文化史的研究，晚年调入清华大学思想史研究所任教。何先生才气横溢，学术水平之高姑且不多说，他的外语之好，也是让人钦佩不已的，曾译有英国思想史学派代表人物柯林武德的《历史的观念》等著作。前些年曾以一册《上学记》自传体著作而广为人知。

当时的何兆武先生，才 50 岁开外的年龄，待人接物非常随和，一看就是有学问、有涵养的纯真学者。他当时提的问题，是属于历史哲学的范畴，具体的题目已无法回忆起来了，似乎与我论文本身的内容并无直接关系，我记得自己还是很勉强地做了答复。好长时间里，我在想何先生为何会提一个历史哲学的问题呢？到后来，总算自以为猜测出何兆武先生的用意所在：正确的历史哲学的指导，是分析、揭示历史活动本质与规律的重要前提，否则难免会不得要领、事倍功半，甚至劳而无功。可见，“君子授人以渔”，何兆武先生实际上是在婉转地提醒我：要加强对历史哲学、史学理论的学习与掌握，从而从新的视野、用新的方式来指导汉代思想史的考察分析，研究历史表象背后的本质内涵及其规律。这真是富有“良苦用心”的提醒了。

何兆武先生提问后，是山东师范大学历史系的安作璋先生向我发问。安作璋先生是著名的秦汉史研究专家，更是山东师大历史系的一面旗帜，他成名很早，“文革”前就有专著《汉史初探》面世，那时才 30 来岁。大家不要以为这是件容易的事，与今天阿狗阿猫只要交钱买书号就可出书，甚至出专著的情况完全不一样，那时出学术著作一般非大牌教授不可，而安先生能享此殊荣，足以证明在他的青年时代，就已经在学术界崭露头角，颇具影响了。他日后与熊铁基先生合著的《秦汉官制史稿》，更是习秦汉史者所必备的案头之书。此外他还著有《学史集》《两汉与西域关系史》《班固评传》《秦汉官吏法研究》（合著）等一系列重要著述，主编有《中国运河文化史》《齐鲁文化通史》《济南通史》《山东通史》等。他与业师昌五先生私交甚笃，合著有《秦汉史》，由人民出版社出版流布。安作璋先生为人亲切随和，对后进的奖掖，可谓不遗余力。我后来被山东师范大学齐鲁文化研究中心聘任为专职研究员、学术委员，就是承蒙他的青睐并鼎力推荐的结果。

他在向我提问之前，先对我的论文做了评点，予以了充分的肯定，这在整场答辩中，是独一无二的。人总是需要鼓励的，安先生的一番表扬，使我当时紧张的神经松弛下来，宛如服了一粒定心丸。安先生的问题也相对比较容易，让我阐释一下董仲舒的“罢黜百家，独尊儒术”主张之所以为汉武帝采纳的时代背景，我做了较为全面的回答。安作璋先生颔首表示认可。

业师拱辰先生、昌五先生因为是导师身份，就没有对我提太具体的问题，记得拱辰师只是在其他专家提问时插了一句，问我为什么西汉中期特别尊奉“公羊学”，而不是“诗学”或其他“经学”载体。拱辰师的《绎史斋学术文集》《中国古代社会与古代思想研究》等著作，我是反复研读，熟稔于心的，所以，就驾轻就熟较为轻松地作了解析。而昌五师则插话批评我对董仲舒以“天意”监督天子、限制皇权的意义评估太高，认为这仅仅是董仲舒本人的一厢情愿而已。他强调，在实际的皇朝政治运作中，其影响是非常有限的。即便是董仲舒本人，其遇上政治折腾之时，也只能做出唯一的抉择：“遂不敢复议灾异。”换言之，在汉武帝这样雄才大略的皇帝面前，作为读书人，千万不能自以为是，而只有借力打力、顺其自然的选择。公孙弘是这样，董仲舒同样不例外。

张岂之教授是答辩委员会主席，主持整场答辩。所以，他是让其他专家都提完问题后，最后一位才发言的。他先是对我的论文作了较为全面的点评，既肯定了论文中的亮点，也毫不留情针砭了存在的不足。接着他话锋一转，向我发问：你的论文中有关于谶纬问题的讨论，征引了不少的纬书资料，那么请你回答你在写作论文时，阅读并参考了哪一些载录纬书资料的文献？

应该说，张岂之先生的问题堪称一针见血，一下子抓到了我的论文软肋，刺中了我的痛处。由于时间仓促，加上运用原始文献的意识不强，我论文中所征引的纬书材料，基本上都是引用第二手的文献，如陈登原先生的《国史旧闻》等等。本想打个马虎眼，蒙混过去，但在张先生的火眼金睛里，实在是“无所逃于天地之间”。尴尬之余，我只好老老实实和盘托出。

张岂之先生当然相当不满意，向我严肃地指出：治学的基础是不能偷懒，二手材料只是给你提供线索，最后还是得由原始文献来为你文章的论点做支撑。陈登原先生的《国史旧闻》一书，本身是很有价值的，但陈先生在抄录史料时，多有删节减省，是不宜直接拿来当史料用的。纬书绝大部分已散佚，后人曾做过辑佚钩沉的工作，其成果主要收录在《玉函山房辑佚书》等典籍之中，你至少应该到这类丛书中去挖掘有用的资料。一番话讲得入情合理，道出了治学上应该有的学风和态度。我无话可说，只有打骨子里虚心接受，并在日后的研究中，时时刻刻用张先生的批评来提醒自己别再犯类似的错误。

经过整整一个上午灵与肉的“煎熬”，这场答辩会终于进入了尾声。答辩委员会对我的论文与答辩进行投票，来决定通过与否。所幸的是，尽管我的论文尚存在着大量的不足之处，我在答辩过程中的表现亦不尽如人意，但专家们秉持“批判从严、处理从宽”的原则，本着与人为善、奖掖后进的立场，还是给予了一致通过的判决。至此，一场称得上近似“残酷”的学术“拷问”终于降下了帷幕。

答辩会下来时，始终在场边观战的系副主任李老师对我说，看着你答辩时的窘况，我都替你感到紧张，现在的结果总算可让以大家松口气了。要知道，这也是一次警告，你可是要重视啊！李老师说的是大实话。我也明白，自己论文的过关，有一定的侥幸成分。自己没有任何庆幸的理由，没有半点自满的资本，只有更加努力，以不辜负师长们的宽容与提携。

二十多年过去了，每当我忆及当年博士学位论文答辩的场景，我浮躁的心就会沉静下来，知道学术的道路是那样的漫长，自己所取得的任何点滴成绩，永远是那样的卑微和渺小。

却道天凉好个秋：我的打油诗情结

凡是念过几年书，识得几个字，又有些小资情调，喜欢附庸风雅的人，在他（她）年轻时，大概都会做一个同样的梦：文学梦。

就他们中间的大多数人而言，文学梦首先是诗歌梦。辛弃疾词云："少年不识愁滋味，爱上层楼。爱上层楼，为赋新词强说愁。"这是文学青年无可救药的青春病。

我也曾年轻过，同样做过文学梦，起点就是学写打油诗。我初中毕业即踏入社会，在底层苦苦挣扎，卖苦力赚口粮钱，那是一段不堪回首的岁月，我怎么也不明白，今天还有不少人竟然向往着重回那个恐怖的时代。在我看来，这不是脑残，就是居心叵测。

人即使在最困厄的环境下，内心深处依然会保存有一份超俗的精神生活之期冀，这也许是当时支撑我不曾自暴自弃的生命之光。这种生命之光，引导我做起"文学梦"，使我的心灵从肉体中分裂出来，能够"躲进小楼成一统，管他冬夏与春秋"。

古人有言："诗言志，歌咏言"，放飞灵魂的最佳选择，就是读诗品词。一本喻守真先生编写的《唐诗三百首详析》，一本龙榆生先生撰著的《唐宋名家词选》，成为了我走近旧体诗词的最早启蒙。它们为我打开了中国古典诗词宝库的门窗，使我的生命从此得到了真正的升华!

与当下坊间充斥粗制滥造、误人子弟的国学“垃圾”截然不同，喻先生、龙先生的著作称得上是学术精品，融知识与审美为一体，铸普及与研究为一炉，真正的大家之作。姑且不说两位先生对诗、词的点评，多有画龙点睛、入木三分的神来之笔，更重要的是，两书在诗词知识、古典文学理论的传承上也是用心良苦、功德无量。《详析》对旧体诗的格律不乏扼要而精妙的普及，并详尽注明《唐诗三百首》中每一个字的平仄声，每首诗所用的韵部。而《词选》除了介绍所选词作的声律、韵读之外，还大量地征引了历代诗话、词话材料，对词作者的生平事迹、作品的创作背景与过程，作品艺术特色、思想内涵、在词史上的地位与影响以及相关的趣事逸闻等等，做了全方位的展示，真可谓是异彩纷呈，美不胜收!

反复观摩这两本书的结果，是使得我渐渐对旧体诗词有了一定的感觉，留下朦胧的印象。如开始知道：声需分平仄，句要合韵脚。什么“律诗”分有“平起正格，仄起变格”，什么“一、三、五不论，二、四、六分明”，也懂得诗虽有格律，但也不可过于拘泥，不能以声碍辞，以辞害意。像崔颢《登黄鹤楼》一诗中，“黄鹤一去不复返”连用6个仄声字，可同样是惊心动魄的好诗，谨守法度与通权达变乃是辩证的统一。另外，也渐渐有了诗学史、词学史方面的基本常识，以及诗词美学的初步概念，脑袋里兼收并蓄，装了一大堆诸如“羚羊挂角，无迹可求”、“草蛇灰线，意在言外”、“隔”与“不隔”之类的玄妙说法。可以说，经过喻、龙两位先生著述的启蒙，我当时对旧体诗词虽未能“入门”，但毕竟可以在门外窥视张望了。

除此之外，当时的我还读了一些旧体诗词，像海绵吸水似的，背诵默记了许多佳作。鲁迅在当时是受到当局完全认可的中国文化旗手，而鲁迅的旧体诗又实在写得太好——能与他比肩的现当代文人中恐怕只有郁达夫一人而已，“竦听荒鸡偏阒寂，起看星斗正阑干”“梦里依稀慈母泪，城头变幻大王旗”，如此佳句，可谓天籁。所以，他的诗几乎全让我给记住了。

又如，当时毛泽东发起“评法批儒”运动，被列入法家阵营的古人，不乏第一流、第二流的诗人，如李白、李商隐、李贺、柳宗元、王安石、刘禹锡、陆游、辛弃疾等等，他们的著作被大量翻刻出版，于是乎，又让我大快朵颐，将“沉舟侧畔千帆过，病树前头万木春”“共来百越纹身地，犹是音书滞一乡”“不畏浮云遮望眼，只缘身在最高层”“青山遮不住，毕竟东流去”等名篇佳句，尽收于腹笥。

此外，还在传阅“禁书”的过程中，接触到一些旧体诗词，像郁达夫的诗作名句，“曾因酒醉策名马，生怕情多累美人”，就是偶尔得之并被牢牢记住的。

当然，在那个时代，最熟悉的还是“伟大领袖”毛泽东的诗词。毛泽东的历史功过这里且不去评说，但毛泽东的才情文思为天下所罕见，则当属笃论。其在旧体诗词创作上的造诣之精湛、卓越，只要是持客观的态度，自应予以承认。像“苍山如海，残阳似血”“俱往矣，数风流人物，还看今朝”“天若有情天亦老，人间正道是沧桑”等诗句，堪称千古绝唱。所以，我当时最稔熟的旧体诗词，应该首推毛泽东的诗词作品。至于他后来写出“不须放屁，试看天地翻覆”这样的东西来，那可真的是属于自毁名节，佛头着粪了，令人扼腕浩叹，不胜惋惜！

读诗稍多，则不免心猿意马，手痒难耐，也想亲口“尝尝梨子的滋味”，常言道：“熟读唐诗三百首，不会作诗也会吟”，虽然不能写出像模像样的诗，但胡诌“打油”总还是可以的。更为重要的，是自己内心有一种冲动、一种渴求，希望借这个过程，释放压抑在自己身上的纠结，发泄自己心头的郁闷，所谓用诗歌这杯苦酒，来浇心头的那个块垒。郑板桥《沁园春》词云：“难道天公，还箝恨口，不许长吁一两声”，庶几近之。

记得最早的习作，是在一次赴绍兴柯桥附近的湖塘镇，拜访胡世庆先生之后写下的。

这位胡先生，在当时可谓是一个“异类”人物，身份虽是农民，但不治生业，以读书自娱，曾给郭沫若写信，论学衡文，得郭夫人于立群亲笔回信，从此在村中声名大噪，时人目之为不食人间烟火的“书呆子”。

他的交游似乎很广，与“缘缘堂”主人丰子恺先生也有数面之缘，手中存有丰子恺先生亲笔题签的照片，照片上的丰先生鹤发童颜，长髯飘逸，可谓仙风道骨，超凡脱俗，背后题款为：世庆贤棣惠存。仅凭这一点，就让当时的我对这位胡先生大为倾倒，崇敬之情油然而生。这位胡先生，后来成为有名的“农民红学家”，并在四十多岁时娶一位慕名爱才、主动投怀送抱的东北女子为妻，如花美眷，天上人间，还出版过一部颇有影响的《中国文化通史》，曾一度大红大紫，闻名遐迩。

当时，胡先生虽未曾发迹，蜗居乡间，但已是不同凡响，从其藏书之富，即可见一斑，至少在我的眼里如此。胡先生的最大美德，当属乐于提携后进，因此能够接纳我这样的无知少年，允许我前去叨扰，临别前他还让我和同行的徐扬生诸君借走多册图书，如郑振铎《中国俗文学史》、刘大杰《中国文学发展史》《故宫博物院书画集》等等，我们一行当时可真的是喜出望外，满载而归。

回到家中，激动的心情犹未能平复，既然无法手之舞之、足之蹈之，那也就只剩下一个选择，将心中的所思所感形诸文字。一般的记叙文不足以表达，于是就尝试着用旧体诗来倾诉，一口气写成了五首所谓的七律，并呈寄胡世庆先生以求郢政。其中一首全诗如下：

呈寄湖塘胡世庆先生（之五）

寂寞黄昏独倚楼，先生居处访何秋。
青山隔岸无烟霭，碧水萦萍有木舟。
临川梦沉还魂在，商容人湮梓乔留。
何当小室恭洗耳，十里湖塘再度游！

1973. 03. 15

“学如逆水行舟，不进则退；人似平原走马，易放难收。”这写诗也如同吸烟一般，很容易成瘾，一旦尝试，就“易放难收”，唐突字纸，打不住了。尤其是从友人那里得知，胡世庆先生看了我的五首“歪诗”后，居然颇为赞许、表扬有加，更是让我热血沸腾、余勇可贾了。于是就鼓足干劲，力争上游，又胡诌了不少歪诗。例如：

读文天祥《过零丁洋》诗有感

欲挽狂澜惨经营，愀然雁过黯秋星。
壮士生涯原幻梦，百姓劫数等浮萍。
风波浩渺颂炎宋，愁绪迷茫过零丁。
生前争知身后事，年年柏桧为君青！

1975. 02

残 春

海上渔氓山里樵，都缘春老怨寂寥。
风吹软絮最无法，雨打残枝已动摇。
昨日梁间燕去也，今宵灯下语悄悄。
几多花落凭君问，此刻江南梦自遥。

1975.02

绝句一首

龙泉三尺蓬莱有，灞上老人世已无。
少小空悲王谢业，年年雁又过杭苏！

1975.02.08

诗的主题不外乎是抒发历史之感慨，寄托个人之情愫。今天看来，其虽然不免于故作姿态、无病呻吟之讥，但当时自己可真的是倾心投入，谓之“呕心沥血”亦不为过。敝帚自珍乃人之常情，直到今天，我还时不时地“光顾”它们，以纪念自己生命中的一段痕迹。四十年后再回首，读着自己这些劫后余生、什存其一的“涂鸦之作”，我的心情可谓非常的复杂，“年年岁岁花相似，岁岁年年人不同”“树犹如此，人何以堪”，让人不胜欣然，也无任感慨。

当时，毕竟眼界狭窄、知识贫乏、信息闭塞、生活单调，因此，诗的题材也就有限，境界也就平凡，翻不出太多的花样，玩不转多少的噱头。比较可以记上一笔的是，几个朋友间的情谊十分真诚，彼此走到一起，是意气相投、同病相怜，这种友谊不曾掺杂任何功利的因素，所以，往往能历久弥新，天荒地老。应了中国的一句老话："衣不如新，人不如旧。"所以，我20世纪70年代的诗作中，有不少是赠友人之作，这里，谨移录两首，以见一斑：

再赠徐扬生两首（之二）

李自芳菲桃自红，一年一度又重逢。
完淳高捷古今少，宋玉数奇中外同。
月照无言生冷夜，鹃啼有泪恨春风。
回头浑浊人寰地，不堪风流付与东。

1975. 01. 06

赠戚越明四首（之四）

山青云薄水澌澌，聊将百感付歪诗。
为有惘然无限意，顿教重立不多时。
生涯大抵都如此，朋辈各自劫离支。
千言归一共记取：勤奋书札慰相思。

1976. 07. 20

诗本身是幼稚的，但情感却是真实的。四十余年过去，彼此的人生轨迹大不相同，"且夫天地为炉兮，造化为工；阴阳为炭兮，万物为铜"。（贾谊《鵩鸟赋》）冥冥之中，各有各的命运，你无从选择，亦无法选择。像诗中的徐君，1977年考入浙江大学，20世纪80年代中叶赴美国深造，获宾夕法尼亚大学博士学位，四十岁刚出头，就成为中国工程院院士，为香港中文大学副校长，日前又履新香港中文大学（深圳）校长，美国梦与中国梦，在他身上都做成了，是典型的学界精英、人生赢家。而诗中的另一位戚君，则是依旧在家乡绍兴，知雄守雌，知巧守拙，诚实地工作，悠闲地生活，同样活得坦然，过得快乐。

也许他们早已将我当年赠送给他们的诗作遗忘了，但这份情谊却始终存在，而我自己呢，寻觅和发现这些诗作的过程，本身就是重温旧梦、拥抱友谊的过程！

打油诗没有写好，我又患“人心不足蛇吞象”的毛病，玩起“打油词”来了。在我的感觉里，长短句的词，较之于中规合矩的诗，体裁更开放，形式更自由，变化更多端，遣词造句更灵活，有更多的抒发喜怒哀乐之情的空间，有更好的表达兴替盛衰之理的途径。于是，在写打油诗的同时，我还偶尔写些莫名其妙的“词”，自得其乐，大放厥词。天知道，我当时居然是那样的狂妄自大，不知天有多高、地有多厚，所谓“无知者无畏”“无知者无敌”，当时的我就是一个典型的“傻帽”！

地球人都知道，词牌名目众多，作词比写诗更加讲求技巧，也就是我一个人懵然无知，所以，在这种背景下我写的词，就恐怕连“打油”的资格也够不着了。不过，我不怕闹笑话，不怕献其丑，还是勇于抄录几阕，立此存照：

忆秦娥

月

壮怀烈，仰望碧空中秋月。中秋月，光自皎洁，语自喑咽。

银河万里无穷极，我欲凌翔高歌越。高歌越，满腹文章，一腔热血！

1974.09

沁园春

秋　夜

千种滋味，百般情感，萦回心房。恨西风乍起，黄昏又近，长空雁叫，匝地星朗。人声渐悄，偶有犬吠，寥寥渔火隐大江。徘徊久，为新词敲韵，最喜凄凉。

为何这般形状？是景色更添思情长。纵有朋如云，何比父母。异域虽好，不是故乡。闷来向风，愁深痴坐，间或学书散心肠。说不尽，挑孤灯如豆，四壁幽怅。

1976. 10. 19

浪淘沙

无　题

霜白月自明，叶落纷纷。西风留下孤雁声。纵将横笛吹弄起，难诉凄清。

无情似有情，其情最深。怅望寥廓梦不成。此中滋味谁省得，一片冰心。

1976. 10. 20

今天看来，这样的东西，当然显得幼稚可笑了，但是，人就是这样从荒唐无知渐渐地走向成熟的，完全不必为少不更事而羞愧。另外，一个人再是不济，做任何事情，只要持之以恒，总会有所进步。写诗同样如此，锲而不舍，日积月累，自然会有长进。到我进入大学的前夕，我的打油诗似乎稍稍能咀嚼出一点味道了：

无　题

万木经霜都添情，间黄染红怀素贞。
灯下疾书应寄恨，楼前吹箫自寒音。
效杜鹃处只是慕，忆秦娥时不见人。
推窗唯觉冷露逼，星稀月残夜正沉。

1977. 01. 08

1978 年，我机缘凑巧，混入了杭州大学历史系。从此自己的人生揭开了崭新的一页。大学的专业训练毕竟不一样，与当年在绍兴时小打小闹式的自学之间的区别，就如同运动员中专业健将与业余选手的本质差异。不过，这样一来，也出现了另外一个问题，就是容易导致心态保守，行为谨慎，往往眼高手低，不敢越雷池一步，所谓“眼前有景道不得，崔颢题诗在上头”。

就写旧体诗而言，随着我读书愈广，品诗愈多，就越是“悔其少作”，不敢再率尔操笔、班门弄斧了，尤其是听了杭州大学中文系徐朔方、刘操南、吴熊和、蔡义江等著名教授讲授的“中国古代文学”课程后，写旧体诗的胆量就完全被丢到爪哇国里，金盆洗手，改过自新。我的太老师顾颉刚先生在教育开导他弟子、也就是我的博士生导师杨向奎（拱辰）先生的信函中，曾有“读书三年，天下去得；再读三年，寸步难行”之警句，这可以借用来说明我当时对写旧体诗一事所持的心态。

旧体诗不动笔了，可我多愁善感的气质不变，自怨自艾的诗兴尚在，总得有个流露、发泄的地方与方式。于是就一改而学写起新诗来……在未跨入大学校门之前，也曾尝试着写过一些新诗，但实在是乏善可陈，不提也罢。新诗中，我受德国的海涅、英国的济慈、俄罗斯的普希金、匈牙利的裴多菲的影响比较大，尤其喜欢钱春绮先生翻译的海涅的《诗歌集》《新诗集》（均由上海新文艺出版社出版刊行），而其中“乘着歌声的翅膀”“汤豪塞之歌”等等，我当时都曾反复吟咏，全能背诵。所以，我的新诗都多多少少地沾染有一点唯美主义乃至感伤主义的色彩：

树的孤独

一棵苍老的树
孤独站在旷野
它在静静等待
那颗淡黄色的星
从那云层的身后走来
留给它一线
抹着忧郁的清光
和
一声无言的问候
它在静静等待
那轻盈的脚步
随着风悄然飘来
把它再送回绿色的梦中
就这样陶醉、忘却
甚至深深爱上
——那风的呜咽
雨的叹息

有梦的时分

只希望在晴朗的天空下，
一个人踯躅于无垠的原野
融入那绿茸茸的生机
闭阖双眼，梦幻——闪现！

伤心的旋律

你冲我生气
可生气中平添出一种妩媚
我对你微笑
微笑里却隐忍着苦涩清泪
你微笑，姣好脸上
闪耀的是圣洁的光辉
我惶惑，寂寞心头
过去的影子依然徘徊
当你温柔垂下眼帘
我就从你身边悄悄离开
像颗崇拜太阳的露珠
知趣地随着夜幕隐退

时光恍惚

那句话，你与我
——何曾忘却
但无言 唯能够
——黯然颔首

纵然是
那火星一息尚存
却难道
这时光还会倒流

诗写得很一般，不过，风格倒是比较明显的，拟之于旧体诗，走的是李义山《无题》诗的路数，“昨夜星辰昨夜风，画楼西畔桂堂东”“此情可待成追忆，只是当时已惘然”，境界上，我岂敢望李义山之项背，但韵味上似乎多少有些类同。我给自己的貌似公允的评价，是“有诗情无诗才”。现在看来，我的确不是一块写诗的料，于旧体诗如此，于新诗也同样。

尽管我当时不敢继续东施效颦，学写旧体诗了，但大学里刘操南诸先生开设的“中国古代文学”课程对我在诗词之道上的启蒙，还是令我受益匪浅的。记得吴熊和先生讲授清代诗歌，一上来就声言：清诗有四大类，一为“学人之诗”，钱谦益之诗是也，价值最低；二为“文人之诗”，吴伟业之诗是也，有韵味无境界，值得一读；三为“词人之诗”，王士祯之诗是也，有境界无诗魂，值得细品；四为“诗人之诗”，黄仲则之诗是也，境界超迈情辞并茂，雅人深致冠绝群伦，当为最高法则。接着，他引用黄仲则《两当轩集》的代表性作品，详尽阐释了其诗的精妙极致之处，“全家都在风声里，九月衣裳未剪裁”“十有九人堪白眼，百无一用是书生”“杀人无力求人难，千古伤心读书人”。吴先生浩叹：有何人能道出这样的绝妙好辞，又有何人能说尽读书人的千古同悲！吴先生的解诗别开生面，凿破鸿蒙，对我这样后知后觉的愚钝之人，真可谓是醍醐灌顶，茅塞顿开！

在刘操南、吴熊和诸先生的循循善诱之下，我对旧体诗的感觉似乎越来越有了一些，多少有些开窍，也悟出了一点小小的门道。如：诗要灵动神妙，关键是要妙用虚词，虚词如点穴，能使诗作气韵生动，全盘皆活，像吴伟业《圆圆曲》那段“妻子岂应关大计，英雄无奈是多情，全家白骨成粪土，一代红妆照汗青”，有了“岂应”“无奈”这两对虚词，便生动无限，境界全出。当然，实词如果用得到位，用得巧妙，一样能成千古名句，如陆放翁之“风雪楼船瓜洲渡，铁马秋风大散关”，皆用实词，共为三对，形象鲜明，气势恢宏，惊心动魄，尽善尽美！正是接受了这样的熏陶，潜移默化，感化挹注，我才数十年来始终对中国的旧体诗词怀有一份割舍不下的情愫，倾慕备至，心驰神往！

近些年来，随着年龄渐渐告别中年，走向垂老，自己内心深处的旧体诗情结又开始偷偷地浮出水面，有余暇时也不免重拾“打油”之技，偶尔写上一两首旧体诗，别出心裁地给自己松弛神经、调理心态。因为自己是以历史为谋生饭碗的，所以，在我的这些诗作中，有不少与咏史有关，且努力在历史人物与历史事件的评议中，引入逆向思维、异类思维，换个角度看问题，剑走偏锋，推陈出新，有时也做些翻案的文章。

宋襄公

仁义存心古道长，
淡看胜败逐疆场。
悲情谢幕英雄泪，
融入苍穹有遗响。

白　起

长平叱咤飚雄风，
六合混同第一功。
天地无奈将军死，
箭飞阵后祸旋踵。

刘　秀

圣明原是识刚柔，
退步妙能谋运筹。
汉官威仪垂千古，
始省兵儒可合流。

敬和纪宝成老校长赤壁怀古诗

暮色苍茫云水间，
周郎此地倒狂澜。
三分鼎立劫无解，
万古兴邦事最难。
忍说楼船付火烬，
任由吾辈评直弯。
天生孟德壮青史，
一仗输赢自等闲。

2012.12.01

孔夫子曰："五十而知天命，六十而耳顺"，我眼下早已过了"知天命"之年，距离"耳顺"之期业已不远，写打油诗，更多是怡情养性，陶冶性情，所以，没有必要像少年时那样，“为赋新词强说愁”了，而完全可以放开心灵，回归本色。可是，在很多情况下，风声鹤唳，形格势禁，也不宜直抒胸臆，放言无忌。这时候，就有必要再来细细体味当年辛幼安的心境了，“如今识尽愁滋味，欲说还休。欲说还休，却道天凉好个秋”。所以，如今我的诗中，千般感受，万种风情，也只能曲折道来，“欲说还休”了。古人云，“世事洞明皆学问，人情练达即文章”，这同样是我们的生存大智慧，只要是中国人，都是懂的。

但我十分欣幸的是，虽然在绝大多数情况下，我本人还存在着患得患失、优柔寡断的性格弱点，典型的“江山易改，本性难移”，但毕竟历经磨难，走过坎坷，看见了云卷云舒，习惯了潮起潮落，明白了人生一世、草木一秋的道理，懂得了得失无常、平安是福的奥秘，放手自在，无欲则刚。这种超越的心态，这种豁达的胸襟，总是集中借助于诗句来做宣示，来做表态，于是乎，很自然的，就有了下面这样的作品：

癸巳年春节杂感

寒星仨两抖峭风，
五更梦回鉴水东。
岁月无情长逝水，
人生落寞乱飘蓬。
淡然得失真名士，
凿破鸿蒙大英雄。
岂有文章传天下，
不如杯酒在手中！

2013 元旦口占

一夜朔风冰雪天，
无喜无忧辞旧年。
梦中柳色依稀处，
当知春意已盎然。

清明前夕抵吴中感怀

春风作伴万象殊，
垂柳拂面岁又赊。
莫道人生东流水，
月光依旧满姑苏。

无　题

暮色苍茫笼九州，
清风起处是春秋。
推窗犹见汉家月，
雕虫何言杜老忧。
杯酒沉醉吴山碧，
长歌曲尽大江流。
书生意气消磨尽，
留得诗魂赋归舟！

和纪宝成老校长《小园农事》

悠然神往若梦中，
园柳鸣禽春色浓。

极目江山无限处，
几多流水几多风。

无　题

天高又历一年秋，
才阅沧桑已白头。
世事无奈缘作茧，
人生快意是放手。
梦回鉴水血犹热，
叶落香径命未休。
偶尔酒酣诗兴发，
不关风月总关愁！

可是，就像鲁迅先生当年评说陶渊明那样，指出陶渊明并非一身都是“静穆”，有时也不免有“金刚怒目式”的。我凡夫俗子一个，岂敢攀比一代诗宗陶渊明，只是想借此说明，人的性格往往是多元的，甚至是分裂的。在向往遁世、“独善其身”的同时，也难以彻底摆脱入世的情怀。而诗歌则最容易展示一个人内心的矛盾心理、依违立场，所以，我在大唱“人生快意是放手”“留得诗魂赋归舟”的时候，也会“偶尔露峥嵘”，写出下面这类东西了，不过，我对此却从来不曾后悔过。

摹绘某些学者之嘴脸

躬逢盛世夸升平，
浩荡天恩泪涕零。
民有祸福关何事，

官无鼓吹劳尔心。
雌黄随意囊中饱，
沐猴从容主圣明。
乞得残羹骄妻妾，
画饼自娱且娱人。

清人赵翼诗云："国家不幸诗家幸，赋到沧桑句便工。"尽管我与诗词的渊源这么深，学写打油诗的历史这么久，但是，我心里很明白，头脑很清醒，自己于诗赋之道，毕竟是门外汉，我的那些东西，境界相当一般，文字十分幼稚，旧体诗不协平仄，未合韵律；新歌诗则诗味索然，无病呻吟。说起来，真是贻笑大方，可谓是味同嚼蜡，一无是处。但是，我还是珍惜我人生道路上学写打油诗的这段经历，珍惜我牺牲了无数个脑细胞才好不容易写成的歪诗俚词，因为它们终究是我生命中的一部分，是我历史上的一页纸，一切的美好、一切的回忆、一切的憧憬、一切的希冀、一切的感伤、一切的无奈，皆集萃于斯，也皆升华于斯。

所以，对我来说，其实别无选择，于是，我只能生命不息，"打油"不止！

一张试卷中的历史记忆

1982年，我很侥幸地考上了本科就读的母校杭州大学历史系的硕士研究生，专业是中国古代史先秦史研究方向，导师是黎子耀教授。

说“侥幸”，并非矫情，因为我入学考试的成绩并不理想，虽然中国通史、历史文献等科目考出较高分数，政治一门更取得了76分的高分（好多考生都栽倒在这门科目面前，当年的及格线也就45分），可是，外语是惊悚过关，不多不少60分，而专业课先秦史，才得56分。好在总分较高，遂以特例被破格录取。说句实在话，我是混入研究生行列的。另外6位校内外考生就不如我幸运了，2个名额只用掉了1个，我成了唯一的幸运儿。后来，我曾询问过子耀师，为什么他的给分手这么紧？子耀师答：于先秦史，我自己也就60多分的水平，给你56分已是很高的分数了。难怪乎，子耀师经常会给考生打出很低的分数，20分、30分很正常，最低时曾打出过8分的成绩。要是换成在今天，子耀师是招不到学生的。可这就是当年老一辈学人的风格。

那一年，子耀师已是78岁高龄，是当年杭州大学历史系除老主任沈炼之教授之外最年长的一位老师。他的年龄，加上当时没有必须在教室里上课之类的硬性规定，所以，我的硕士生专业课程都到先生家里上。刚开始时，尚在等待分配工作的师兄周鹏飞老师也一道旁听，后来他回陕西上岗，就剩下我一个人了。子耀师对我讲：每周一次，我讲的内容你消化不了，两周上一次课稍稍从容些，于是，我就每半个月上先生家聆听教诲。

虽然上课的密度不高，可学习的压力却相当的大。子耀师的课是互动式的，我不但要带着耳朵用心地听，也要开动脑筋借助舌头专志地答，他在下课前会宣布下堂课将讲授的主题，并布置相关的课前准备要求。所以，偷懒是不成的，糊弄更是连门也没有。下了课后，我的第一个任务就是跑图书馆，老老实实为两个星期后的课程做准备。

记得有一次为对付夏代文化的课，我在学校图书馆整整泡了10天，竭泽而渔，将当时有关夏文化的专题研究论文通通翻看了一遍，并对其中有代表性的论文做了提要，梳理线索、归纳观点并加上读后心得，这样才在接下来的课上勉强过关。

子耀师最为推崇王国维先生的学术成就，认为在先秦史研究中，王氏的“二重证据法”是屡试不爽的最佳利器。所以，在我印象中，收录在王国维先生《观堂集林》中的《卜辞中所见的殷先公先王考》一文，是他重点讲授与讨论的内容，连讲四次，几占整个课程的一半时间。

我读《观堂集林》，更喜爱读的是王氏另一篇宏文《殷周制度论》，曾问先生为何不讨论该文。子耀师答道：该文恢宏壮阔，气势磅礴，纲举目张，但是宏观之文，易生以偏概全之弊，看上去头头是道、义正词严，但往往理大于事，疏漏多有，即使高明如王静安，也难以避免，该文有启示，但可商榷处亦不在少数。初学者宜从根本做起，夯实基础，尤其要端正学风、专志笃实，切忌好高骛远、大而化之。高屋建瓴、大开大阖是学者晚年的事，至于初学者，倘若一开始就进入和效法，那便是误入歧途、缘木求鱼了。当时，先生的这番话，对我来说，可谓是醍醐灌顶，茅塞顿开。可是“江山易改，本性难移”，我的半吊子文人习性还是让我过早地告别了传统的治学之道，率性而为，写一些大而无当的东西，实在是愧对先生的一片苦心了。先生若九泉有知，一定会深感失望，斥我顽冥不化，是一个不可教的“孺子”了。

一学期很快就过去了，子耀师的“先秦史专题研究”课程也进入尾声。当时的研究生教育虽说是自由开放，但再自由再开放，期末的考试这个程序还是要有的。所以，子耀师就按学校的规定，命题对我进行考试。

我很幸运地至今仍保留着他当年出的“先秦史专题研究”的考试题目。它没有印刷，而是在一张64开的小纸片上的手写稿。四道试题今谨抄录如下：

一、《国语·鲁语》载虞、夏、商、周吉礼，就中所言殷礼在甲骨卜辞中得到证实否？

二、王国维考证卜辞中的王亥，结论如何？有何证据？

三、西周金文中所见的土地转让情况如何？

四、试言近年探索夏文化的由来和现状。

我现在也忝居高校教师之列，也时不时会想到一个问题：一位老师的水平高低体现在什么地方？其实，这是多余的遐想。因为，老师的高水平在任何地方都是能够得到反映的，讲课精彩、成果丰硕固然是水平，考试出题到位同样也是水平。子耀师的这张试题卷，就是很好的例证。

细加体味，子耀师的四道题，把握了先秦史学习与研究的两个最重要环节：第一，先秦史学习上内容重点的掌握问题；第二，先秦史研究中方法要领的掌握问题。

就先秦史学习的内容而言，夏文化探索，关系到对中华文明的起源问题的了解与认识，其重要性固不待言；礼制文化是中华传统文化的集中体现，孔子云：周因于殷礼，其所损益可知也。故讨论殷礼，并进而认识西周礼乐文明，也是先秦史研究的重中之重。历史学的本质属性之一，是尽可能复原历史的真相。殷商年代邈远，复原真相最为不易，从研究殷商先公先王谱系入手，则是最具有典型性意义的工作，连殷商的历史都能复原，遑论其余？实可收举一反三、触类旁通之效。土地制度的演变是经济史乃至整个历史演变的基础，把握了土地制度的发展脉络，则整个社会形态的递嬗及其规律、影响亦可思之过半了。

就研究的方法论而言，子耀师的这份试题也同样渗透着他的高明治学理念，套用一句时髦的话讲，就是所谓的“预流”。众所周知，研究先秦史的最大难题，一是资料贫乏、文献遗阙；二是有限的文献资料真伪混糅、年代界定困难，众说纷纭，莫衷一是。因此，学术界特别重视用地下考古发现新材料来弥补文献记载不足的缺憾。换言之，如果没有地下考古新材料的支持，先秦史研究就难以取得有意义的进展，得出令人信服的结论。从这个意义上讲，王国维先生所倡导的“二重证据法”，的的确确是无可动摇的先秦史研究的最佳方法、正确途径。

所谓“二重证据法”，王国维在 1925 年有明确的论述：“吾辈生于今日，幸于纸上之材料外，更得地下之新材料。由此种材料，我辈固得据以补正纸上之材料，亦得证明古书之某部分全为实录，即百家不雅训之言亦不无表示一面之事实。此二重证据法惟在今日始得为之。”陈寅恪先生后来更简洁地概括为：“取地下之实物与纸上之遗文互相释证。”即是一种把新出土或发现的史料与古籍记载结合起来以考证古史的方法。自提出之后，便为绝大多数学者所服膺，被公认为一种高度科学的学术正流。

子耀师对文献熟悉的程度是惊人的，98 岁辞世前，在双眼患白内障无法看书的情况下，仍以口述的方式，撰就《周易密义》《老子密义》等多部学术专著，旁征博引各种文献，全凭记忆。他一样很关心和重视地下考古新发现，而且认为初学者尤其要掌握正确的治学方法，这在先秦史研究中，就是要以了解和运用“二重证据法”为起点，一开始就走上正道。

为此，他不但在讲课过程中苦口婆心加以强调，而且也在考试中有意识地予以倡导。四道试题，都包含了“二重证据法”方法论运用上的具体要求，都是地下出土资料与文献记载互为印证的案例。这种良苦用心，是他对学生负责的生动体现。至今念及，尤为泫然。

30 余年转眼就过去了，我已不记得当年我是怎么回答这四道试题的，也不清楚子耀师当时是否满意我的答案，究竟给我这门课的考试打了多少分……及格大概是肯定的，否则我在 1985 年也就无法正常毕业了。所幸的是，当年的试题，我保存了下来，成为我手中难得的子耀师遗墨。这张试题纸颜色已渐渐转黄，质地也越来越松脆，可是我脑海中子耀师的音容笑貌却始终是那么的清晰，他的学识，他的人格，他的情怀，他的境界，永远是我这个做弟子所不可企及的巍峨山峰。

一张小小的试卷，贮存着太多的历史记忆，让我睹物思人，无法自已！

质朴的仁者：魏老师

在一个人的人生旅途上，总会遇上几个能够让自己离开时思念、见面时欣慰、成功共同分享、忧虑一起承担的好人，在他们的跟前，你可以谬托知己，可以全身心放松，可以展现自己的本色，可以暴露原先刻意地掩饰着的缺点，总之，完完全全恢复自己的自然本性，彻彻底底摆脱利害的缰绳束缚。有了这样的人做导师、做朋友，那你这一辈子就算有福，就不算白活。

对我来说，杭州大学历史系的魏得良老师，就是这么一个人。

初次见到魏老师，是在1978年11月初的历史系新生入学欢迎会上。当时他就给我和我的同学留下了极其深刻的印象。这印象说白了，就是一个“土”字，我们无法想象，在大学里居然还有这样纯朴得像泥土的老师。黝黑的脸膛，花白的头发，携带一把市面上几乎绝迹的旧黄油布雨伞，身着灰白驳杂的中式对襟棉袄，活脱脱一位憨厚木讷的农民大伯形象，与我们过去所想象的大学老师潇洒优雅的风仪真的一点也沾不上边。他的发言也和其他老师不同，没有华丽的辞藻，没有激动人心的鼓励，只是直截了当介绍了他承担的那门“历史文献”课的课程安排，以及学生应注意的事项，简朴实在，平易自然，就如同他本人的形象一样。

就这样，魏老师走进了我的生活，在我的生命历程中，从此增添了一层平凡而又有悠长值得回味的师生情谊。

魏老师主讲的是“历史文献”这门基础课，这门课的宗旨，是通过对重要历史文献篇章的阅读和理解，让历史系的学生了解和掌握基本史料，培养起运用史料从事历史教学与研究的基本能力。整个课程前后两个学年，是历史系学生一门必不可少的专业基础课程，也即进入中国历史宝库的一把开门的钥匙。

魏老师以他固有的质朴风格讲解这门课程。他讲得很认真，但丝毫不渲染，只用平直、朴素的语言循序渐进、按部就班地把一篇篇古文献予以串讲疏通，帮助同学真正读懂课本上所载的文献内容，使大家在潜移默化之中，增添阅读古代文献的兴趣，提高鉴别和运用史料研究历史的能力。由于魏老师授课从不追求轰动效果，从不横拉直扯掺入一些趣闻逸事，语言朴实无华，所以初听起来，显然有些平淡，甚至单调。然而时间长了，你就能咀嚼出它的深厚滋味，发现它的确蕴含着博大而实用的学问，可以让你从中受益无穷，学业精进。我始终认为，自己今天能够在史学研究方面做出少许的成绩，与魏老师当年给我打下的古文献阅读、理解能力的基础息息相关。

如果我与魏老师之间仅仅是限于这样的一层关系，那么就只能算作一般的师生，没有必要特别费笔墨追叙。魏老师之所以在我的人生中具有重要的意义，乃在于他的品质、他的人格帮助我懂得生活的意义、人生的境界和作为学者应有的操守。与知识相比，它们更让人受益无穷！

大学四年，我除了听魏老师讲授的“历史文献”课外，还曾选修过他开设的选修课“左传选读”。可是在此期间，或许是我的腼腆内向，或许是我学习成绩并不出类拔萃，我没有引起魏老师的太大注意。双方之间也就是一种普通的教与学的关系，谈不上亲切的私人情谊。我同魏老师的相知相交，关系出现质的飞跃，乃是在我考取历史系黎子耀先生的硕士研究生之后，从那时候开始，迄今十六七年，彼此间的心扉渐渐向对方打开，真正融入各自的生活。

这里，我既不想揣度自己留给魏老师的印象，也不愿妄测魏老师对我这个学生的具体感受，只希望把自己心目中的魏老师形象，浓缩成寥寥几笔，告诉我所有的朋友。

魏老师的宽厚在杭大历史系中是出了名的。外校的师生只要同魏老师有过接触，也一样会有深切的感受。与人为善，自甘吃亏是他生活的准则。我与魏老师交往近30年，彻夜长谈不计其数，可就是没有见过他在我面前臧否过他人。即便是在晋升教授一事上，系里有个别人玩些手法，想把他挤对掉，他知道实情后也没有动气，更没有站出来斥责对方的卑劣行径。而是主动替对方着想，认为名额有限，对方为了一己的利益打击、贬低他人，虽不怎么道德，但亦可以谅解，何必计较，伤了和气。这可谓真正的“恕道”!

在书稿的署名、课题的承担、稿费的分配这一类敏感易起风波的问题上，魏老师的宽厚和谦让也是有口皆碑。他始终觉得，大家合作一次很不容易，实在没有必要为了利益的分配而闹什么不愉快，所以他总是承担最艰巨的任务，负责最具体的工作，以自己的默默劳动和无私奉献，确保一些大型合作课题的最终成功，体现了一个忠厚长者的风度。

我曾因研究生毕业分配一事上的遭遇不公对待而状告某主

任。对于我这种年轻气盛的冲动行为，魏老师心里恐怕是不以为然的，然而，他却宽容地予以了理解，没有任何的指摘，一如既往接纳我，并耐心聆听我的抱怨和牢骚，这的确让我备受感动。在魏老师待人接物中所体现的宽厚精神面前，我不禁为自己的冲动之举而多少感到脸红。

胸襟的广阔，性格的温柔，使得魏老师在为人方面处处表现出纯真的质朴诚恳。这一点上，我有极其深刻的亲身体会。自从我考取山大王仲荦先生的博士生后，我每次回绍兴探亲都取道杭州中转，每一次在杭州中转时，都选择魏老师家作为自己的落脚点。他和他的家人从来不以我的打扰为麻烦，而总是以最亲切，纯粹家庭成员式的态度欢迎我的前去，使我感受到一种回到自己家里般的放松和愉悦，无拘无束，潇洒自在。日子一长，几乎形成了某种固定的模式：我往往在不预先打招呼的情况下，扛着大包小包冲撞进去，魏老师在惊喜之余，安排我稍事休息，而后我就和他确认是否在他那里吃饭，说明晚上要回他家里过夜。我提要求毫不迟疑，他满口应允也平易自然，彼此丝毫不讲客套。于是我便从他那借得一辆自行车，在杭州城里疯跑，拜访师友，处理琐事。通常总要忙乎到晚上 10 时以后才回他家，就如同倦鸟返巢似的。魏老师每一次都在家中等着我，待我进门后，先送上一杯预先泡好的清茶让我解渴，然后递上烟卷与我叙说家常，一聊就到 12 点钟以后。第二天一大早，他就起来准备好可口丰盛的早餐，待我用毕后，再用自行车驮上我的大包小包送我赶路。这样的情景，几乎是每年来一个轮回，他从来不为之而有丝毫的厌烦，始终做得那么的亲切和自然。

魏老师的达观和坚忍同样令我肃然起敬。由于种种原因，魏老师的境遇并不太好，师母没有正式的工作，家庭也数次遭受不幸。可谓经历坎坷、忧患迭至。可他始终没有为人生的厄运所压倒，总是以常人无法想象的坚忍战胜命运，保持了知识分子的尊严和正气。这种顽强的生命力是最可珍贵的，它使得魏老师能够以泰然达观的态度直面人生，能够以律己恕人的原则积极处世，能够以发愤勤奋的姿态投入工作，能够以宽容诚挚的品德赢得尊敬。在魏老师的身上，几乎集中了中华民族的所有传统美德。他是小人物，然而他的人格和情操足以成为每位读书人的楷模！

我与魏老师的交往，可以说已经不掺杂任何功利的因素，而纯粹属于心灵的沟通、精神的慰藉。有这样的老师做自己的朋友，我感到自豪和幸福！

黎子耀教授学述

1978年，我考入杭州大学历史系。1982年，也即大学毕业的当年，我考上了杭州大学历史系的硕士研究生，业师是黎子耀教授，专业方向为先秦史，这可以说是我比较规范治学的开始。

黎子耀教授，湖南汉寿县人，1907年3月生。幼读私塾多年，后赴常德入湖南第二师范附小，学名明浩。1923年，入长沙明德中学，得以在诗文方面，受教于刘永济、吴芳吉、苏雪林等名师硕学。1927年考入武汉大学历史系，之后，曾因身体原因，辍学数年，至1935年，毕业于武汉大学史学系。先后任教于苏州女师和贵阳女中，著名女高音歌唱家、中央音乐学院教授张权先生即系其在苏州女师任教期间的学生。1941年起，任浙江大学史地系讲师、副教授。其间，与历史地理学家谭其骧、文史专家缪钺诸先生相友善，并给时为大学一年级生的李政道"中国通史"课程考试100分的成绩，成为当年浙江大学教学史上的一个佳话。1949年后，历任浙江师范学院、杭州大学历史系副教授、教授。

大学时期，子耀师受教于著名历史学家、系主任李剑农教授，对中国经济史甚感兴趣。1937年，因国难由苏州回湘，家居一年，撰成《补后汉书食货志》。其上卷于1943年发表于

《国立浙江大学文学院集刊》，同时发表于《思想与时代》杂志。该集刊未能续出，故下卷始终未曾公开刊布。这实为一大憾事。

在浙大任教期间，阅读正史，上起汉魏，下及南北朝，并辑录刘知幾《史通》对各体史籍的评论。关于刘知幾在学术上的贡献，写有《刘知幾思想述评》一文（载《思想与时代》月刊第卅期，1944）。此文从四个方面概括了刘氏《史通》一书的主要内容：1. 论史籍的体裁；2. 论作史的方法；3. 论史家的修养；4. 论读史的鉴别。此外，还指出刘氏的治学精神“谨守求真之义，甘冒犯侮之嫌”，认为这种境界难能可贵，有利于学术思想的发展。又在韩愈提倡古文运动之前，刘氏已经提出文体改革的主张，这也是世之论文学源流者所不可不知的。

子耀师的《史通》研究，为其后来在杭州大学讲授中国史学史，不啻做了准备工作。他讲授的内容，其范围上起古代，下及现代，意在使同学们对中国史学史发展的整个过程得到一个轮廓，对中国史学史的主要特征有基本的认知。他曾对同学们说：“我没有钱给大家，所给的只是一根钱串子，以便将来自己寻找钱。”

这门课程，子耀师讲了几遍，还准备据此着手编写一部中国史学史，因“文革”十年动乱而中辍。已完稿者，仅及南北朝而止。魏晋南北朝史学一章中，他曾挑选几节发表在《杭州大学学报》。计为：《史学在魏晋南北朝时期的新地位》（1979年第三期），《魏晋南北朝时期的历史编纂学》（1981年第一期），《魏晋南北朝史学的旁支——地记与谱学》（1982年第二期）。最后一篇中探讨了中国地方志的起源与家谱学发达的原因，自有见解，不乏创获。

子耀师著史之志，虽未得酬，但在育才方面却是有收获的，他所指导的学生与助手，继续他的事业，勇猛精进，以十年之功，终写成了一部《中国古代史学史简编》，约五十万言，由黑龙江人民出版社出版，颇得读者的好评，成为治史学史者案头必备的参考书。

1965 年，他研究李心传的史学，从《建炎以来系年要录》辑录李氏对熊克《中兴小历》的评语共五百余条，分为十类，编为《中兴小历李氏考异类辑》，计十万字。此书之辑，便于考订熊书。四库馆臣辑熊书时，误认此为完本，其实残缺颇多。仅就《系年要录》援引到的《小历》文字来看，熊氏原本有而今本无者，多至七十八处。这样，子耀师就通过对一个具体的个案分析，获得了自己的学术判断，即四库馆臣的话，并不足完全置信。

此稿辑成之后，子耀师进而希望写出“系年要录引用史料目录”和“系年要录引用史籍叙录”。他又想到李氏对《小历》和其他史籍的利用和考订，亦可分别辑录，加以整理。在当时的原始史料中，《小历》是权威性的，但从《系年要录》的考证来看，《小历》也并非是完全可以依据的。李氏利用《小历》之处固然很多，驳正它的也不少。这样，就值得将李氏对《小历》取舍两方面的资料汇集起来，成为一编。又如：徐梦莘《三朝北盟会编》所利用的史籍，大都为李氏所利用。这些史籍的资料为《北盟会编》所引用。而李氏在《系年要录》又有所考订者，为数不少，可以编成一部“三朝北盟会编李氏考异”。又如：《系年要录》中对王明清《挥麈录》，既多采用，又多驳正，也可以汇集成帙。由于时局的影响，使他的这些设想都无从实现。后来他的研究兴趣便转到经学方面了。

传说文王困而演《易》，子耀师则困而读《易》。他自己认为：以前读《易》，不知所云，学了辩证唯物主义和历史唯物主义之后，再重读《易经》，遂发现《易经》原来是一部西周社会史，更具体地说，它是一部西周社会对立冲突史。他将《易经》内容分为十类，加以注释。注本初稿曾请著名先秦文献专家王驾吾（焕镳）教授审订。王氏习《易》，向来不出汉、宋两派，但是，对子耀师的观点颇为推重，赞许说："凿破鸿蒙，自成一说，为读《易》者开辟一条崭新的道路。就奴隶社会阶级斗争来说，有凭有据，信非唯心逞臆之谈。《易》无达诂，故《易》注较他经为多，然尚无如尊兄所说者，盖得助于马列主义为多也。"

不过，在今天看来，子耀师如此解释《周易》，也是受当时流风的影响所及，打上了浓厚的时代烙印。回想我自己 20 世纪 80 年代初发表的几篇论文，同样是动辄引用"经典作家"的语录撑场面。杭州大学历史系的 81 届——也即"文革"后首届研究生中，有一位研究"圩田"问题，一开始论文在导师那里就通不过，原因无他，就是不曾引用"经典作家"的论述，后来总算找来毛泽东"水利是农业的命脉"一语，才得以提交答辩。今天说来，真有恍如隔世之感。

关于《易经》的哲学思想，子耀师首先断言八卦中包含阴阳五行思想，写了《阴阳五行思想与〈周易〉》一文（载《杭州大学学报》1979 年第 1—2 期）。几年以后，他发现乾坤两卦的内容，就是阴阳五行思想的具体化。乾卦讲论天道，即太阳的运行规律；坤卦讲论地道，即月亮的运行规律。日月运行，乃有宇宙，故《系辞传》说："乾坤其易之缊邪，乾坤成列而'易'立乎其中矣。"

关于《易经》的写作方法，子耀师首先提出《易经》是一部谜语集。它以象征文学的手法反映西周社会的阶级矛盾。子曰："书不尽言，言不尽意。"（《系辞传》引）正是这种写作方法的特点。

子耀师的《易》注，历时十年，稿凡三易。最后又以焦氏《易林》作为旁证解经，丰富了注文的内容。稿本定名为《周易秘义》，著名《周易》研究专家黄寿祺教授，《老残游记》后人刘蕙孙教授，对子耀师的易学观点，亦多有肯定，认为足资启迪。

子耀师认为儒家经典，多用隐语，以《易》《诗》为尤著。先秦注经，亦以隐语释隐语，《彖辞》《象辞》是如此，《毛传》释《诗》亦复如此。这种注经的传统，至汉魏之际而中断。因此他深有感慨地说："王注行而《易》义失，郑笺作而《诗》义亡。"

对经学中的其他经典，子耀师同样有精湛的研究。如关于《诗经》，他写了《〈诗经清庙之什〉中所见西周礼制考》（载入《西周史研究》，陕西社会科学院编）。文中一方面指出《诗经》中包含阴阳五行思想，另一方面叙述了阴阳五行思想影响下先秦吉礼的源流。又如关于《尚书》的研究，他写了《〈洛诰解〉献疑》一文（载入华东师范大学历史研究所编《王国维学术研究论集》第一集）。

在生命的最后阶段，他克服白内障眼病带来的困扰，凭惊人的记忆力，致力于先秦经典文献的研究，考镜源流，辨章学术，发凡起隐，提玄钩要，在魏得良教授的协助下，先后撰著和出版《周易秘义》（浙江人民出版社）、《老子秘义》（三秦出版社）、《周易导读》（巴蜀书社）、《论语秘义》（陕西人民出版社)、《周易黎氏学》(陕西人民出版社)等著作。其学术成果受到学术界的关注和推重，其本人也以著名易学专家在学术史上享有一席之地。

子耀师从撰写《补后汉书食货志》为学术研究的起点，突出反映了他考镜源流、钩沉史实的雄厚功力；中年后转入史学史与政治史的研究与教学；晚年则从事以《周易》为中心的先秦思想文化史的探讨，系统形成以“《周易》黎氏学”为标志的学术思想体系。这三个阶段以及其中的转折，实际上体现了子耀师本人在治学上的显著特点与高明境界：早年治经济史，宗旨在于求其“实”；中年治史学史，宗旨在于求其“通”；晚年治经学，宗旨在于求其“理”。这本身就是一个合乎逻辑的研究境界的递嬗历程，是科学理性地走向治学自由世界的通途。尽管历史研究者在具体学术路数上各有不同，但是，求实究真、会通识变、明理致用当是共同的研究宗旨与价值取向。

与学术贡献相比，子耀师的人格修养与思想境界则更堪称楷模，令人高山仰止！他爱惜人才，奖掖后进，可谓不遗余力，乐此不疲。而对个人的名利地位却毫不萦怀、视若浮云。他是1942年的浙江大学副教授，高教4级，这一等，可就是整整37年，1979年才出任教授，在今天人们看来，这几乎是难以置信的事情，可是，子耀师却淡定自若地走了过来。

我在他门下亲炙前后整整三年，离开杭州大学后，也曾无数次庭趋请教求益，但从未见他臧否人物、议论时政。他始终认为：学者的本色是治学，超脱一点为好，单纯一点为好，要有豁达的心态，超然的气度，进入陶渊明诗句所倡导的境界：“纵浪大化中，不喜亦不惧。”但是，这并不等于泯灭是非的界限，出主入奴、阿谀逢迎，而是超越眼前的得失，摆脱俗务的羁绊，坚守自己的原则，维系自己的纯真。为此，他一再提醒我们这些门生要保持独立思考的精神，无论治学还是做人，都不能突破底线，所谓“心之官则思”“我思故我在”，就是他最为喜欢的格言。弘一法师有偈语言：“君子之交，其淡如水。执象而求，咫尺千里。问余何适，廓尔忘言。花枝春满，天心月圆。”在我心目中，子耀师已经完全进入了这样优雅的人生理想境界！

子耀师是2005年5月以99岁的高龄驾鹤西去的，他寿届期颐，这当与他旷达的人生态度不无关系。他曾以自己的经历为例子，说明人生有如雪泥鸿爪，充满着各种偶然性：当年抗战胜利，浙大从贵阳回迁，途经武汉，武汉大学的师长、同窗都慰挽他留在母校武大任教，他说行李已发往杭州，且自己一直未曾到过杭州，观光“有三秋桂子，十里荷花”的美丽西湖乃是自己的一大心愿，于是就随着浙大大队人马回到杭州，可谁知这西湖一看，就是整个后半辈子啊！当时，子耀师是微笑着讲述这一切的，我也是微笑着聆听这一切的，但心里却多少浮起一层淡淡的忧愁：人生犹如春梦，应当珍惜拥有！

云山沧沧，江水泱泱，先生之风，山高水长！

两部遗编晋到唐

——忆业师王仲荦先生

2008 年下半年，中华书局隆重出版了《王仲荦著作集》，将先师仲荦先生的生前全部著作汇编在一起完整奉献给学术界，这当然是对仲荦师一生学术贡献的最好纪念。本来据说以此为契机，还要在山东大学举行《王仲荦著作集》出版发行仪式暨王仲荦史学成就学术座谈会，后来也不知道是哪个环节出了问题，这个活动临时被取消了，作为王门弟子，我当然是十二分的失望，翘首以待的结果，是无可奈何的落寞。

不过，让人稍感欣慰的是，主持此事的谭师兄仍希望做点弥补性的工作，其中最主要的一项，即积极筹措编一本《王仲荦先生纪念文集》，为此，他向仲荦师的亲朋好友、弟子门生征集文稿，我自然也收到了通知，师恩如海，铭感五内，笔墨文字岂能报答一二，但舍此途则无更好的选择，遂以恭敬肃穆的态度，缅怀和追忆先生的音容笑貌，永志自己对恩师刻骨铭心的纪念。

山东大学是一所以文史哲见长的传统名校，20 世纪 50 年代中文系有号称“四大金刚”的“陆、冯、高、萧”，即：陆侃如、冯沅君、高亨、萧涤非四大著名教授擎举猎猎大旗；历史系也无遑多让，其辉煌阶段曾有多位著名教授坐镇齐鲁大地，授业莘莘学子。他们包括杨向奎、黄云眉、王仲荦、童书业、赵俪生、张维华、郑鹤声、陈同燮等人，号称“八马同槽”。此外，尚有丁山、孙思白、李新、庞朴、华山、韩连琪、卢振华、葛懋春、吴大琨等学术宿儒或中青年名家执掌教鞭。1985年我进山大攻读博士学位时，虽说历史系盛况已不如从前，“八马”之中，陈同燮、童书业、黄云眉诸先生业已仙逝，拱辰师、赵俪生先生早已调离，唯有仲荦师、张维华、郑鹤声先生依然在这里传道授业，但是就全国范围来说，它依然是素孚众望的。我为自己感到庆幸，因为能到这么一个厚重历史积淀和浓郁文化氛围中求学问道，这是我个人学术生命飞跃的一个新的契机。我更为欣幸的是，我能忝列仲荦师的门墙，直接聆听他的教诲，获得他的指点。

仲荦师是浙江余姚人（余姚在民国期间是绍兴下辖的一个县，中华人民共和国成立后才划归宁波市管辖，从这个沿革情况来讲，仲荦师和我算是真正的绍兴同乡），生于1913年，是国学大师章太炎的入室弟子，早年专志于训诂文字音韵之学，后渐渐进入史地之学的研究。抗日战争期间曾任时任国民政府云南监察使李印泉先生的秘书，协助印泉先生编撰《永昌府文征》，1945年任中央大学中文系副教授，1948年任山东大学历史系教授。仲荦师于文学、历史均有高深的造诣，尤精于魏晋南北朝隋唐史的研究，著有《北周地理志》《北周六典》《魏晋南北朝史》《隋唐五代史》《金泥玉屑丛考》《敦煌石室地志考释》《峼华山馆丛稿》《峼华山馆丛稿续编》《西昆酬唱集集注》等一系列著作。此外，仲荦师还参加了中华书局“二十四史”的整理点校工作，负责主持南朝“五史”（《宋书》《南齐书》《梁书》《陈书》《南史》）的点校，与负责主持北朝“四史”

的武汉大学唐长孺先生并称为“南王北唐”。北京大学周一良先生的评论可谓切中肯綮：章门高第，一生游心文与史；吾道先驱，两部遗编晋到唐。（挽王仲荦）

从阅读这些文本以及平时向先生求教的过程中，我深切体会到仲荦师学术贡献的几个显著特点：一是博通与专精的统一。他既著有会通性质的中古“两史”，又撰有考据缜密、烛隐发微的北周“诸志”。前者示人以“通”，后者则示人以“深”。二是理论与实证的统一。如仲荦师作为“魏晋封建论”的主将之一（“魏晋封建论”其他的代表人物还有尚钺、何兹全诸先生），其关于中国古代社会性质的论述反映了其理论思辨、宏观驾驭的深厚功力；同时，他有关古代物价的考证、敦煌文书的释读，又体现了其注重实证、无信不征的鲜明旨趣。三是文与史的统一。孔子云：“言之无文，行之不远。”史学著作的生动可读，是其之所以富有生命力和影响力的前提之一。仲荦师小学基础雄厚，又曾在中央大学中文系执教，因此他的史学著作注重文采，典雅精致，乃学林所共认，亦深受众多文史爱好者的欢迎。这三条我自认为是追随仲荦师问学的主要收获。然而，1986 年 6 月 4 日，王仲荦先生因突发性心肌梗死而遽归道山，使我永远失去了继续聆听先生教诲的机会，至今念及，依旧泫然。

我能有幸忝列仲荦师的门墙，更多的是缘于一种运气，带有偶然的成分。1985 年硕士学业完成前夕，我机缘凑巧得悉了仲荦师招收中国古代思想史专业博士生的消息。早在读本科期间，我因对中国古史分期有兴趣，曾拜读过仲荦师论证“魏晋封建论”的论著，对仲荦师心仪仰慕已久，这时，见有亲炙问学先生的机会，便热血沸腾没有任何犹豫报名投考。

待报名时的冲动渐渐消退后，我内心反而忐忑不安了：此前我从未给先生写信问学求教，先生对我的情况毫无了解，贸然投考，似乎有些缺乏必要的铺垫；山东大学本校的才俊究竟有几人角逐，也是一无所知；自己专业水准尤其是外语水平乏善可陈，底气全无。凡此种种，均让人萌生打退堂鼓的意念，但年轻人的好胜心，使得我没有轻易放弃，开始了复习迎考的准备。

也是我注定的运气绝佳，命该有贵人相助，一次偶然的机会，我了解到魏得良、仓修良两位教授与师母郑宜秀教授相熟识，两位老师知道我准备报考仲荦师的决定后，一是热情地予以鼓励，予以祝福，二是主动地表示乐意向仲荦师和郑师母积极推荐我。郑师母那边很快给了令人鼓舞的回音，说是代表仲荦师欢迎我的报考，并希望我在考试中正常发挥水准，能够实现自己的夙愿。有了这样的回音，我才排除杂念，心境才趋于宁静，并在接下来的考试中正常发挥，成为了仲荦师的一名弟子。

1985 年 5 月初报名，6 月中旬赴山东大学考试，那时我才第一次拜见仲荦师，次年 6 月 4 日仲荦师就不幸去世了，前后相加，我真正从先生问学求教的时间连一年也不到。这么短的时间里，仲荦师博大精深的学问我能学到多少，当然是无从谈起的。换句话说，在先生学术事业的传承谱系中，我是没有资格列入的，所谓“未曾登堂，遑论入室”了。人贵有自知之明，我这里就不说仲荦师的学术贡献、学术地位，而只是说说我当时所见到的或后来所听到的仲荦师在日常生活中的点滴印象，它虽然零零散散，但诚然是吉光片羽，弥足珍贵。因为师长与前辈生活中的细节更能反映与体现其人格精神与道德风范，充满着人生智慧。这才是他们给后来者留下的最重要文化精神遗产，也是他们对我们这些学子的最大恩宠。

在十分有限的向仲荦师问学期间里，先生给我留下的最深刻印象有三点：

这首先是谦逊随和、虚怀若谷。仲荦师是海内外屈指可数的魏晋南北朝与隋唐史研究权威学者，然而，他恂恂如常人，身上丝毫没有专家的架子，亲切自然，谦和内敛，每次拜望先生，均是如沐春风，浑然不知时间在悄然流逝。他总是推崇他同辈专家的学术造诣，而从不愿多谈自己的学术成就。

《魏晋南北朝史》是仲荦师影响最为巨大的著述之一，许多人正是通过这部书才知道仲荦师的，可以毫不夸张地说，学历史的，没读过甚至没听说过《北周六典》《北周地理志》的人也许不在少数，但没读过仲荦师《魏晋南北朝史》的人恐怕不多。国家教育部评选首届优秀教材奖，获奖的历史学教材仅两部，一部是翦伯赞主编的《中国史纲要》，另一部就是仲荦师的《魏晋南北朝史》。应该说，以此书的学术价值与社会影响而言，它获此殊荣，乃是实至名归，理所当然。可是仲荦师面对这份荣誉，却绝无半点的激动，只是淡然说上一句：这不就是一部教材吗。旷达恬然的心态，彰显无遗。

又如，对史学界内部那种“南王北唐”的称呼，仲荦师内心颇不以为然，他高度推重唐长孺先生的学术成就，一再谦逊地表示：唐先生学问大于己，自己是不能和唐长孺先生并列相称的。

正是秉持这种低调谦逊的做人做事风格，仲荦师能够沉潜执着，以追求真知灼见为治学目标，淡泊于名利得失，不希冀学术上的风光或轰动。其三部代表作《北周六典》《北周地理志》《西昆酬唱集注》均成稿于他20多岁时，但一直到他60多岁时才由中华书局出版，前后跨越40年的时间，没有谦逊虚心的精神做支持，是绝对不能至此境界的。

其次是宽厚待人、海涵包容。宽容是做人的最大美德，这正如老子所云："江海所以能为百谷王者，以其善下之，故能为百谷王。"而一个人宽容美德的养成并成为思想行为上的自然流露，则是其谦逊品格的必然体现，这一点在仲荦师身上得到了十分鲜明的印证。我记忆中，有两件小事足以显示先生"海纳百川，有容乃大"的人生境界。

我博士生入学复试，是在仲荦师家中进行的，除了仲荦师外，当时还有葛懋春教授、丁冠之教授参与把关。记得复试的口答题有两道，第一道题是如何评价王充在两汉思想史上的地位，我相对轻松就回答了；但第二题却是我从来没有关注的，即：在思想史研究中如何贯彻逻辑与历史相统一的原则。因为没有关注，我只能信口开河，乱说一通，但毕竟心虚，我越来越紧张，开始变得口干舌燥、词不达意了。这时，仲荦师不但不显现不屑或不耐烦的神情，反而以和蔼的神态鼓励我：不要心急，按自己的想法讲，说对说错都没有关系。正是先生的宽容包涵，我才排除杂念，把题最终答完。而先生对年轻人正面鼓励的做法，也成为我今天对待更年轻学人的基本原则了。

20世纪80年代，是思想解放的鲜活时代，史学研究的范式也在这个时代背景下发生转换。当时我们这些年轻学子一度痴迷于用系统论等"老三论"和信息论等"新三论"来探讨历史，对老一辈学者的治学方法多少有些疏离。记得1986年3月份，山大历史系曾举行过一次学术方法论座谈会，由老师们向我们这些年轻的博士生、硕士生介绍学习与研究历史的方法。

仲荦师也出席了这次座谈会，讲话时仍秉持他治学的基本理念，强调打基础、搞史料的重要性。与会中有一位陈姓的教世界史的老师，他接着仲荦师发言，大意是王先生所讲原则都对，但是在这个变化剧烈、急功近利的社会里，再按传统的路径治学，不免有些远水不解近渴了，其言外之意，是仲荦师所坚持的治学理念有些“迂远而阔于事情”。

仲荦师是何等聪慧之人，哪里听不出这番话的弦外之音？然而，他并不以为忤，只是宽厚地一笑，不再说什么。这种不计较的态度，在名闻天下的教授身上体现出来，的确令人肃然起敬。事实也证明，当年我们好高骛远的表现是何等的浅薄、何等的无知。

其三，是甘于奉献，助人为乐。进入改革开放时期后，仲荦师曾担任过多年的山东大学历史系主任一职。在这个平台上，先生运用有限的资源，做了大量为他人服务的工作，用自己的积极操持、默默奉献，见证人性的光辉，谱写友情的颂歌。

仲荦师对同行怀有深厚的情谊，尤其是对那些英年早逝的同系教授怀有无穷的追思和不尽的眷念，于是他把搜集整理亡友的论著，并向出版社推荐出版作为系主任任上的一项重要事业。有一次，我在先生家汇报读书进展情况，先生突然提及山大历史系已故教授卢振华生前曾撰著过一部《论语》的著作，但因未整理而无法出版，所以他希望我留意此事，争取日后有机会参与整理，使卢教授的著述得以出版。这事虽然最终不了了之，但仲荦师关心系里已故老师的学术成就总结，并积极予以推动，乃是客观的事实。就是在他的主持之下，并由他本人作序，童书业先生的《先秦七子思想研究》、陈同燮先生的《古代希腊罗马史》、华山先生的《宋史论丛》等著作才获得顺利出版，告慰了亡友们的在天之灵。

对同单位的人是如此，对外单位乃至不太熟识的人也是同样。1996 年初夏，在北京图书馆举行了仲荦师逝世十周年纪念座谈会。会上，北京大学历史系教授王永兴先生深情地回顾了当年仲荦师在他返回北大任职一事上所作的大力推荐。

中国社会科学院新闻研究所所长尹韵公先生则回忆起他当年拜识仲荦师的情景：尹韵公以新闻学研究背景“客串”历史学研究，于三国史解读多有心得。还在读研期间，一次他途经济南，发现自己已无回北京的盘缠，情急之下，计上心来，遂冒昧前去拜访仲荦师，从而第一次见到先生。道白过仰慕之情，切磋过三国史实，韵公兄“图穷匕首见”，遂开口向仲荦师表示自己的困窘之况，希望先生借些钱给他，使他能顺利返回北京。仲荦师毫不犹豫予以答应，并询以需要几何？韵公兄表示，10 元足矣，因为当时济南至北京的车票为 10 元。先生说，一路上你总得有吃饭喝水的开销，还是拿 20 元吧。于是乎韵公兄受钱告退，一路顺畅，回到北京。

谦逊虚心、包容宽厚、乐于奉献，这就是仲荦师的人格魅力，这就是仲荦师的人生境界。这比先生学问事业更为伟大、更为崇高，身为王门一名不成器的弟子，我也只能以仰慕先生的德操，作为自己追求向上提升而避免向下沉沦的不竭动力！

难忘立雪程门时

——追忆拱辰师、昌五师

《西北大学学报》“大家学术随笔”约我为专栏撰稿，受邀后高兴之余，又有些担心和犹豫。自己虽然在《孙子兵法》、中国思想史和中国军事史等领域研究多年，但是的确不敢罔称“大家”，思考再三，决定还是从我学术刚刚起步的地方写起，对杨向奎先生和田昌五先生两位史学大家的学术、做事为人等进行一些回顾。

1986 年 6 月 4 日凌晨 3 时许，我和师兄王晓毅尚在梦乡之中，被一阵急促的敲门声猛然惊醒，睡眼惺忪地打开门，见到的是住在隔壁的于化民师兄，他满脸悲戚地告诉我和晓毅一个非常不幸的消息，我们的业师王仲荦先生因突发性心肌梗死，抢救无效而遽归道山。我们都怔怔呆站在夜色之中，差不多半个小时的时间，大家都默默无语，闪烁的，只有眼眶里那盈盈的泪水。天亮后，我们几人立即去仲荦师家中，协助师母郑宜秀教授办理先生的后事，尽做弟子的最后一份心意。

仲荦师的去世，使我永远失去了继续聆听先生教诲的机会，至今念及，依旧泫然。当时，山东大学历史系只有仲荦师有博士生导师的资格，所以，他的离世，不仅是对我们这些在读弟子的巨大精神打击，也带来一个严峻的现实困境，山大历史系的博士点能否保住，一旦保不住，我们两届博士生就得转学，转到其他有博士学位授予点的学校去完成学业。所幸，学校出于对我们几位尚未完成学业的博士生的关怀、负责，也为了保住山大的历史学博士点，全力以赴，从中国社会科学院历史研究所礼聘田昌五先生到山大历史系任教，这样，田先生就成为了我们这两届博士生的共同导师，我们这些“孤儿”从此又有了“父母”，可以留在山大顺利完成博士生的全部学业了。

田昌五先生为了加强和提升博士生指导的质量，为从事政治史、制度史研究的齐勇锋、袁刚、谭世保、傅克辉等人，聘任何兹全、田余庆先生为共同导师，为从事思想史研究的王晓毅、于化民和我，聘任杨向奎先生为共同导师。如此一来，我的博士生导师就一共有了三位，即王仲荦先生、杨向奎先生和田昌五先生。

杨向奎先生（1910—2000），字拱辰，河北丰润人。1934年毕业于北京大学历史系，师出名门，是胡适、傅斯年和顾颉刚的高足。1957年拱辰师被调到中国科学院历史研究所工作，曾任国务院学位委员会历史学科第一届评议组成员。拱辰师在中国学术史、中国古代思想史、经学和自然科学哲学等研究领域，造诣精深，贡献良多。先生同时也非常注重以学术期刊引领学术潮流，他当年主编的《文史哲》杂志，就是引领当时学术潮流的一面伟大旗帜。“《红楼梦》研究与讨论”“中国农民战争史研究”“中国封建社会分期问题讨论”“中国资本主义萌芽问题讨论”等风靡当时中国学术界的热点问题的提出与讨论，皆发轫于拱辰师主持的《文史哲》这个刊物。

拱辰师治学勤勉，硕果累累，其《中国古代社会与古代思想研究》《绎史斋学术文集》《宗周社会与礼乐文明》《两汉经学研究》《翻经室学术文集》《自然哲学与道德哲学》《大一统与儒家思想》《中国古代史论》《清儒学案新编》《中国屯垦史》（合著）等著作，均在不同学科领域的发展史上具有里程碑的意义。《绎史斋学术文集》中的不少单篇论文，就是后学者日后一部学术专著的基础，如研究庄存与、刘逢禄等人经学思想的论文，即是陈其泰撰写《清代公羊学》一书的起点与依据，而拙著《何休评传》的观点也未能超出先生《论何休》一文的樊篱。即便是没有列入自己学术研究重心的领域，拱辰师也时有精彩的论文面世，如《释"不玄冥"》一文，就圆满解释了甲骨文中"不玄冥"一词的真实含义，受到"甲骨"学界的推许，郭沫若在其 1958 年再版的《殷契萃编》中，在眉批上特作引述，称"其说至确"。

拱辰师服膺王国维古史研究的"二重证据法"，在历史学研究方法上主张文献资料、考古发掘和民俗调查的有机结合。1986 年，先生为撰写《宗周社会与礼乐文明》一书，他不顾已届高龄，亲赴豫西、洛阳和关中一带，进行实地考察，详细了解周朝建国初年的地理环境及有关问题。另外，拱辰师还注重史学研究现代借鉴意义的发掘，先生与人合作的《中国屯垦史》一书面世后，曾受到当时农业部有关领导的推重，对此，拱辰师颇感欣慰与鼓舞，曾在自己的"学术自述"中专门提及此事。在他看来，历史学研究中，"古为今用"乃是必有之义，值得史学工作者努力践行。先生晚年在总结毕生治学经验时说："我始终认为，历史学是社会科学中的基础科学。因为它是探讨社会发展规律的科学；而物理学是自然科学中的基础科学，因为它是探讨自然发展规律的科学……但无论学习自然科学和社会科学，必须有哲学基础。"这些富于哲理的话，就是拱辰师一生追求的科学方法。

拱辰师对学生的关怀与提携也是不遗余力的。我的博士学位论文是《董仲舒与两汉新儒学》，限于学力，我对汉代经学的了解与认识，可谓稍知皮毛而已。先生是汉代学术研究方面公认的屈指可数的权威，我习作中的问题他当是洞若观火，一清二楚，然而，他还是出于奖掖后学的立场，加以宽容，让我顺利过关。当拙著在台湾文津出版社出版时，他更俯允亲笔撰写“序言”，予以热情的鼓励。在“序”中，拱辰师推许拙作“是一部有头有尾、全面阐述董仲舒的思想及其影响的好著作”，强调拙作中论述“董仲舒的天人合一与早期的天人感应说之间既有联系，又有区别，两者之间存在着体用关系”，乃“是很有特色的一章，详细阅读它，可以帮助我们理解汉代儒生们发生的积极作用及消极影响”。我心里很清楚，自己的论文水平很一般，不足以当先生的如此表扬，就始终将这些嘉许视作鞭策之义。

学生有任何点滴的进步，先生都多加肯定。我 1990 年在岳麓书社出版了《白话孙子兵法》一书，这只是本通俗性的古籍整理图书，可拱辰师看了后，大加褒扬，逢人就称赞，并对林彪的女儿林豆豆说起，日后若有机会从兵学原理的层面来整理、总结林彪当年的战例及其战法规律，我当是一个不错的人选。

尤其让我感动的是，1995 年拱辰师和我在淄博举行的“姜太公军事思想研讨会”上相逢，他看到代表资格表上，我还是“副高”职称时（我是 1997 年晋升“正高”的），他老人家居然为此大为感慨，说我职称偏低了，并说可惜他的老熟人姜思毅中将（曾任军科院副院长）已经不在位了，否则他一定要替我发声，希望军事科学院对我的职称有个公正安排。我连连说，自己是否为正高无所谓，有导师这样的评价，这才是最高的荣耀，表明自己的工作获得了肯定，自己的水平得到了认可，没有比这更为令人欣慰的！

拱辰师的治学精神与风格，也有值得我们后学者认真学习与传承发扬的地方。他出自名家门下，其业师顾颉刚、傅斯年等人都是中国史学界成就卓著、领袖群伦的泰斗级人物，他们对拱辰师的器重和关怀也是众所周知的。然而，在拱辰师那里，师生情谊是一回事，而学术上的看法又是另一回事。在学术上，他始终秉持“当仁，不让于师”的基本立场，从不盲从附和乃师的观点，在许多情况下，还敢于提出异议，进行质疑。傅斯年先生倡导“夷夏东西说”，拱辰师根据自己的研究，对傅先生的这一看法进行辩驳，认为夏王朝崛起于东南地区；他在 20 世纪 40 年代撰写《西汉的经学与政治》，其指向的对象恰恰是乃师顾颉刚的《五德终始说下的两汉政治与历史》，两者看法截然不同。拱辰师平时一再说，“吾爱吾师，吾更爱真理”，这乃是千古颠扑不破的真理，作为学生，要敢于怀疑和挑战老师的观点，而不宜亦步亦趋，画地为牢，只有这样，学术才能薪火相传，代有进步。

勤能补拙，学贵质朴，这是拱辰师的坚定信仰，也是他无论面对顺境，还是遭遇逆境均能做到安之若素、泰然淡定的重要原因。在十年“文革”大浩劫中，他被组织上安排到毛家湾的“林办”工作，主要从事历史资料的搜集与解读事宜。作为 1950 年入党的老党员、老教授，当时是以党性的原则来对待和做好这份“差使”的，可是，又有谁知道政坛是如此的可怕、政局是如此的吊诡，作为局外人的读书人永远无法参透其中的奥秘。“九一三”事件以匪夷所思的方式发生了，林彪外逃，坠机蒙古国，作为“林办”的编外工作人员，拱辰师也在劫难逃，被“审查”了。

这一“审查”就是好几年。其间只允许读马列著作、毛泽东选集，不准看专业书，拱辰师就要求读数、理、化等自然科学的书，终获“恩准”。谁知这一读，拱辰师在自己的学术领域中又开辟了一个新的天地。他以惊人的毅力开始研究自然哲学和理论物理学，通过他多年艰苦的努力，撰写了《论时间、空间》《未来的理论物理学：量子与熵——二进位的数字表达式》《人生境界论——自然空间与理性空间》等著作。这些著作，受到了国内外科学界的重视，为沟通人文科学与自然科学进行了可贵的探索。

拱辰师在和我们学生谈到自己这一人生经历时，总是说这是“坏事变好事”的典型例子，是标准的插柳成荫，歪打正着。同时，这也让他悟出一个道理，人群中，“中智”之人居多，人的潜能是无限的，不过是没有认真开发而已。只要持之以恒，潜心专志，没有什么是学不会的。

拱辰师的豁达与大度同样令人钦佩。他对《红楼梦》这部“中国古代百科全书式”的小说有浓厚的兴趣，并在曹雪芹的籍贯问题上持“丰润曹”的观点——拱辰师为丰润人，这么讲乃在情理之中，并撰有文章刊于《红楼梦学刊》上，这一下，可惹火烧身了。众所周知，名人的籍贯与活动地之争，是中国学术文化界一大热点，如孙子故里，有山东惠民说、山东广饶说、山东临淄说近十种；诸葛亮躬耕地，有河南南阳说、湖北襄阳说；连究竟有无其人的大美女西施，籍贯是浙江诸暨，还是浙江萧山，笔墨官司也打得不可开交。这情况，在曹雪芹的籍贯问题上同样存在，“辽阳说”抑或“丰润说”辩驳热闹，讼争无已。

拱辰师主张“丰润说”，自然让持“辽阳说”的学者不感冒，有一位先生撰文反驳，文中用词非常尖锐，语气十分辛辣，我的几位师兄见此文后，情绪也起来了，准备组织文章展开反击，拱辰师知道后，立即加以阻止。他表示：这类笔墨官司的文字，多写无益，只会降低自己的器局，何必再火上浇油呢？话虽不多，但给我留下了极其深刻的印象。唯大师方能有这样的气象，即所谓宠辱皆不惊，从容且淡定。

接下来，再说说田昌五教授。

田昌五先生1925年生于河南省郾城县的一个农民家庭。当他还在开封一中读高中时，抗日战争爆发，蒋介石号召：“十万青年十万军，一寸江山一寸血。”正是这个口号，激发了先生的爱国热情，昌五师慨然投笔从戎，奔赴抗日前线。参军后，昌五师前往印度阿萨姆邦的中国远征军的训练营地，编入新一军（军长郑洞国）的汽车团。1943年10月，中国远征军再次入缅作战，昌五师随军进入缅甸。

抗战胜利后，昌五师弃武从文，于1947年考入北京大学历史系，1951年毕业后留校任教，1956年进入中科院历史所。1987年调入山东大学，任历史系教授、博士生导师。同时担任中国殷商文化学会会长和中国农民战争史研究会会长等学术兼职。2001年10月因病不幸去世。

昌五师史学理论素养深厚，思维敏捷，学识渊博，是一位具有鲜明个性的历史学家。他在研究中致力于践行历史和逻辑的统一、历史研究宏观和微观的统一，强调经世致用，提倡通古今之变，在中国古代社会性质和社会形态研究方面取得了突出成就。他的代表作《古代社会形态研究》《中国历史体系新论》《中国历史体系新论续编》等，皆洞烛精微，自成体系，在学术界产生了深远影响。如昌五师提出的中国古代社会形态说，认为中国古代社会的本质特征是宗族奴隶制，国家形态是宗族城邦；春秋时期宗族奴隶制瓦解，至战国变法运动的结束而形成了封建专制国家。昌五师晚年最重要的学术贡献，就是系统形成了他有关中国历史体系的新看法，他把晚清以前的中国历史划分为洪荒时代、族邦时代、封建帝制时代三个阶段，揭示了中国古代社会文明不断转移和封建社会循环发展的规律，认为中国古代历史在循环递进，在重复中整合，在整合中前进，见解深刻，引起学术界的普遍关注，为古史研究注入了新的活力。

昌五师是具有强烈学术自信与学术追求的史学大师。他的独特经历、理论素养和不甘人后的个性特征，都决定了他不愿意做寻章摘句、饾饤补苴的“三家村”学究，而渴望在史学阵地占领制高点，开创新局面。即便是像陈寅恪这样的史学泰斗，昌五师也敢于撰文对其某些观点展开质疑，进行辩驳。如他认为陈寅恪对魏晋士族制度的论述似有可商榷之处：“其误之一，是没有对士族制度发展的全过程进行历史考察，而是抓住某个阶段立说，因而不免于片面性和主观性。其误之二，是没有把士族制度作为一种选官制度或仕进制度进行考察，而是就个别人物和事例立说，用以诠释士族制度，因而不免于主观任意性，失去客观性和科学性。其误之三，是对史料的断章取义。”也许昌五师的这些论断并不完全允当，但他这种不囿成说、勇于挑战的学术追求精神，则是难能可贵，值得由衷钦佩的。这也是学术事业代有传承与发展的动力与保证。他曾不止一次在我们这些学生面前讲过：“五老（指郭沫若、范文澜、翦伯赞、吕振羽、侯外庐五位马克思主义史学家）之后，史坛无主；逐鹿中原，当其时也。”听上去似乎显得有些“狂妄”，但如果仔细读过昌五师的著述，认真品味过昌五师的观点，可知他是有资格将自己列入可以“逐鹿中原”的群雄之一的。更何况，做学问，是应该有点“狂”性、“傲”气。非如此，就不足以“筚路蓝缕，以启山林”；非如此，就不足以“指点江山，激扬文字”；非如此，就不足以蔑视陈规陋习，挑战权威偶像。

昌五师的率真与通透也让人感到亲切与自然。同时，他的“挥斥方遒”，有时不免会使一些人感到有些不自在、不舒服，甚至无意之中会得罪人。但在我们学生的眼里，老一辈学者之间的恩恩怨怨，更多是荒诞岁月条件下形成的睽隔与误会，内中原因十分复杂，非三言两语能说明道白，更无法考究谁对谁错。

其实，我们学生心目中的昌五师，是个浑身上下晶莹剔透的性情中人，犹如“清水出芙蓉，天然去雕饰”般自然。在尔虞我诈的社会里，拥有和保持这种本色，是何其难能可贵！“望之俨然，即之温然”，他对学生的要求很严，学术上绝不马虎。当年我的博士学位论文一开始是写“两汉儒学思潮的演变”，犯了“无所不备，则无所不寡”，面面俱到，大而无当的大忌。结果，初稿交上去，昌五师看了，勃然大怒，毫不留情地痛斥我一番，警告我若不好好修改完善，就休想提交答辩。但是，批评归批评，他还是尽力帮助我，指导我怎样调整与修改，关键之处，他一点拨，就让我找到了修改的方向，走上了正确的途径：强化与扩充董仲舒学说的论述，并以董仲舒为中心，上连下靠，透视两汉儒学的发展演变。终于在 15 天之内，让我顺利完成论文的修改，参加答辩并获得答辩委员会的一致认可。

至于在平时见面时，他更是随和与亲切，从不端导师的架子。昌五师喜饮酒，爱吸烟，深夜写作，白日休眠到日高三尺，我们去早了，就登堂入室，自行找烟，吸得室内烟雾弥漫，昌五师醒来见此，也不以为忤，一面打着呵欠，一面也跟着点燃烟卷，与大家一道腾云驾雾，差不多了，这才话入主题，言归正传。

但是，平易随和的同时，昌五师在学术上却是一丝不苟、严格要求的，即便是对自己的门生，也是不假辞色、直言不讳的。对此，我本人就有极其深刻的印象。1998 年，我的博士学位论文“大陆版”由岳麓书社出版。付梓前，我将修订后的论文呈送先生指正，并请求他拨冗赐下序言。昌五师慨然俯允，未几即写出洋洋七千余言的长序。

其实，这序言乃是一篇讨论秦汉思想发展基本线索的学术论文。昌五师在“序”中开门见山就称道：“秦汉思想文化发展的基本线索是什么？或者说秦汉思想文化在其发展过程中有没有一贯之道？这是一个值得考虑和深入探讨的重大学术课题。”昌五师一直以来都认为，从先秦诸子到汉代，在思想文化方面有一个巨大的缺环或断档，通行的思想史著作与论文，都不曾对此做出合理的解释。我的论文答辩稿虽是一部“上乘之作”（愧不敢当，当视为导师的鼓励与鞭策），“但也没有能解决这个问题”。即便是经我认真修改后的论文出版稿，在先生眼中，还是“没有从根本上解决这个问题”，即“秦汉思想发展中的缺环”。接下来，昌五师系统论证了秦汉思想文化发展的基本线索，进行了自己解决这个“缺环与断档”问题的尝试。先生认为从《周易》或者说易学入手，才是解开秦汉思想文化发展的唯一途径，“易学是以天地人为架构而展开的思想体系，这不仅是秦汉思想的源头，而且是秦汉魏晋思想发展的基本线索”，并展开了相应的论述。

为学生的论著作序，却对学生的学术观点持相当大的保留态度，下笔数千言，系统阐释自己的见解，将习惯中属于应酬性的序言，写成一篇堂堂之阵、正正之旗的学术论文，使“序言”变成一座开展学术切磋的平台，这样的情况，在当今的学界中可真不多见。然而，这事情的本身恰恰最生动、最具体地呈示了昌五师极富个性的学者本色！对我本人而言，这样的批评性“序言”，远远比单纯的表扬和推许性质的“序言”来得更有意义和价值，因为它使得我保持了头脑的清醒，知道自己的学术观点还有不少的破绽，有必要进一步推敲与完善，从而真正懂得“学然后知其不足”的道理。毫无疑问，这才是昌五师对我们这些学生的真正关心与爱护！

唯大英雄能本色，是真名士自风流。昌五师的这种本色，在朋友交往中是重感情、重人情。我们这些学生都知道，昌五师在学术界最好的朋友之一，是著名宋史专家、河北大学的漆侠。大家都了解，每年春节的初二或初三，昌五师一定离开北京，前往河北保定，去漆侠家串门。多少年如一日，雷打不动。漆侠的高足、首都师范大学的李华瑞曾向我绘声绘色描述两位史学大家多年一贯的见面场景：昌五师前脚刚兴冲冲跨进漆先生家门，口中第一句话：老兄，昌五我又来了！后脚着地，即将挎包一放，随之一把撩起双袖，高着嗓门来一句：嫂子，家里可有什么好酒！第三个动作，从挎包里掏出点心，大声地招呼漆侠的孙子：快过来，拿去吃！然后，入座，端茶，点烟。

这就是昌五师，我的导师，一个充满激情、充满人味，有爱憎，有魅力，见真挚，见本色的名教授！

杜甫诗云：“转益多师是汝师。”在我博士学习期间，三位导师各自的人生经历、不同的个性气质、不同的学术方法、不同的学术成就，使我有幸从不同侧面略窥治学的堂奥，并能够亲切地领悟到学问的精髓。在学术起步阶段能够如沐春风亲炙大师指点、耳提面命，无疑是我学术路上的造化，也是我毕生受益无穷的幸事。饮水思源，我今天能够取得一些小的成就，不能不归功于当年诸位导师的悉心呵护与得力指导。

魂兮归来：痛悼丁冠之老师

我多年来养成了熬夜的习惯，2010 年 3 月 9 日早晨 7 点 15 分，和往常大多数日子一样，还在睡梦之中，我的手机铃声响起，使我猛然惊醒。

迷迷糊糊中，睡眼惺忪的我接通了手机，那头传来了老同学晓毅教授抑制着悲痛的声音：朴民，你星期天去过济南吧，见了丁老师吧？我回答：去过了，星期天下午到医院探望了丁老师，他精神挺好的……晓毅打断我的回话：我告诉你一个不幸的消息，丁老师昨天傍晚去世了。是在做肺部穿刺活检时发生意外，大出血，抢救无效而逝的。

听到这个噩耗，我的心就像被撕碎了似的，我怅然若失，潸然泪下，痛楚、惊愕、悲怆、绝望，各种复杂的情感混糅在一起，压得自己几乎喘不过气来。原来，人生能有这样的意外，前天下午刚见过面的老师，次日竟然就和我们阴阳永隔！生命可是如此的脆弱，一个莫可名状的小小例行病理检查，居然使原本谈笑风生、蔼然可亲的长者在没有任何预兆的情况下溘然长逝！

冥冥之中，难道真的有一双无形的巨手在操控着我们的一切？近年来，我内心深处滋长了越来越强烈的怀旧与恋旧情绪，这种刻骨铭心的依恋，这种无处不在的焦灼，经常让我下意识产生时不我待的紧迫感。于是，我比以前更加珍惜那份亲情、友情，找回本色的自我，舍得放下手头的工作，留时间给自己的长辈、自己的朋友。正因为如此，我会自费远涉重洋，飞往英伦三岛，就是为了探望已届耄耋之年的姑妈；会不在乎通讯费用的贵贱，时不时地打长途电话给自己的师长，就是为了单纯地致以问候报个平安。我这么做的动机非常简单，做自己该做的事情，尽可能使自己的生命中少留一点遗憾。

这次3月7日的济南之行，同样是在这种心理驱使下的选择。

1988年在山东大学取得博士学位后，我北上京城谋生，迄今已有22年。其间，我回济南已不计其数，但绝大多数都是行色匆匆，不遑宁居，很少专门回母校探望自己的师长。但这一次却不同，我是为了专程看望师母和丁老师而动身去济南的。这也要感谢我的妻子，她看我近段时间来老是回忆我在山大的学习与生活经历，老是念叨对师母郑老师和丁老师的思念，就建议我趁近日里相对有时间，赶紧去一趟。

说走就走，我就买了火车票，于3月6日傍晚到了济南。行前，我曾和同学、《文史哲》杂志主编王学典教授联系过，已得悉丁老师住院治疗的消息。所以，对这次行程预作了规划安排：6日晚与齐鲁书社的朋友、李兴斌编审会合，共进晚餐，当夜就宿于书社附近的出版大酒店。7日上午，我拜望师母郑宜秀老师；中午，由学典安排并做东，在山东大学校内的学人大厦餐厅聚会。午餐后，我去医院探望丁老师。傍晚从济南动身返回北京。

虽说来去匆匆，但行程安排得很紧凑，颇具效率。我也将这安排向在清华大学执教的晓毅兄做了通报。他当时听说丁老师住院感到有些惊讶，因为他前几天才和丁老师通过电话，虽知丁老师身体近况不是太好，却未闻丁老师有住院的考虑，晓毅让我见丁老师时代他问候致意。在电话里，晓毅还提及，他计划明年在山大搞次活动，庆贺丁老师八十寿诞，同时出一本祝寿文集，他嘱我届时要参加，我说，这是当然的。

到济南后，我的活动按预先的规划循序顺利进行。7 日中午聚会后，学典安排他的一名博士生驾车带我和同学、山东大学文史哲研究院副院长李平生教授前往山大第二附属医院探望丁老师。

怕打扰丁老师午后正常休息，我们是下午 3 点进入病区见丁老师的。当时丁老师正在输液，见我们到了，他就从床上坐了起来，和我们聊天叙话。因为他之前已收到晓毅打到医院的电话，告诉了我要到医院探望他的消息。所以，见了我尽管很高兴，但并不显得十分激动。

在我看来，他虽较几年前略为苍老，但基本样子并无大的变化，精神状态很好，气色不错，情绪乐观，谈笑风生，幽默自然。

在简单询问了病情之后，我们之间的话题就很自然地转到了对以往的回忆。我特别提到他质朴宽厚的人格力量对我的感召与影响。其中一个细节我始终铭感于心。有一年，他到北京出席国际儒联大会，下榻于北京站对面的全国妇联交流中心。我听说他来到北京，就打电话给他，表示当晚想到他下榻处拜访他。他表示欢迎。

当晚我就过去了。我发现其他会议代表都不在宾馆，只有丁老师一人在房间等候我前去。我就向丁老师打听：怎么宾馆里如此安静？丁老师淡淡一笑，解释说：今晚会议上组织全体代表到宾馆旁边的长安大戏院观看京剧演出，我要等你来访，所以一人留在了宾馆。我听后感到十分不安，我知道丁老师最大的文化爱好就是听京戏，是我的造访，使他错失了这次难得的机会。

于是我忙不迭地说：丁老师，您怎么不在电话里说明这个情况呢？我可以改日来呀！丁老师笑着讲：我知道你很忙，专门抽个时间不容易。你既然可以大老远跑来看我，我难道就不能牺牲一次看京戏的机会？

我回忆完这个细节后，靠坐在病床上的丁老师禁不住露出慈祥的笑容。他接过我的话茬说：时间都过去了这么久，你还记得这样的小事，你真是有心人。这次我住院，最大的感悟就是两条：一是身体最重要，一是亲情友情最重要。我说，老师，您说得对，我不在乎自己在学业上的成就大小，只在乎自己做人是否合格。我能有这样的认识，就是努力以您为我自己的楷模。我知道，这方面我比起老师您，可差得远了。但“虽不能至，心向往之”！

接着，我又谈到晓毅师兄明年拟为丁老师祝寿的计划。丁老师讲：我不让晓毅操办这事，没必要嘛。我说，丁老师，这是学生们的一点心意，你就别阻拦了，让晓毅去安排，届时师兄弟们也正好聚会一次，没有这个机会，大家可很难聚在一起。至于我自己，一定要专程回济南参加。丁老师说：那到时候我在山大欢迎你。

我和平生兄在丁老师病房待了近一个小时，怕过多交谈太消耗他的精力与体力，在下午 4 时左右，我们恋恋不舍向丁老师告辞道别。丁老师让他陪床的二公子代他送我们到电梯口。在迈出病房门的时候，我再一次回头向病房内望去，只见丁老师也正在注视着我，见我回头，他微笑着向我点头示意，我心里一阵感动，遂大步离去。殊不知，这竟然是我和丁老师最后一次的目光交流，它像烙印一样永远镌刻在我的记忆深处，直到永远永远……

说起来，我和丁老师也真是有缘。

当年，我从杭州大学报考山大王仲荦先生的博士生，是丁老师作为导师组成员出面回答我的咨询事宜。当我考博初试通过后，是丁老师来信询问我毕业后是否有留山大任教的思想准备，当时我为了跻身于博士生行列，很干脆给了肯定的答复，但最终未能信守承诺，跑到北京混了。丁老师手持我的“服辩”，却丝毫不曾为难我，这种大度宽容，令我折服，也让我始终怀有一份愧怍。若非有缘，岂能容我出尔反尔？

到山大参加博士生入学复试，具体主持者也是丁老师，当时我的表现并不佳，尤其是将“如何在思想史研究中贯彻逻辑与历史相统一的原则”一题答砸了，丁老师判卷，高抬贵手，放我过关，否则我今天还不知在哪儿混呢？若非有缘，安得使我化险为夷？

在山大就读博士期间，我和晓毅、化民三人的副导师为葛懋春、丁冠之教授。当时葛老师任历史系主任，特别忙碌，所以平时我们更多地让丁老师费心，丁老师对我们也是循循善诱，多方提携。我的一篇较重头的论文《“天人感应”与“天人合一”》，就是在读期间承蒙他关爱，在他任主编的《文史哲》杂志上发表的，它成了我后来进入军事科学院战略部工作的一个重要筹码。若非有缘，哪能让我这样的平庸之辈进入学术界圈内混够年头？

当然，最不可思议的是，就如鬼使神差似的，我会临时起意，专程跑一趟济南，能在他意外去世之前和他见上一面。若不是我妻子的催促、我自己的渴望，而拖延几天后再去济南，那就什么都晚了，那就会后悔莫及。若非有缘，怎么会有这样的巧合，如同冥冥之中自有安排一般？

但倘若时光可以倒流，可以不出那种诡异荒诞的意外，可以避免这类刻骨铭心的悲恸，我宁愿不要这份善缘！

“彼苍天兮，歼我良人！如可赎兮，人百其身！”

魂兮归来！

敬爱的丁老师，请您安息吧！

名镌蒙山脊　德流沂水间

——追怀王汝涛教授

临沂师范学院（今临沂大学）的王汝涛教授去世已有多个年头了，可我依然不时地想到他，总想写点文字，来追忆自己向汝涛先生求教请益的往事，诉说对汝涛先生懿德嘉行与学术贡献的认识，谨以此表达对汝涛先生的深切缅怀与永恒纪念。

我拜识汝涛先生是在20世纪的90年代初，当时在临沂举行的第三届孙子兵法国际学术研讨会上，一位当地的老学者以“曹操对孙子兵法的理论贡献与实践运用”为题，发表自己的独到研究见解，观点堪称凿破鸿蒙，论证不乏条分缕析，实可谓提玄钩要，索隐发微，别开生面，新义迭呈，令人耳目一新。我那时候在孙子兵法研究上还是一个初学者，听了这样的学术报告，受震撼、受鼓舞是很正常的，在由衷敬佩并牢牢记住汝涛先生高姓大名的同时，也对临沂有这样卧虎藏龙、学识卓绝的学者而不胜惊讶。可以这么说，我对临沂的认识和向往，在很大程度上，是以汝涛先生的道德文章为门径而渐入佳境的。

“困而知学”乃是我这种资质愚钝之人唯一的长处，因仰慕汝涛先生的学问，我有意识地向他老人家请求赐教，而先生也以“有教无类”的博大襟怀，对我这个后生小子青睐有加，不时指点，或许在他的心目中，像我这种尚能沉下心来读书写作的晚辈，属于“孺子可教”的对象。因为对于以弘扬光大中国优秀传统文化为己任的老一辈学者而言，学术事业的“薪火相传”是他们心中永远的期盼与追求，所以，有年轻人折节向学，他们总是会倍感欣慰、积极鼓励，正是这样的契机，缔结了汝涛先生与我之间的一段学业指导、人格砥砺机缘。

苍天总是垂幸于有缘之人，临沂厚重博大的历史文化资源，使汝涛先生能够挥洒自如地施展自己的卓绝才华，发挥自己在传承和弘扬传统文化方面不可替代的作用，也给我们的学术往来提供了难能可贵的交集平台。《孙膑兵法》与马陵之战战场遗址的论证、诸葛亮思想与生平的讨论，都是我们共同感兴趣的历史文化主题，这就使得我不断有新的机会向汝涛先生讨教。当然，汝涛先生学问博大无涯，他在唐人小说的研究、王羲之生平与家族史的考析、《金瓶梅》作者的辨正、颜真卿事迹的梳理等领域的造诣，我作为门外汉，是没有资格置喙的，但汝涛先生同样以奖掖后进的热忱，将自己这方面的心得随时赐告，慢慢地培养起我对这些问题的兴趣，多少可以说是进入“扫盲”的阶段了。他的苦心孤诣，实在让人感动不已，至今念及，不禁泫然。

在向汝涛先生求教请益的过程中，我以为，先生的治学有三大特色：

一曰“博”。汝涛先生早年受业于萧公权、萨孟武等名师硕儒，根基坚实宽厚，于学问无所不窥，文史贯淹、经子兼通，是真正的国学大家。这从他的治学领域与学术成果就可以看到。他既著有《唐代小说与唐代政治》《琅邪居文集》《王羲之世家》等历史研究专著，也撰写有多篇唐诗宋词的赏析研究文章，并创作了《偏安恨》《巾帼藩王》《翠谷义踪》《王羲之》

等历史文化小说，还整理与主编了《唐人小说》《颜真卿志》《宗圣曾参》等历史、文学资料与地方文献，可谓成就卓著、博大精深。这里，我想特别强调一句：汝涛先生的卓越成就，实际上业已成为临沂的一个文化象征，对于临沂向全国乃至全世界展示自己厚重杰出的历史文化风貌，其意义是不言而喻的。

二曰“通”。汝涛先生治学，绝不局促于饾饤补苴的层面，而是进入了通脱豁达、博古通今的高明境界。他在一次与我通信中谈到，他十分仰慕乃师萨孟武先生《红楼梦与中国旧家庭》《水浒传与中国古代社会》《西游记与中国古代政治》等著述中体现的卓荦历史意识与深沉文化感悟，认为这才是历史解读、文化研究所应追求的崇高目标。他谦逊地表示，这种境界自己是不敢企及的，但“虽不能至，心向往之”，自己还是有心将其借鉴和运用到自己的研究之中。事实证明，汝涛先生是这么想的，也是这么做的，在其《唐代小说与唐代政治》一书（岳麓书社出版）中，就浓厚体现了这种崭新的历史视野与文化精神。

三曰“实”。汝涛先生治学，学风质朴自然、笃实严谨、一丝不苟、精益求精。对一些无根之论，他总是能秉承求真求实的态度，不假辞色，予以严肃的批评。我记得他曾对个别人有关王羲之家谱的真伪问题上的随意看法，提出尖锐的辩驳，廓清了历史的真相。另外，在我印象中，凡是他主编的论文集，如《诸葛亮研究二集》《金秋阳都论诸葛》等，他总是要写一篇多达万字以上的编后记，对入选文集的论文，一一加以详尽的学术点评。这既是汝涛先生甘于奉献、乐为他人作嫁衣裳的无私风格，同样也是他学问至上、学贵笃实的治学精神的具体写照。在当下学风浮躁、学术大量泡沫化愈演愈烈的学术生态中，汝涛先生治学求“实”的品德乃是一笔弥足珍贵的精神财富，尤其值得我们推崇和发扬。

问学求道日久月长，就顺乎自然地进入了更亲切、更随和的自由空间，这就是情感世界的交融与生活经验的分享，仰慕的敬意固然依旧，而平和的交往则水到渠成。这时，我和汝涛先生之间就不再只谈学问，而开始有更多话题的交流，有更多琐事的互助。我到临沂，可径赴其寓，登堂入室，漫话家常之事，议论世局时政，诉说所见所闻，直抒所想所思，而不需有半星的顾虑、一丝的犹豫；汝涛先生在报刊上看到新书书讯，也随即驰函于我，嘱托我在北京书肆上专心代他访购，而不假客套，绝无欲说还休之态。一切都是那么的自然、那么的平常。

人生交往到了这样的朴实平凡状态，不再有尊卑的界限，不再有礼节的考虑，不再有功利的因素，才算是真正接近了“陶然共忘机”的人生理想境界，“此中有真意，欲辨已忘言”，这种莫名的快乐，这种无意的欣然，我认为才是我结识汝涛先生的最大所得，才是我们这段“忘年之交”的真正价值所在。毕竟，“契阔于心”比传道授业更为重要，享受人生比经营事业更有意义！

我与汝涛先生过从最频繁、最密切是我尚在军事科学院战略部从事古代兵法研究那段时间。2002 年 7 月，我告别军旅，转业到中国人民大学当教书匠，吃粉笔灰，原以为可赢得清闲，有更多的时间供自己自由支配，谁知道，好景不长，时隔不久，我又先后承乏中国人民大学历史系与国学院，当上一名“小吏”，“侯门一入深似海，从此萧郎成路人”，结果，比当年在军事科学院当“小吏”忙碌更多。就公而言，是填表格、陪开会、跑项目、糊人事；就私而言，是发文章、编书稿、开讲座、建关系，形格势禁，不亦乐乎。

外面的世界的确很精彩，外面的世界同时也很无奈，我与“全真葆性”的古训渐行渐远，为物“累形”的症状则愈来愈重。纯朴少了，想法多了；真挚淡了，应酬忙了；雅致远了，俗气浓了。人是会变的，我也不例外，所以，在汝涛教授去世前的那几年里，虽说心里常也惦念起汝涛先生，却经常以事忙为由，给自己较少主动向汝涛先生请安问好的过错做开脱。现在回想起来，自己的所作所为是多么的愚蠢，我竟然为过眼云烟的虚名所迷惑，而忘却了人生的真正追求，买椟还珠，这成语用在我自己身上，实在最贴切不过了。

幸福的人生，在于做不后悔的事情。当然，“人非圣贤，孰能无过，过而能改，善莫大焉”。那一年汝涛先生的仙逝，对我个人人生而言，有如当头棒喝，使我警醒和检讨自己这几年的本性迷失之误。让我更加懂得对生活、对友情的珍惜，更加明白怎么做人和做怎样的人的道理。我认为，后悔而有所触动、有所觉悟、有所改变，这样的人生同样不失为幸福。

从这个意义上说，汝涛先生生前身后，都永远在关心我、在帮助我，都永远默默地注视我、祝福我，大爱无疆、大德无际，我只有更好地做人、更好地做事，才能有勇气去回忆汝涛先生的音容笑貌，才能有底气去告慰汝涛先生的在天之灵！

第三辑　羁旅书香

再读《史记》

萨孟武的睿智与清醒

翻“闲书”

与《史记》结下不解之缘

读《娄州的老村老房》

《稽山文集》序

大师的宽容

浙江历史文化的“百家讲坛”

《礼崩乐坏下的大裂变》之印象

《诸葛亮治蜀与蜀汉政治生态演变研究》序

《中国兵学思想史》为何写，怎么写

山西历史文化的三个基本特色

再读《史记》

2014年这一年来，在繁杂的工作之余，还是断断续续读了一些书，其中有几本也给自己留下了比较深刻的印象，像张泉的《城殇》、孙郁的《革命年代中的士大夫》、姚奠中等人的《国学之道》、吕宗力的《汉代的谣言》、张耐冬的《无序的车辙》、郑吉雄的《近三百年历史、人物与思潮》等等，这从中也反映出我的读书习惯，即：枝蔓杂芜，随心所欲，真可谓业少专攻，放心难收。

但是，如果要讲在读书过程中，真正觉得有较大收获的，当首推对《史记》的重温。由于研究专业的关系，近几个月来，曾反复重读了《史记》中的不少篇章，多少有些心得，就简单记录下来，与朋友们分享。

毫无疑问，《史记》是中国史学发展史上一座不可逾越的高山。套用明代茅元仪评价《孙子兵法》一书的格式，就是“前《史记》者，《史记》不遗；后《史记》者，不能遗《史记》”。但是，这部被鲁迅推崇为“史家之绝唱，无韵之《离骚》”的《史记》，虽然拥有种种显著的优点，即：以高度严肃的态度从事史著的撰写、搜集史料多多益善、采撷阙文不遗余力，呈示显著的“实录”精神，以广阔的视野关注社会生活的方方面面，致力于揭示历史现象的全貌与历史演变的规律，富有高尚的学术宗旨与深厚的人文关怀等，但是，也并非没有其软肋，至少在原始史料的保存上，它与两汉时期另外一部史学巨著《汉书》相比，就存在着明显的差距。换言之，《汉书》在搜集和保存重要原始文献资料方面所作的努力，远比《史记》投入，许多重要的学术、政治文献，都是通过它而被保存到今天的。从史著的学术价值本位考察，《汉书》一书丝毫不逊色于《史记》。然而，一般没有人视它的地位在《史记》之上。在中国历史上浩如烟海的史学著述中，《史记》的“龙头老大”权威是始终无可动摇的。

我在重读《史记》过程中，最大的感受，是《史记》之所以超越其他史著，独领风骚，乃是缘于它的历史哲学理念的卓尔不群，超迈绝尘。

首先，是对历史真实的正确解读。历史研究的核心意义之一是求“真”。然而，由于历史时空隔膜的存在，历史本相的重现能否做到真实可信，谁也没有信心对此做出担保，这决定了所谓求“真”往往耽于一厢情愿式的幻想。在这样的条件下，“客观如实”“据实记事”云云，不过是可望而永远不可即的理想憧憬。《史记》的卓越，就是不拘泥于追求虚无缥缈的“绝对真实”，而致力于在从事宏大叙事时呈示“逻辑真实”。所谓逻辑真实，指的是有关史实的记载，虽然存在着臆度、夸饰的成分，但是按照常理人情推度，似乎符合逻辑，基本能够成立。换言之，所叙事实或许是杜撰，但逻辑推理上却无碍成立并可得到合理解释的历史，它完全合乎柯林武德关于“一切历史都是思想史”的界定。

《史记》有关“霸王别姬”历史场景的描述，就是其书追求历史“逻辑真实”宗旨的一个生动范例。它叙述在楚汉相争最后一幕的垓下之战里，十面埋伏，四面楚歌，西楚霸王项羽只好跟虞姬诀别，整个场面被刻画得活灵活现，非常生动。

但是只有跟随项羽突围的人，或者说当时帐篷里的人能看到这个场面，因为一般的士兵，他们根本不会知道大王干了什么，说了什么；但是跟随项羽突围的人，或者说项羽帐篷里的那些他最亲信的人，也都跟他跑到乌江边上，二十八骑全军覆没了；而且虞姬死了，项羽也死了。总之，项羽和他的亲信左右，当时没有一个人活下来，那么霸王别姬这个故事，是怎么来的呢？这个故事就是司马迁塑造的。他知道项羽身边有个美人，当他们面对生离死别的时候，是一定会演出一场可歌可泣、英雄美人最后诀别的场景的。所以，他就这么写了，这在逻辑上是成立的，他们不会一个招呼也不打，眼泪也不流的，就这么分手了，这不可能！可是，恰恰是按照“逻辑真实”的理念来叙述历史，历史才是灵动的，才是充满温情的。一句话，主观的真实方才是司马迁所说的“成一家之言”，而未经主观有机整合，更多带有客观成分的历史真实却往往流于“断烂朝报”之弊。而这正是司马迁超越一般史学家的独特之处、魅力所在。

其次，是司马迁有意识地区分了历史学的不同功能，真正做到了“求真”与“致善”的并重。对晋国内部“下宫之难”记载上的差异，就明显体现了司马迁为调和“求真”与“致善”不同价值维度，实现史学功能综合平衡化所作的努力。

《赵世家》关于赵氏孤儿一事的记叙，显然是一场由忠奸双方演绎的悲喜剧，具有极强的故事性，浑不似史家的手笔，倒更像是一段可歌可泣的传奇小说，读来令人血脉贲张、荡气回肠。后世戏剧、民间故事里的“赵氏孤儿”内容，除了事件发生时间上由晋景公期间换成了更早的晋灵公时期，以及被杀的孩子由第三者的孩子改成了程婴自己的孩子之外，基本上就是对《史记·赵世家》所记述内容的文学再现而已。

但是，就在同一部《史记》中，《晋世家》有关“赵氏孤儿”的记载就大相径庭，它根本不是什么忠奸生死搏斗的故事，而是晋国内部公室与强卿之间的一场权力博弈。没有哪一方特别神圣高尚，能以所谓的道德情操相标榜。

《史记·晋世家》有关“下宫之难”的记载非常简洁：“晋景公十七年，诛赵同、赵括，族灭之。”对此，同为强宗重卿的韩厥是很不赞成的，他对晋景公谈起赵衰、赵盾的功绩，称如果他们这样的人都没有后人祭祀，谁还愿意为国家效力，“赵衰、赵盾之功岂可忘乎？奈何绝祀！”于是晋景公复立赵武为赵氏后嗣，恢复了赵氏的爵位和封邑，“乃复令赵庶子武为赵后，复与之邑”。

这里，“赵氏孤儿”的故事情节就明显不同于《赵世家》的记载了，一是赵氏孤儿根本没有遭到追杀；二是既然赵武生命安全无虞，程婴、公孙杵臼这些舍生取义、杀身成仁的英雄人物就自然无须存在并出现了；三是“下宫之难”发生的时间《史记》一书中《赵世家》与《晋世家》自相矛盾，应该说《晋世家》的记载更为可信，且与《史记·十二诸侯年表》《左传·成公八年》的记载相一致。即，是在晋景公十七年（前583），而非在晋景公三年（前597），因为晋景公三年后，《左传》《史记·晋世家》尚有不少赵括等人参与军政要务的记载，若是该劫难发生于晋景公三年，那之后赵括等再出场，岂不是活见鬼了；四是晋景公所诛并非赵氏全族，而仅仅有针对性地选择了赵氏中的赵同、赵括家族，其他赵氏中的赵旃等人不受任何牵连，继续当着他的卿大夫。

如果说《左传》《国语》《史记·晋世家》有关“下宫之难”的叙述，是反映了历史的“近似真实”与“逻辑真实”，还是有根有据的追叙，那么，《史记·赵世家》关于“下宫之难”的叙述，则已异化成为了历史的“想象真实”“艺术真实”，与历史的本相几无对应的关系。

司马迁是中国历史上最杰出的历史学家，同样一个“下宫之难”的历史事件，他在同一部《史记》中，怎么会有两种截然相反的叙述?

我个人以为，这种矛盾的叙述，这种常识性的漏洞与错讹，司马迁当然不可能没有意识到，否则就不成其为司马迁了。在我看来，他这么做，乃是有意而为之，即：在《晋世家》中，他客观地延续《左传》的说法，以保存所谓的历史之“真”，在《赵世家》中，他又有意识地接受“成王败寇”背景之下赵氏崛起乃“天命所归”的社会认同，将“下宫之难”转型为一个充满道德正义性的“神话”，以弘扬所谓的历史之“善”。从这个意义上讲，司马迁是一位睿智的思想家，他强调了历史学的科学理性即“求真”，也重视了历史学的教育功能即“致善”。这种境界、这种气象，正是后世治史者所很难企及的。

有此两解，我觉得我自己这些天重读《史记》，算是没有白费精力与时间，值了!

萨孟武的睿智与清醒

在我所欣赏和喜欢的学者之中，萨孟武先生无疑是重要的一位。读他的著作，可以让我明白历史学固然是一种知识，但更是一种智慧。知识固然重要，但睿智更有价值。

萨孟武（1897—1984）是著名社会学家，或者说政治学家，并非严格意义上的历史学家。萨氏家族属福州八大家族之一，曾任厦门大学校长的萨本栋，著名海军将领萨镇冰，都是他家族里面的显赫人物。萨孟武本人早年就读于日本京都帝国大学法学部政治系，后来在国民党的中央军校工作过，当过教授，办过刊物，也是当时著名的十教授《中国本位的文化建设宣言》发起者之一。他后来当了中山大学法学院院长，1949 年以后去台湾，担任台湾大学法学院院长。台湾大学校长傅斯年去世后，萨孟武曾一度有希望接任台大校长一职，然而，终究是花落他家，失之交臂，让他颇为失落，郁闷不已。

萨孟武的著作很多，如《中国社会政治史》《中国政治思想史》《西洋政治思想史》《儒家政论衍义》《中国宪政新论》《新国家论》《三民主义政治学》等，另外还有《学生时代》《中年时代》等自传体著述。萨孟武才华横溢，学贯中西，既熟谙中国历史，又留洋受过严格的西方学术训练，自能思接千载，视通万里，在各个学术领域都取得了骄人的成绩。

由于种种原因，萨孟武的社会学、政治学著作在今天大陆并不流行，大陆读者接触和认识萨孟武，更多是通过他的三本学术性随笔著作，即：《〈红楼梦〉与中国旧家庭》《〈水浒传〉与中国社会》和《〈西游记〉与中国古代政治》萨孟武自己曾开玩笑说：这三本书是姨太太的面孔，不是正夫人那种很正经的模样。但我读了这几本书以后特别受到启发，他把小说里虚构的情节，与历史文献中所记载的一些史料进行对比，加以引申和发挥，对中国古代社会的婚姻制度、家族制度、社会生态、政治生态以及政治文化等，进行非常精到的解读，往往三言两语就把中国传统政治的特征说出来了。

萨孟武自己认为："在古典小说之中"，"写得最好的共有三部，《红楼梦》第一，《西游记》第二，《水浒传》第三"，为此在完成对《西游记》《水浒传》的解读后，他又写出《〈红楼梦〉与中国旧家庭》一书，从研究社会文化、社会关系的角度来对那部素有"满纸荒唐言，一把辛酸泪。都云作者痴，谁解其中味"之称的《红楼梦》作全新、独特的解读，巧妙地引领读者透过对贾府家庭生活的观察，重新认识中国传统家庭的基本内涵与鲜明特色，在此基础上深刻剖示传统社会的文化与伦理格局，理解与洞悉社会风气的流转，娓娓道来、举重若轻、触类旁通、提玄钩要、发隐烛微、见解精当，可谓别开生面、言近旨远，足以启迪心智，让人豁然开朗！

如写"探春的改革"一节，就反映了他对古今中外社会改革的卓荦识见。很显然，萨孟武十分欣赏探春的能力，认为探春深谙治理之道，即"当局者迷，旁观者清"，她的庶出身份与边缘地位，决定了她能深知荣府的积弊，看到收入不敷支出，实为荣府的最大危机，故其改革能抓住重点，选择好正确的方向。而最关键性的内容，一是节用，二是兴利，可谓以一驭万，抓纲举目，牵一发而动全身，一下子打开了局面。更了不起的是，探春心有灵犀，无师自通，使其改革的实践与古人的刑赏两柄的政治艺术无缝对接。即建立改革者的权威，确保自己的改革措施能够顺利推行，其处理赵姨娘兄弟赵国基的身后抚恤、应对贾环和贾兰的年度零花费用申请，无不做到了公正严明，从而确立了自己的权威。这些都说明探春其人深谙厉行改革之道之奥妙。萨孟武先生的总结可谓十分到位："凡有意改革之人，在改革以前，或先施惠以结人心，或先用刑使人警惕。施惠须从疏而贱者始，用刑须从亲而贵者始。若问惠与刑孰先，我欲依法家之说，刑先。""齐家、治国、平天下"，对象不同，但性质相似。以小识大，"治众如治寡"，探春的改革，何尝不可以借镜为当权者管理国家的一种启示。萨孟武尽心评点探春改革的成败利钝、得失优劣，实有深意存焉！

鲁迅先生有云：忠厚是无用的别名。一样的道理，正派乃是颟顸的代称。贾政这个人虽然比较古板，但心地不坏，做人做事都恪守底线，循规蹈矩，应该算是正派人物。机缘凑合，他在工部郎中任上，以考绩优异，外放为江西粮道。粮道管理钱谷，此职如同今日之财政厅厅长，无疑是个"肥缺"。谁知道贾政一门心思想做个清官、好官，"州县馈送，一概不受"。他自己这么清高也就算了，问题是他的手下，那些门房签押受不了了。他们跟随贾政，是有自己的小算盘的，即希冀趁机捞上一票，填饱私囊。可是现在贾政一搞廉政，自己不也跟着喝西北风。于是差役们集体怠工。贾政出门拜客，轿夫迟迟不来，轿子出了衙门，炮只响了一声，鼓吹"只有一个打鼓，一个吹号筒"，而那些"执事却是搀前落后"，稀稀拉拉，无精打采，搞得贾政灰头土脸，狼狈不堪。他一心想做清官，结果让老滑吏李十儿给当头泼了冷水，弄得乱了方寸、手足无措。没奈何，只好遇上困难绕道走，到后来干脆撒手不管，走了另一个极端，放任属员为非作歹、肆意妄为，结果被参“失察属员，重征粮米”，请旨革职。所幸皇恩浩荡，只是“着降三级，仍以工部员外上行走”，未至于惹更大的麻烦。

萨孟武先生从小说这个情节中，看到中国古代官场的肮脏和恐怖，恶习盛行，宛若一口大染缸，导致整个官场价值颠倒、美丑不分，造成劣币驱逐良币，黄钟毁坏、瓦釜齐鸣。真是令人油然而生无穷的悲凉，为之气夺！而吏胥横行，挟制主官，迫使其不得不听其播弄，不过是其中一个缩影而已。同时，也告诉我们，以君子之道与小人相周旋，失败的往往是君子，贾政就是一个例子。君子要治住小人，必须用其人之道还治其身，将自己先变为小人，可一旦变为小人，再想回归为君子，又何尝容易！这难免让人们对官场文化的整治与肃清，产生莫名的惘然！毫无疑问，这也是萨孟武先生对我们的重要提示。

萨孟武先生这类卓识，在《〈西游记〉与中国古代政治》《〈水浒传〉与中国社会》两书中同样有精辟的阐述与发挥，可供大家在读《〈红楼梦〉与中国旧家庭》一书时作重要的参考。换言之，萨孟武先生这三本书最好能放在一起读，对比参勘，必然会有一种更深的体会。

比如他说中国传统的政治，说白了就是三种政治形态的轮回。第一个阶段是兄弟政治，打虎亲兄弟，上阵父子兵，同心协力把旧王朝推翻了以后，自己当皇帝。但兄弟中间只能有一个皇帝，其他兄弟就会不服，总是觊觎大位，争夺最高权力，发生斗争。西周初年的三监之乱、西汉时期的吴楚七国之乱，就是兄弟政治破产的标志。兄弟政治破产后，小皇帝上台，不再依靠自己的兄弟，转而依靠母后及其娘家人，由此转为娘舅政治，也即外戚政治。外戚政治也容易产生问题，导致危机，如王莽及东汉后期外戚专权，往往与小皇帝产生权力冲突。小皇帝成人了，他总是千方百计想要改变这种局面，但由于太后和娘舅的阻隔，他和百官之间不敢交心，只能依赖身边那些朝夕相处的亲随近侍，即宦官。这些宦官在皇帝的支持下干掉娘舅，自己当政，“手握王爵，口含天宪”，形成宦官政治，也即所谓的马弁政治。因为宦官生理上有残缺，所以心态比较阴暗，很容易倒行逆施、肆意妄为，造成社会难以维系，“纲纪大乱”，于是各方重新洗牌，又开始新的兄弟政治。

萨孟武分析相关问题总是非常的到位。他说中国社会里面，当官的通常是对上级负责，天天琢磨人、对付人，实际上是一门对付人的学问。中国的人才往往是对付人、琢磨人之才，而不是做事之才。从某种意义上讲，中国是“人”才过剩，而“事”才太缺，因此，中国政治就不可能不腐败黑暗。萨孟武对有些问题很悲观，比如他认为社会发展可能会变得更差。虽然古代专制统治下做官追求发财，但远不及今人厉害。他举出的理由是，专制政治下，国家是君主的私有财产，君主要谋自己的地位安固，就不能不讨老百姓的喜欢。如果官吏过于贪污，一定会引起人民的反抗，势必会危及皇室的安危，于是，皇帝就会出面肃贪，以谢天下。而到了今天（指20世纪40年代），名义上国家是人民的，但大家都是国家的主人公，往往变成了谁都不是国家的主人公了，谁对国家的安危都不负责。以前贪污，因为有君主干预，还不至于太严重，而现在大家都是相识的朋友，想到以后万一自己也有这一天的时候，何必现在去跟人家过不去。

贪污为什么会在经济上越来越严重呢？萨孟武说，自然经济条件下，贪污的东西都是一些实物，如牛马猪羊之类，这些东西容易腐烂，多拿了也没什么用处，因此苛捐杂税还有一定限度。货币产生以后形势发生变化，因为货币可以保存，什么地方都可以用，官员的贪污程度大大提高。但是，货币经济下，贪污也有底线，金满箱，银满箱，交通不便利的情况下不但运输不容易，而且容易引起强盗的觊觎或穷人的眼红，连生命都有危险。所以，货币时代贪污也是有一定限度的。但现在不同了，信用经济时代，数千万的巨款，像孙悟空的金箍棒一样，变成一张汇票弄到外国去了，半道里也不怕强盗抢去。因此，现在人的贪污超过古人几千几万倍。

读到这些观点的时候，就会感觉在萨孟武那里，历史不仅仅是知识的积累，而是一种智慧的体认。许多问题我以前不太注意，经他加以揭示、加以点评以后，就看得很清楚了。如《西游记》里的显圣真君，他可是天界中罕见的英雄，能战胜和降服那爱捣乱的孙悟空的天神，可他在天界中地位并不高，他不在中央朝廷做官，而被发配在灌州，只好在地方享受下界的香火。为什么这么重要、有能力的人会下放这么远呢？就因为他是玉皇大帝的外甥。政治生活中，越是与自己亲近的、有本事的人，对自己的威胁就越大，是决不能放在自己身边的。同样的道理，当孙悟空第三次返上天宫的时候，玉皇大帝就不愿意再用他来对付孙悟空了。为什么？再用他的话，功劳会越来越大，势必对自己的权威形成挑战，对自己的地位构成威胁。这与中国古代政治的生态，是非常接近的。

平时不大注意的这些道理，经这么一点评，就豁然开朗、悠然会心。所以我在想一个问题，历史学究竟该怎么做？像萨孟武就曾公开表态：他研究《红楼梦》《水浒传》，就不大注重版本。他强调，他自己并不反对考证，但是反对把考证作为研究的终极宗旨。考证无非是一种工具，一种手段，真正高明的学者是用人家考证的结果为自己的论证做铺垫、做基础。我想这对我们现在的学风，也是一个发人深省的警示。

现在学界很推崇那种看不懂的文章，誉之为“预流”。大家都看得懂的文章你可能说它不入流，读一个小时就睡着的是三流学问，半个小时能睡着的是二流学问，让你拿起书看到书名就昏昏欲睡、悠然入梦的是一流学问。这么说好像有点夸张了，但确实有这种现象。像我们搞历史的人在社会上有影响的不多，反而是搞文学的人来客串、玩票，成了历史学传播舞台上的主角。我想，史学还是应该在正确的知识积累、高明的思想诠释的同时，有一种智慧的体认、文化的推广，给今天的工作带来帮助，给我们的人生赋予启示，这才是更有意义的。所以，萨孟武先生《〈红楼梦〉与中国旧家庭》等书，虽然他自己谦虚地说是属于姨太太面孔，不是“阳春白雪”，无法登大雅之堂，但它确实更有生命力，更有影响力，至少它能激发起大家关心历史、关心社会、关心社会学和政治学的兴趣。这才是真正地立足于历史，又超越了历史！

从这个意义上说，萨孟武先生《〈红楼梦〉与中国旧家庭》，真的非常值得一读！

翻“闲书”

十年“文革”，给我的少年时代带来说不清的“不幸”：高中没读成，工作无着落，口袋总空瘪，肚子常觉饿，初恋是空白，青春是蹉跎。好不容易在绍兴油脂香料厂、杭州啤酒厂绍兴麦芽车间干上一份合同工的工作，到如今才知道这也是白搭，单位并不认这几年的工龄，使得自己后来在军事科学院工作期间，每一回参加分房排队，始终因工龄短少而敬陪末座。

不过，话也得说回来，我也是“幸运”的，至少不必像今天的孩子们那样，一天到晚忙个不闲，不是学画画、练钢琴，就是上奥校、学英语，为争取上重点小学或重点中学而纠结，早早地承担起实现家长远大希望的千钧重任，吃不香饭、睡不稳觉，拿着自己的青春赌明天，把读书同未来的利禄画上等号，将生命和家长的脸面捆绑在一起。看着如今这些让 ABC 绞干了脑汁、被“鸡兔同笼”问题压弯了腰肢的可怜孩子，我倒真的觉得自己的少年时代不无幸福！

我那个时代什么都欠缺，十天半月闻不到肉香，半载一年吃不到苹果，唯独不缺的是时间。初中数学教的是最最简单的一元一次方程，不用两天就可以弄懂，知道该怎样去计算地主周扒皮剥削贫农王大爷的粮食有几斗几升。语文课更容易对付，造句有的是报纸上现成的革命豪言壮语，借花献佛、移花接木用一下就轻松地交账；写作文，不是批判孔老二，就是歌颂工农兵，不费吹灰之力就做得花团锦簇，拿去发表也不逊色。至于英语，也一样轻松过，一句“Long live Chairman Mao（毛主席万岁）”可以整整学上一个月。更妙的是，当时的老师从来不讲课拖堂，从来不留家庭作业。所以，下课铃一响，就是孩子们的世界，少男少女一窝蜂跑上街头巷尾，疯玩穷折腾，个个小泥猴，人人活神仙。

除了玩得心跳，当时打发漫长光阴还有一招，这就是翻“闲书”。对我来说，这应该是更有趣也更刺激的消闲之道，真所谓“肚子只吃七成饱，读书不得半日闲”！

当然，那时“四人帮”还在舞台上表演，“挟书律”也不曾废止。但是，古诗说得好，“野火烧不尽，春风吹又生”，各类书籍，包括所谓的“禁书”依旧在民间悄悄流行，只要花工夫，总是能够找得到。等到“说红楼”“批水浒”“评法批儒”等运动接踵而至，整个文化环境也似乎有了异样的“宽松”，且不管上层这么做有什么微妙的意图，至少普通老百姓接触图书的机会明显增多了。对我这样爱翻“闲书”的少年人来说，这也是莫大的福音。

因为它不仅使我初步接触到被定性为“法家著作”的《柳河东集》《刘宾客集》《荀子简注》《韩非子集释》《商君书注译》等作品，更让我有机会读了不少适合我那个年龄段该读的“蒙学”读本，诸如《三字经》《千字文》《朱柏庐治家格言》《神童诗》《弟子规》《增广贤文》等等，将一大堆“天地玄黄，宇宙洪荒，日月盈昃，辰宿列张”“天子重英豪，文章教尔曹。万般皆下品，唯有读书高”之类的东西装入了自己的大脑，迄今仍鲜活地记着。

翻“闲书”的前提是“找”书。找书的途径不过两条：对内，翻箱倒柜、掘地三尺地去找，拿出一股“上穷碧落下黄泉”式的劲道，或多或少总会有些收获；对外，也是更主要的门径，则死皮赖脸、软磨死缠地去借，用上一种不达目的誓不罢休的精神，或迟或早总会多少奏效。后来干上了合同工，口袋里有了些零花钱，找书的门径又增加了一条，这就是省下冰棍钱、早餐的大饼油条钱到书店去“买”。我的第一批“藏书”，如鲁迅作品的20余种单行本、《二胡演奏法》《论衡》《韩非子选》《王文公文集》等等，就是在那个特殊时期省吃俭用买到手的。

找来了书，事情方可入正传，用雅一点的字眼说，就是“读”；通俗一点讲，就是“翻”。它也有几个特点：

一是“速”。《孙子兵法》说“兵贵（速）胜，而贵不久”“动如脱兔，敌不及拒”。当年读“闲书”的情况正合此道。人家借书给你，最担心的就是书被借走后，有如“黄鹤一去不复返，白云千载空悠悠”，让他“肉包子打狗，有去无回”“赔了夫人又折兵”，所以总是先给你规定下近乎苛刻的归还日期，申明“有借有还，再借不难，借了不还，三代讨饭”的原则。有些书正背着“封资修”的黑锅，借读双方都冒着风险；有些书属于大家阅读的“热点”，预定借阅的人排成一长串。这两类书的借阅期限更是短之又短。

遇上这些情况，你拿到书后，就不要有半点迟缓，马上打开翻才是正经，兵贵神速，速战速决，一目十行，囫囵吞枣。白日苦短，继之长夜，厚如砖头的一本书，通宵达旦就可一页不落地翻完，顾不得家里支付灯油钱代价几许，满足地伸展个懒腰，揉揉红肿的双眼，然后回到借主那里，依依不舍地把书还出去，完成“借书、翻书、还书”一个轮回，再从容不迫地准备下一波的攻势。由于我很好地理解了读闲书中的“速”这个基本原则，借书还书从不爽约，所以在书主那里建立了相当良好的声誉，口碑甚佳，书源有了保障，烦恼也就早去了一半。

二是“杂”。对我来说，找书、借书、买书都来之不易，所以没有权利挑精拣肥，更没有资本分门别类，只能是逮住什么就翻什么，不管是印成铅字的正经图书，还是千手辗抄成不登大雅之堂的手抄本，都来者不拒，兼容并收。上至马列经典著作，下至“文革”前的中学教科书，均属于自己所阅读涉猎的范围，今天可以读《三家巷》《小城春秋》《青春之歌》《艳阳天》《苦菜花》《敌后武工队》《欧阳海之歌》等小说，明天或许便去翻《二胡演奏法》《杭州山水的由来》《第三帝国的兴亡》《鲁迅杂文著作选》等杂书。脑袋里就像是开了一家杂货铺，乱糟糟没有半点头绪，天上地下，什么都好像知道一点，可没有一样知识谈得上比较系统全面，整个儿“漫羡而无所归心”，混混沌沌一团糨糊。“乘兴而来，兴尽而归，何必见戴”。

三是“闲”。既然是翻“闲书”，其最大的特点就是“闲”，完全没有功利的目的掺杂其中，任凭兴之所至，翻到什么算什么，翻到哪里算哪里。茶余饭后、枕边厕上，一边咀嚼文字，一边放纵思想，读来漫无目标，放下书依旧故我，不受升学谋职的诱惑，不存学贵专门的念头。纯粹的消闲解闷，真正的人生享受。真可谓是“不做无益之事，何以遣有生之涯”的绝妙境界。

这种“闲适”，只有在当时翻“闲书”的过程中才能得到，到如今它早已杳如黄鹤，无影无踪了。因为一个人一旦把读书（写书）当作谋生的一种手段，付之于其功名利禄的重压，冠之以“搞事业、做学问”的美名，那么它就变得味同嚼蜡，再无“闲适怡情”的意趣了。所以，今天的我，也如同李零先生所自我形容的那样：是“虽坐拥书城，手不释卷，却少有时间，难得轻松，枉担着一个‘读书人’之名，多少年下来，从头到尾看完的几乎没有几本”。正因为如此，我总是特别怀念那种纯粹消闲式的胡乱翻书，希望从往昔的残梦中，找回一点本色的自我。

四是“悟”。翻“闲书”固然是消闲，但日子一久，往往也会在不经意中增长见识，体悟出不少人生的道理，培养自己独立思考、不盲从权威或时说的能力。如果今天我的身上，尚存有些许读书人的本色，不放弃对“独立之精神，自由之思想”的认同与追求，应该说，是与当年“翻闲书”的经历息息相关的。

不论那些现代法家如何吹捧秦始皇，把他说成是“千古一帝”，我读了《史记·秦始皇本纪》后，虽然也肯定秦始皇统一六国有功于中国历史的发展，但不管怎么看，他仍是一个心肠歹毒、“焚书坑儒”的大暴君，不再相信“现代法家”们的金科玉律。看了一首咏史诗：“竹帛烟销帝业虚，关河空锁祖龙居。坑灰未冷山东乱，刘项原来不读书。”我多少悟到这么一层道理：封建专制暴政尽管能猖獗一时，可是物极必反，迟早会遭到历史唾弃，走向失败的末路，有了一份“但将冷眼观螃蟹，看你横行到几时”的淡定。

读过恩格斯关于国家性质的定义，我懂得了国家的性质远远不像当时流行说的那样简单：仅仅是一个阶级对另一个阶级实行专政的暴力机器。而是要复杂得多，即它表面上独立于社会之上，是调节各种力量冲突的组织形态：“为了使这些对立面，这些经济利益互相冲突的阶级，不致在无谓的斗争中把自己和社会消灭，就需要有一种表面上凌驾于社会之上的力量，这种力量应当缓和冲突，把冲突保持在‘秩序’范围以内；这种从社会中产生但又自居于社会之上并且日益同社会脱离的力量，就是国家。”从而对“四人帮”借无产阶级专政之名，行封建法西斯之实的行径有了初步的认识，本能的反感。

我真的感谢那段随心所欲、乱翻“闲书”的岁月，它使我开阔眼界，使我慢慢觉悟，叫我不附和流俗，叫我不迷信科条，懂得去怎样做一个站着的人，难道世界上还有能比这更为珍贵的吗？

翻“闲书”，我美好的往昔，我真正的大学，我是多么的眷恋它，我是多么的怀念它，因为这份眷恋、这份怀念，意味着寻找本色、保持自我，意味着走出混沌、睁开眼睛！

与《史记》结下不解之缘

1973年2月初的一天，我伫立在凛冽的北风里，用无限眷恋的目光，久久凝视着我的母校——绍兴一中那灰色斑驳的校门，似乎是想把这里的一切，铭刻在自己的脑海之中。但是，我终究还是挪动了沉重的步履，向绍兴一中挥手告别，向绚丽的“高中梦”挥手告别。

初中刚毕业的我，从此走向社会，用长满厚茧的双手，为自己的生存开辟道路。可以讲，我的生活中并没有正规意义上的高中学历；但是，今天我可以非常自豪地说，我还是完成了自己的高中学业，是社会这座永恒的大学向我颁发了“高中毕业证”，而拥有《史记》一书，则是我重续“高中梦”的起点！

拮据的家庭经济，黯淡的生活前景，使得当时年仅14岁的我早早开始了整整5年有余的临时工、合同工的生涯。我曾在建筑施工队给泥瓦匠打过下手，曾在内河小火轮上售过船票，曾在啤酒厂干过杂工，曾在油脂香料厂烧过锅炉、炼过菜籽油，拉过大板车，挑过沙石担。用汗水换取每天的“九角三分”报酬，跻身于浩浩荡荡“鸠山先生”（取九角三分的谐音）的行列。就是这微薄的收入，贴补了家用，舒展了母亲紧锁的愁眉。我为此而感到慰藉，因为我恪尽了长子的责任；然而这无法填补我内心的缺憾，因为我渴望上学。要知道，从小学到初中，我的学习成绩在班上一直是名列前茅的。于是我就读书，读一切当时所能搞到的书。我当时并无什么远大的志向，只是觉得读书能带来快乐，使自己因不能读高中而仄斜的心理暂时得到平衡。

一个十分偶然的机会，使我获得了一张当时绍兴鲁迅图书馆的借书证。我持着它，就像一个乞丐骤然间发掘到一宗财宝一样兴奋不已。从此，我时常向工友借用自行车，趁着工余空暇，顶着七月的骄阳或迎着腊月的寒风，去图书馆借阅图书。

在那个岁月里，图书馆可供外借的书籍同样少得可怜。很快地，《艳阳天》《金光大道》《红岩》一类的文艺书籍就被我读遍了。一天，我在没有合适书籍可借的情况下，随意借了一册王伯祥先生编写的《史记选注》，到家后漫不经心地翻阅起来。说实在的，我当时并不能读懂《史记》，但是强烈的求知欲、好胜心与无书可读的现实，使我终于可以静下心来，依靠王伯祥老先生的注释，缓慢地，一知半解地坚持着“啃”读下去。

渐渐地，张牙舞爪的古文变得温驯起来，原先十分生疏的《史记选注》也多少显得亲切可近。更重要的是，自己为能够“生吞活剥”古书而有些沾沾自喜，很可笑地滋长了一股“超越”同龄人的骄傲情绪。受这种虚荣心理的驱使，自己“啃”《史记选注》也就更加起劲了。

两个星期很快过去了，鲁迅图书馆规定借阅的期限已到，我不得不将未曾“啃”完的《史记选注》送还图书馆办理续借手续。但是，很不凑巧的是，那位图书馆管理员那一天似乎心情欠佳，不申述任何理由，就拒绝了我的续借要求。不得已，我只好第二天再次专跑一趟图书馆，准备重借此书。更不幸的是，我还是没有能够借到这本书。在这以后，我又跑了几回图书馆，结果总是每每失望而归。俗话说，越是得不到的东西越是想要得到，我老是忘不了《史记选注》，我与《史记》的缘分大概就在此时结下了。

终于到了我与《史记》正式缔缘的日子。那天，我正在市内的新华书店转逛，突然，整齐摆放在书架上的皇皇10册《史记》映入了我的眼帘。我驻足向它默默地注视了许久，最后终于鼓起勇气，向营业员询问它的定价。营业员用困惑的目光瞟了我一眼，心里认定稚气未脱、衣衫寒酸的我不会买它，半晌不曾吱声。惶惑中，我又轻轻追问了一句："同志，《史记》多少钱一部?"她有些不耐烦了，冷冰冰地回答了一句："十块三角，你要买?"的确，这个价钱对一位每天只挣九角三分的临时工来讲是太不可思议了。我索然无趣地悄悄离开了书店。

回到家中，我同母亲谈起了刚才发生在书店里的事情。母亲听了我的叙述，默然没有做声，良久，她轻声问了我一句："是十块三角一整套吗?"当我作了肯定的答复后，她沉默了。又过了一会儿，她问我说："你觉得那部书有用，是吗?"我见母亲这种认真的神态，心里不免有些紧张起来，真的怕她掏钱替我去买，于是，就忙不迭地回答："我随便讲讲的，要看，日后借来看看也就行了。"

母亲听了我的话，便没有再说什么，转身去忙她自己的活了。

第二天傍晚我下班回家，进屋后一眼就看到堂前的饭桌上整齐置放着一叠书。走近一看，正是中华书局出版的十册点校本《史记》。我捧起书，匆匆走到正在厨房做饭的母亲身旁，询问这是怎么回事。母亲抬头望了我一眼，用十分平静的语调说："你愿意读书，这是好事情，我不懂历史和古书，但你既然讲了《史记》是本有用的书，我今天就去新华书店替你买了回来。"说完，她就又忙手头的事情去了。

我望着母亲的背影，许久没有说出话来。我知道，那时候的十元三角钱，对我们这样经济窘迫的家庭来说，是一笔何等巨额的开支。母亲并没有很高的文化程度，在"文革"中又因外婆一家信奉"天主教"的家庭背景而备受政治上的磨难，心情郁郁寡欢。但是，为了我的读书嗜好，却甘愿节衣缩食，全力扶持。我深深地感动了，在母亲平静的语调深处，是她对孩子炽热的理解和期待！这是伟大母爱的天然流露。我突然觉得，捧在自己手上的这本《史记》是这样沉，这样沉……

从此，我真正地喜欢上了《史记》，我借助各种工具书用心阅读它、认知它。通过它，我了解灿烂绚丽的先秦、秦汉历史；通过它，潜移默化培养了自己古代汉语的阅读理解能力。我就这样同《史记》结下了不解之缘。我相信，自己的高中学业能够自修完成，完全肇始于这部《史记》的购置。我携带着它走进西子湖畔的杭州大学，走进趵突泉边的山东大学，顺利完成学士、硕士、博士学业；当我进入军事科学院战略研究部研究战例、解读兵书时，是它伴随我开始新的工作；当我进入中国人民大学执掌教鞭、课徒授业时，还是它伴随我揭开新的人生之页。

日复一日，年复一年，现在的我，已是满头白发的后中年人了，我也已经拥有了相当数量的个人图书，但是，从没有其他任何一部书，能够在我心目中占有像《史记》一样的地位。因为，在我心灵深处，我永远清晰地记得我与《史记》的恩怨纠葛，永远清晰地记得当年母亲替我购置这部书籍时的全部细节。

读《婺州的老村老房》

一新兄是我在杭州大学历史系本科读书期间的同学，虽说这已经是三十余年前的往事，但是四年同屋朝夕相处的日子，依然是那么的清晰，令人难以忘怀，浮想联翩。

那个时候的一新兄，就显露出过人的才华和独特的个性。在我的印象里，当时的他，从不在乎考试分数的多寡，更不热衷“义和团运动的意义”，而总是喜欢按照自己的兴趣做有意思的事情。或胡乱翻阅很少有人注意的书籍，或俯伏在床上写小说与随笔。总之，在他身上看不到半点“循规蹈矩”的“模范生”影子，而只有顺乎自然、独树一帜的书生本色。一句话，三十多年前，一新兄就有了道家“全真葆性，不以物累形”的范儿，超越了名利的羁绊，进入了随心所欲的境界，举手投足，尽见潇洒，说话做事，悉显淡定。而这种风范气韵，多少人修炼数十年也未必能够臻至。

可见在一新兄的身上，慧根与善质是与生俱来的，这一点，最让我十万分地佩服，尤其当自己遇事动辄患得患失、瞻前顾后，做事投鼠忌器、优柔寡断之时，我终不免想到一新兄，希望自己也能有他的一分洒脱、一分豁达，当然，性格即命运，这实际上是做不到的。可是，“虽不能至，心向往之”，一新兄在我心目中的地位与价值，亦可于此略见一斑！

“文章本天成，妙手偶得之。”大学毕业后，一新兄到了文物部门工作，在实践的第一线为传承与弘扬中华古代文化做自己的那一份贡献。历时数十个寒暑，其成绩无须我这个外行人来赘述。我特别感到振奋和鼓舞的是，他在做好繁忙日常工作的同时，能够保留住自己与生俱来的研究与写作的热情，兴之所至，写些新义迭出、异彩纷呈的隽永文字，使自己的人生变得更为充实，更为丰富。而最近与赵婧合作完成并行将出版面世的《婺州的老村老房》，就是这方面的又一个标志性成果。

长期以来，我们的历史学研究所热衷的是宏大叙事模式，动辄以“究天人之际，通古今之变，成一家之言”为期许，汲汲于总结历史的经验与教训，执着于探索历史演进的规律。这有它正确的一面，但也明显存在着一定的缺憾。最大的缺憾之一，是使得我们的历史著述几近于不食人间烟火的高头讲章，只是宏观的政治史嬗递之模糊图像，而缺乏了历史细节的丰富与历史气韵的生动。所以，一般人难以对历史产生亲切感和参与感，历史学的研究之路越走越狭窄，成为纯粹的文化“小众”之自娱自乐。用一首流行歌曲的歌名来形容，这就是“一个人的精彩”了。

近些年的情况，似有所好转，西方后现代主义史学观念的引进与借鉴，使更多的历史学工作者渐渐改变自己的话语体系与研究范式，更注重对历史细节的再现，致力于呈示历史本身的生动性与具体化。这也是社会史研究越来越变得热门的原因之一。

当然，在这个过程中，也存在着削足适履、生搬硬套、矫枉过正的弊端，历史的整体性或遭受支离破碎的化解，历史的启迪性或遇上有意无意的抹杀。在这种状态下，尤其需要有严肃而生动的社会史研究实践来加以改观或补救。一新兄在主观上或许并没有这种动机，但是，他的这部新作，在客观上却很好地发挥了这个作用，达到了这个效果，为村落史、社会史、风俗史乃至家族史的写作提供了一个不可多得的范例。

一新兄的新作，围绕着“老家”这个中心来展开，无论是老家的景物、老家的风俗、老家的故事、老家的历史，均予以充满感情的描绘，予以富有生命的重现。这是历史的回顾，更是文化的寻根。家乡是人们生命的源头，是人们精神的港湾，更是人们心灵的归宿。不管你走得多远，也不管你有怎样的成功，你总是会时不时地回望你灵魂的皈依之所，梦萦于斯，心归于斯。西楚霸王项羽拒绝他人的劝说，未据关中而回归彭城，他的理由很简单：“富贵不还乡，如锦衣夜行。”你可以笑他幼稚，但不能不欣赏他的纯真，因为项羽懂得“老家”在他生命中的意义。

一新兄当然不是项羽，可他的心是与古人相通的，也把“老家”看作是自己生活中最重要的一部分，看作是最值得留恋与记忆的美好对象。为此，他才怀着深厚的寻根意识，不遗余力将自己“老家”的一草一木、山山水水呈现在广大读者的面前，和大家分享自己的愉悦，分享自己的感悟！

显而易见，一新兄的这部作品，让我们重新回归到过去的生活，走入曾经发生过的历史的深处。历史的意义，归根结底，是要帮助我们弄明白“从何处而来，往何处而去”的终极意义。毫无疑问，我们正在走向现代化，这使我们的生活变得更为便捷，变得更为富裕，变得更为体面。但是，我们也忧虑地发现，现代文明并非绝对优越，它在让我们享受种种物质上好处的同时，也往往使得我们迷失精神上的自我。换言之，我们的生理空间正变得越来越拥挤，可我们的心理空间却是越来越疏远，人情味日趋淡薄，功利心日益膨大。人们本来应该拥有的是非之心、感恩之心和敬畏之心，正渐行渐远，丧失殆尽。

所以，人们在仰头前行的时候，更有必要回首寻觅，找回自己失去的以往，找回自己错过的风景。“慢慢走，欣赏路边的风景”固然重要；“回头看，带上往昔的梦幻”同样迫切。一新兄的新著，就是一部教人们“回头看”的好书，它告诉人们，生活不是单调的，回顾历史、认知历史、感恩历史，也是人们生活中的有机组成部分；而历史也不是虚幻的，它就活在“老家”的深深宅院里、潺潺溪流中，活在你我所有人的魂牵梦萦之记忆深处。

《稽山文集》序

集信恩兄数十年辛勤笔耕之大成的《稽山文集》付梓出版在即，这既是信恩兄多年来致力于思想探索、精神追求漫漫历程中的一座丰碑，更是故乡绍兴文化建设、学术发展画卷上的绚丽一页。作为从古城绍兴走出去的一名“北漂”，对此，我既深受鼓舞，又倍感亲切。在真诚地庆贺信恩兄著书立说、惠泽世人的同时，也为故乡绍兴的文脉传承、文运昌盛而不胜欣喜，无任自豪！

我与信恩兄相识多年，信恩兄略长我数年，他之于我，可谓亦师亦友。回想起二十年之前，那时我刚从山东大学完成博士生学业，进入军事科学院从事研究工作不久，虽说是风华正茂，意气风发，但毕竟属于初出茅庐，少不更事。可是，时任绍兴市志常务副总纂的信恩兄，却不以我资历尚浅，水平有限为意，而是出于奖掖后进、同气相求的襟怀，对我关心有加，多有提携，并在《绍兴日报》上刊发了由他撰写的题为《军事科研界的一颗新星》一文，对我和我的研究成果，多有揄扬、肯定有加。这对我来说，无疑是莫大的鼓舞，最好的激励，使我遂有更大的勇气，在艰巨坎坷的学术之路上义无反顾地跋涉下去，直至今天。这份情谊，始终让我铭感五内，没齿不忘。所以，当信恩兄提出让我为他的《稽山文集》作序的要求时，我虽然深知自己的地位与才学不足以膺此重任，但还是不揣简陋，率然应承。因为我知道，这于我而言，既是一种信任，一份荣幸，更是一种责任，一份义务，义不容辞，天经地义！

信恩兄是故乡绍兴屈指可数的绍兴历史与文化的研究与推广专家。他与绍兴的文化、绍兴的历史之间，可谓渊源深厚，融于一体。冥冥之中，梳理绍兴的历史，解读绍兴的文化，讲好绍兴的故事，创造绍兴的未来，似乎就是他与生俱来的人生使命。研究绍兴，宣传绍兴，对他来说，不仅仅是一份工作，更是一种灵魂的呼唤，心灵的皈依。他生于斯，长于斯，工作于斯，奉献于斯，对这方热土的眷恋与钟爱，早已渗透到他的血液之中，成为了生命的自觉与精神的归宿。而他从事过的职业，教师、方志办骨干、市政协文史委负责人等等，又为他实现自己的文化夙愿、理想追求提供了契机、创造了条件。从这个意义上来讲，信恩兄将自己多年来呕心沥血、锲而不舍撰就的文章结集命名为《稽山文集》，可谓实至名归，它所承载的，正是信恩兄博大无垠的故乡之爱，至高无上的文化关怀！

信恩兄的《稽山文集》由五个分册组成，分别是《清风明月怀大师》《古今名人与绍兴》《吹尽狂沙始到金》《故乡尽是好风情》《岁月悠悠忆往事》。它们或展示绍兴人物的风采，或叙说绍兴历史的变迁，或呈现绍兴文化的魅力，或再现绍兴风俗的旖旎，或描绘绍兴未来的愿景，或追忆绍兴师友的挚谊，或回首绍兴生活的情趣。绍兴，在信恩兄的笔下，已不再局限于一座城市，一段历史，而已成为了一个信仰，一种象征。所呈示的，是生命的本色，所揭示的，是生活的意义。这就是信恩兄的文章与他人同主题的笔墨迥异其趣的缘由所在。

承蒙信恩兄的厚爱，使我得以提前读到《稽山文集》的付印稿，先睹为快，不胜欣然。应该说，拜读文集的过程，对我而言，是个享受的过程，也是一个学习的过程，更是一个陶冶的过程。它给我留下的印象，概括地讲，就是信恩兄的大著，充溢着史学的严谨、理性与绚丽。这是全书的特色，更是全书的价值！

史学求"真"。内容的真实，方法的科学，这是历史研究的核心宗旨。回顾和总结绍兴历史上的人物、事件、文化，与历史学研究的其他命题一样，也需要广泛占有资料，充分尊重事实，运用科学的方法与手段，从大处着眼，从小处入手，考镜源流，发隐烛微，提玄钩要，正本清源。通观《稽山文集》，我觉得，全书的研究逻辑与研究方法，是遵循了历史学研究的根本宗旨的，是用历史的方法来复原历史、再现历史。

历史学研究强调对事物进行整体性、宏观性把握，《文集》同样注重于整体性、系统性再现绍兴的历史与文化。对于绍兴人物的介绍，信恩兄既重视对重要历史人物的展示，又关注于相对冷僻、一般人不尽熟知可又对历史进程产生过影响的人物的考察，注重细节的挖掘，注重疑点的澄清，使得绍兴历史人物的群像呈示出立体化、丰富化的特征。

历史学研究提倡对事物予以辩证性、多元性思维，"知人论世"，据事直书。信恩兄在绍兴人物介绍中，同样贯彻了这一准则，既浓墨重彩书写周恩来、蔡元培、鲁迅等伟大人物的故事，又不忌讳介绍大节有亏、污点难消的绍兴人士之历史作为，如汪精卫、周作人等人的史迹，在文集中也留有一席之地。

历史学研究主张在考察事物过程中注重历史演进的延续性、关联性，尽可能地保存相关的史实，为后来研究工作的开展与深化提供依据。信恩兄的文章同样遵循了这个原则。像文集中有关绍兴古城保护的成功经验总结与缺憾问题指出，绍兴作为影视拍摄基地的前景探讨诸文，均为绍兴今后文化建设的开展提供了足资启迪的参考。

历史学研究追求在总结历史过程中致力于拾遗补缺，复原细节，更准确地反映历史的全貌，纠正以往历史诠释中的误读。信恩兄的大著同样在这方面用力甚勤，贡献良多。像依据史料，改正“绍祚中兴”为绍兴名称来历的误解；像说明绍兴黄酒获巴拿马博览会金奖的来龙去脉；像实事求是肯定贺扬灵在绍兴抗战局面形成过程中的特殊贡献等等，均修正或补充了以往这方面研究的不足，深化了绍兴历史文化的研究。

史学求“善”。中国史学的传统，除了求“真”之外，也注重求“善”。即史学既要科学地重现历史的原貌，恢复历史的真相，同时还要致力于确立正确的价值观、人生观、道德观，起到教化的作用，凝聚和释放正能量，凝聚人心，引领人们追求高尚积极的生活。优秀的历史研究成果必须发挥传播正确历史观念、历史知识，起到鉴古知今、为现实社会生活提供宝贵启迪功能的作用。这就是说，历史学成果必须通过生动、形象、亲切、自然的艺术语言，来说历史的“理”，总结历史经验，揭示历史发展的规律，必须具有历史的深度，提供历史的智慧。任何优秀的历史著作，都应该能按照现代意识对纷繁复杂的历史现象进行正确的解读，从而沟通历史与现实之间的联系，真正启迪人们的心智。

信恩兄的著作，从本质上讲也属于历史学的范畴，因此，在撰写过程中，他也同样将史学求“善”的意识贯彻于相关的文章之中。他所关注的绍兴文化精神，洋溢着积极向上的健康意识，他所重点着墨的，是绍兴历史上那些可歌可泣的英雄人物，他所渲染的，是绍兴那些富有特色、充满活力的民风民俗。从而使绍兴的魂魄、绍兴的精神得以形象地彰显，为绍兴人在新的历史时期锐意进取，再铸辉煌，在实现中国梦的征程中寻找历史的借鉴、文化的启迪。尤其难能可贵的，是信恩兄的著述中充满了温馨的亲情与友情，他回忆自己与马蹄疾、胡国枢等师友之情谊的文字，他描写自己受业老师的音容笑貌，力透纸背，感人肺腑。这就是历史之“善”，至真至纯，弥足珍贵。

史学求“美”。这里的“美”，不仅仅是指美妙的文藻、华丽的修辞，更重要的是指一种美感、一种氛围。它是史学存在的意义，也是史学追求的境界。

信恩兄的新作，围绕着“绍兴”这个中心来展开，无论是绍兴的景物、绍兴的风俗、绍兴的故事、绍兴的人物、绍兴的历史，均予以充满感情的描绘，予以富有生命的重现。这是历史的回顾，更是文化的寻根。家乡是人们生命的源头，是人们精神的港湾，更是人们心灵的归宿。不管你走得多远，也不管你有怎样的成功，你总是会时不时地回望你灵魂的皈依之所，梦萦于斯，心归于斯。

信恩兄把“绍兴”看作是自己生活中最重要的一部分，看作是最值得留恋与记忆的美好对象。为此，他才怀着深厚的寻根意识，不遗余力将自己“绍兴”的一草一木、山山水水呈现在广大读者的面前，和大家分享自己的愉悦，分享自己的感悟！

显而易见，信恩兄的著作，让我们重新回归到过去的生活，走入曾经发生过的历史的深处。是一部教人们“回头看”的好书，它告诉人们，生活不是单调的，回顾历史、认知历史、感恩历史，也是人们生活中的有机组成部分；而历史也不是虚幻的，它就活在“绍兴”的石板桥上、“绍兴”的乌篷船中，活在你我所有人的魂牵梦萦之记忆深处。

一句话，《稽山文集》一册在手，尽得绍兴历史之慰藉，尽得绍兴文化之风流！

是为序。

大师的宽容

——读《胡适文存》

即便是通过书本间接了解一个人，特别是像胡适、梁启超、王国维、陈寅恪、马一浮、钱穆这样的文化史上杰出人物，也有一个十分漫长的过程，时下不少谈文化、谈人物的书籍，总喜欢取名“走近××”，其原因恐怕就在这里。

说起那位胡适，最早给我的印象，乃是蒋介石反动统治的忠实帮凶、帝国主义的文化走狗、买办文人等等。事实也是如此，中国共产党在夺取全国政权前夜所开列的一长串“战犯”名单上，胡适、王云五这样的文化人就赫然在列。后来随着“文革”的结束，人们思想的解放，学术文化界对胡适的评价也日趋公允，多少能做到“一分为二”了。然而，自己对胡适的印象仍不怎么佳。记得刚上大学时偶尔读到胡适关于楚辞问题的考证文章，其中谈到屈原是“子虚乌有”式的人物（收录于《胡适文存》第二卷），始而诧异，继之愤愤然，认定他有太强的“民族虚无主义”的情结，所以依旧对他不抱好感。

直到近年，在读了他《四十自述》一类自传作品以及唐德刚先生《胡适杂忆》等文章后，自己固有的成见才得到较为彻底的改变。原来，这位胡博士竟是这样一位学富五车而又宽厚雍容的文化大师！于是对他的著作产生了浓厚的兴趣，多方搜罗并悉心精读，其中四卷本的《胡适文存》则是自己用功甚勤的一种。

与专门研究胡适的学者不同，我读《胡适文存》，更多的是无功利的浏览，因此从中获得的感受也与他人有异。对我来说，《胡适文存》不仅使我了解到胡适学术上的造诣、治学方法的先进，而且更让我感受到其品德的崇高，其人格的魅力。这种魅力的一个重要方面，就是胸襟的宽阔、气度的优雅，对人对事的宽容与仁厚。而它正是奠定胡适成为一代文化大师的最深厚基础。

这里可以举出两个比较典型的例子。一是对苏俄政治的态度。

众所周知，胡适在政治上是坚定的自由主义者，是欧美现代民主体制的最大“拥趸”，他对共产主义理论是抱有怀疑乃至敌意的，《胡适文存》中就充斥着“多研究些问题，少谈些主义”“被孔丘、朱熹牵着鼻子走，固然不算高明；被马克思、列宁、斯大林牵着鼻子走，也算不得好汉”这类言辞，它经常被论者所诟病，引来做胡适反共的铁证。这诚然是胡适政治上容易引起人们争议的原因之一。然而，一个人的思想毕竟是复杂的、动态的，而非机械的、静止的。同样也是在《胡适文存》中，保存着不少容忍乃至理解社会主义理论以及实践的文字。为苏俄政治制度的辩护，就颇为典型。

“十月革命”后，出现社会主义的国家苏联，任何人，不管其感情上对此是喜欢还是讨厌，但都不能不承认，这是历史上的重大事件，言之为开辟了人类历史的新纪元亦不为过。当然，这引起世界范围的反动势力的极端仇视，除了组织武装力量进行干涉、颠覆外，他们还动用舆论工具对新生的苏联及其制度竭尽污蔑攻击之能事，百般加以丑化。

然而，胡适并没有简单加入这一反苏大合唱，相反，他却以较冷静和宽容的态度看待苏联与社会主义制度这一新生的事物，并著文或多或少地进行申辩。他在《欧游道中寄书》中强调指出：苏俄有作大规模政治试验的权利，“去年许多朋友要我加入‘反赤化’的讨论。我所以迟疑甚久，始终不加入者，根本上只因为我的实验主义不容我否认这种政治试验的正当，更不容忍我以耳为目，附和传统的见解和狭窄的成见。我这回久住俄国，不能细细观察调查，甚是恨事。但我所见已足以使我心悦诚服地承认这是一个有道理、有计划、有方法的大政治试验。我的朋友们，尤其是研究政治思想与制度的朋友们，至少应该承认苏俄有作这种政治试验的权利”。并表示自己“对于苏俄之大规模的政治试验，不能不表示佩服”。至于苏联的许多具体治国措施，胡适也是多所赞扬和肯定的：“苏联并不是轻视纯粹科学与文学”，“我们只看见了他们的‘主义教育’一方面，却忽略了他们的生活教育方面……这种教育制度是不可抹煞的。”

必须承认，作为一个持自由主义立场的资产阶级学者，胡适他本人能够心平气和地道出苏联的长处，公允地为它的政治试验（即社会主义制度建设）作辩护，已足以显示他胸襟的宽广、为人的宽厚了，是难能可贵的。所谓“海纳百川，有容乃大”，胡适先生的思想境界庶几近之。

二是对不利于己的学术批评的态度。

《胡适文存》出版之际，正值“新文化运动”如火如荼，胡适本人际会风云、名扬四海的时候。此时他是名副其实的学术文化界的“大哥大”，激扬文字，睥睨天下。可是，令人佩服的是，他依旧是那么的平易宽和，那么的虚怀若谷，半点不见舍我其谁的气息，丝毫没有恃才傲物的行迹。对于他人的批评与质疑，不但不曾含恨在心，伺机报复，反而将有关这一类批评收入《文存》之中，“立此存照”，让第三者来公正评判并择善而从。他与梁启超在“最低限度的国学书目”一事上的争论，就很典型地反映了他学术上的宽容风格。

当时大学生为了更好地掌握治学的门径，曾分别约请胡适、梁启超等学术权威开列一个“最低限度的国学书目”；胡、梁诸人出于提携后进，致力于学术文化“薪火相传”的良好初衷，都欣然从命，认真开出了自己经深思熟虑后选定的“书目”清单，并作扼要的提示和说明。

谁知胡适的“书目”公布后，不仅受到《清华周刊》记者的质疑，“我们以为先生这次所说的国学范围太窄了”，“一方面嫌先生所拟的书目范围不广，一方面又以为先生所谈的方面——思想史与文学史——谈得太深了，不合于‘最低限度’四字”，而且更遭到同为国学大师的梁启超严厉抨击，指斥他“文不对题”，说他“不顾客观的事实，专凭自己主观为立脚点”，“把读书和应备书混为一谈”。对于胡适“书目”中“把史部书一概屏绝”的做法，梁氏尤为恼怒，认定“恐无此理”。经过一番不留情面的讨论辩驳后，梁启超得出结论：“胡君这篇书目，从一方面看，嫌他挂漏太多；从别方面看，嫌他博而寡要，我认为是不合用的。”针砭得痛快淋漓，甚至可以说是到了尖刻的程度。

平心而论，将胡、梁两人所开的“书目”稍作比较，我们能发现，的确是梁启超的要来得高明，而他对胡适的批评，也颇切中要害。这也并不奇怪，胡适的学问固然不错，但是，就国学的功底而言，与梁启超相比，其厚重与精深尚有一定的差距。可是令人肃然起敬的是，胡适在辑录四卷本《胡适文存》的时候，却全然没有露虚怯、丢面子的顾忌，而是将梁启超开列的书目，以及梁氏对胡适本人的批评文章原封不动地收入其中，并虚心认输，不再反驳（商榷）。这才是真正大家的风范。联系到当今学术界的怪现象：某些人视正常的学术批评如洪水猛兽，人家一发言，便暴跳如雷，恶言相向，甚至动辄闹到法庭，口口声声要维护所谓的“名誉权”。再看看胡适对待批评的虚怀若谷气象，我们不能不承认，两者的境界实在是有云泥之别，高下立判了。

这也是胡适先生之所以为“不世出”的一代大师，而如今某些“专家”之所以不入流的重要缘故。

浙江历史文化的“百家讲坛”

——读《浙江历史人文读本》

身为漂泊北国的游子，但凡遇到有关家乡的图书，总忍不住会随手翻翻，不过，大多数翻过也就随手丢弃。说实话，近年来书的数量虽以几何倍数增长，吸引你读下去的还真不多。可是，当承蒙惠赠的这套丛书摆在我的案头时，却让我眼前一亮。尽管书中的大多数内容我多少有所了解，可还是几乎不停顿地将它翻阅一遍。不得不说，这套丛书在介绍、宣传浙江历史文化、山水名胜方面是一次颇为成功的尝试。概而言之，其特色有三。

一是选题策划举重若轻，卓荦不凡。一本书的成功，在很大程度上依赖于内容选题的策划。内容选题是否有意义、有价值、有特色、有新意，直接决定了书的价值。这套丛书共由八本组成：《江山风情》《长河绵延》《千秋镜鉴》《五色影音》《诗渊文薮》《启智开物》《岁时年景》《金声玉振》等，其内容涵盖浙江的山水名胜、历史文化、思想艺术、名人事迹、诗词歌赋乃至衣食住行，几乎包罗万象，全方位、多层次地展现了从史前的河姆渡文化、良渚文化到共和国成立这一万多年来的浙江历史人文、江山风情，可谓异彩纷呈，美不胜收。

以这八本小书浓缩这么多的内容，首先必须避免蜻蜓点水似的面面俱到，因此选题策划就显得十分的重要。这套丛书以“有鲜明特色、有重大意义、有突出影响、有重要成就”为标准，撷取浙江历史文化、山水人文、思想艺术中最灿烂的片断、最精华的材质、最鲜活的镜头，尤其是在浙江具有地标性意义的特色历史风情、山川风物和在中国称得上“第一”或“第一流”的人、事与历史场景，经浓缩淬炼、精心构思，截取一个个富于特色、清新简明、意蕴深长、具有历史经典感、密切联系当下社会现实、富于时代气息、令人印象深刻的“浙江意象”“浙江历史文化名片”“浙江关键词”“浙江历史文化DNA”，体现了选题策划的匠心。

对于大多数国人而言，谈起浙江，大家的印象往往是山水秀美，秀美的山水也养育了浙江人温柔和顺的性格和横溢的才华。这种理解不能说不正确，却多少失之片面。浙江的山水，既有西湖“浓妆淡抹总相宜”的柔美婉约，也有钱塘潮“云树绕堤沙，怒涛卷霜雪，天堑无涯”的雄奇壮观。浙江文化的基因，既有温柔和平的一面，也有刚毅坚强的基因，所谓“含刚健于婀娜”“夫越乃报仇雪耻之乡，非藏垢纳污之地”！这套丛书的选材就很好地体现了这一点。写“天下读书种子”的方孝孺，截取朱棣逼方孝孺起草即位诏书时两人的对话和方氏兄弟临刑前吟诗这两个在中国历史上有重大意义的场景，着墨不多，不仅使得方孝孺“台州式的硬气”和朱棣的残忍无情跃然纸上，又以典型事例、典型场景展现了浙江人性格、浙江文化中刚毅坚忍的硬的一面。令人印象深刻的还有越王勾践的“亮剑”与干将莫邪的铸剑。如果说方孝孺体现了士大夫硬骨头的一面，那么干将铸剑及其子赤为父报仇的险恶经历，则展现了民间对强权的不屈抗争。谁能想到，在今日山清水秀、茂林修竹的“清凉世界”莫干山上，竟隐藏着这么一段历史上惊险激烈的剑影血光！它所体现的那种不屈不挠的抗争精神，也将作为浙江文化的基因流传于无穷。至于越王勾践卧薪尝胆、勇于亮剑，终于灭吴复仇的故事，在中国已是妇孺皆知。难能可贵的是，作者对越王勾践的行径做出了理性的反思，指出他在槜李之战中采用囚徒自刎这种残忍且下三滥的手段取胜，突破了人类的道德底线，不值得称道。他对吴王赶尽杀绝的做法，也稍欠贵族风度。至于他的霸业，对于吴越两国和其他交战国的民众来说，“是社会的急剧动荡和生命财产的严重损失，这是任何人都不能无视的历史事实”（《长河绵延》P67）。体现了时代的新眼光和新价值尺度。

二是内容表述的张弛有度，新义迭呈。一套丛书能否取得成功，不仅有赖于选题，还有赖于作者对内容恰当的表述、组织。以小书的方式展现浙江一万年来的历史人物、山川风物，对表述、组织方式提出了更高的要求，应该说，这套丛书在这方面也有让人击节称赏之处。

西湖作为浙江最大的名胜，千百年来蜚声中外，历史胜迹、文人歌咏，多得不可胜数。如何用区区两三千字写好西湖，难度着实不小。一难在相关文献浩如烟海，提炼总结难；二难在西湖是如此的为世人熟知，写出新意难。作者聪明地拣取西湖在历史上的重大关节点，以洗练的语言串起来，重在展示每一个历史时期西湖的风貌以及重要的历史人物对西湖所做的贡献或影响，略去烦琐的考证，把秀美的湖山与诸多的英雄、美女、仙家、大儒、循吏、文人穿越时空，交织成一组大型浮雕展示给读者，可以说是一篇关于西湖的优美解说词。当然，这些历史人物，既有真实的，也有传说中的。也许把传说中的人物写进西湖这篇小文章会引起一些人的不同看法，但如果缺失了葛仙翁、白娘子、苏小小这些美丽的传说，西湖还是西湖吗？他们早已融进了西湖的文化中，成了西湖的灵魂。丛书编者现在的处理，可谓独具匠心、别开生面。

值得称道的还有西溪。“西溪，且留下”，把读者的思绪一下子拉回铁马金戈、烽火连天的南宋初期。仔细品味，不仅隐藏着丰厚的历史底蕴，在今天这个全国各地作为城市之肺的湿地都在为房地产开发让路的时代，更觉其含义隽永。于今，曾经与西溪连成一片的古荡已成为繁华的城市，好在西溪留下了，从遥远的南宋留到了现在，并被保护起来，成了国家级保护区。真可以说是杭州之幸、浙江之幸！我们也希望西溪能一直留下来。沿着这条线索，我们还可以从作者笔下细细品味西溪的今生前世，从中领略“人事有代谢，往来成古今”的人文情愫。

三是文字叙说的深入浅出、雅俗共赏。这套丛书的作者，大多数是在相关领域里学有所长的专家，又能自觉地致力于浙江历史文化的宣传、普及，故而这套丛书既有较高的学术含量、专业水平，又能贴近生活、贴近现实，变繁涩为简洁，化高雅为通俗，以清通简明、深入浅出、短小精悍、雅俗共赏的文字，在普通读者与博大精深的浙江历史文化殿堂之间架起一座通津桥梁，这也是极为难得的。试举两例：《“炎黄子孙”还是“夏娃后裔”：传说、考古与基因分析》一文中，作者在短短的两三千字内，把关于我国境内人类起源的各种说法梳理得清清楚楚，把烦琐的文献考证、枯燥的数据论证成功地转化为明白晓畅的说明性文字。通过层层对比，一步步揭示历史的真相，增加了文章的可读性，又饶有趣味。在对会稽（今绍兴）人孙位的《高逸图》的介绍中，作者对图中所绘“竹林七贤”——作了精到的分析，指出所谓“七贤”，其实志趣各异、境界有别，政治倾向也不相同，并非人人都是贤者。值得注意的是，作者引陈寅恪“竹林”乃假托天竺“竹林精舍”说，指出“竹林”非实指；又引南京西善桥南朝墓葬出土的《竹林七贤与荣启期》砖画，比较令人信服地解释了《高逸图》中无竹林之疑团。语言通俗易懂，说理明白易晓，显示了作者深厚的学术素养和化高雅为通俗的能力。

当然，这套丛书也并不是十全十美、毫无瑕疵，就笔者眼见所及，个别地方也还有可以完善的余地。比如在《“所至善治，民思不忘”——北宋名臣赵抃》一文中，谓赵抃三次入蜀，“每次都是单枪匹马，‘以一琴一鹤自随’”。所谓“每次都是”云云，于史无征。至于“一琴一鹤自随”说，出自《宋史·赵抃传》，然而苏轼所作《赵清献公神道碑》载：“上谓公：‘闻卿匹马入蜀，以一琴一龟自随，为政简易，亦称是邪？’”《三朝名臣言行录》则引《吕氏家塾记》又作“一龟一鹤”。按：《清献集》收有赵抃在蜀所作《眉山麻衣至德观真仙亭》诗，其中有“我愧无能使两川，龟琴为伴仅三年”句，则赵抃入蜀，当以《神道碑》“一琴一龟自随”为是。这套小书中类似的失于考证处还有很多，不一一列举，想方家自能识别。但白璧微瑕，不能掩盖其在深厚的浙江历史文化通俗化、普及化中所做的开拓之功。

通过这套丛书，我很欣喜地看到，生活、工作在浙江的一批学人，正怀着历史的责任感和时代的使命感，自觉地“站在今天的浙江，做一个历史的眺望者，穿梭万年的时空，打量这块土地上连绵不绝、波澜壮阔的前尘往事”；“做一个历史的梳理者，秉持理性的烛火，将沉落于往昔世界的影像重投于时间的光影之墙”；“做一个历史的思考者，博学审问、慎思明辨，探寻其与当下社会的关联”；“做一个历史的传播者，让历史走出尘封的书海和学者的案头，建构一个公众视野中的历史世界，让来自历史的智慧，充实心灵的世界，照亮今天的生活”。其志向令人肃然起敬，其努力令人不胜钦佩，其成绩令人无任欣慰！相信它的出版，必将深受不止于浙江民众在内的广大读者的热忱欢迎，成为人们认识浙江历史文化辉煌成就的便捷途径，成为我家乡浙江在营造“文化大省”、走向更光明的未来过程中的强大精神动力。

《礼崩乐坏下的大裂变》之印象

春秋战国的特征，可以借用英国著名作家狄更斯《双城记》的开场白来概括：“这是一个最坏的时代，也是一个最好的时代。”既弥漫着不尽的“绝望”，又洋溢着无穷的“希望”。

王纲陵替，动乱不已，命如草芥，民不聊生，岂非“最坏”！斯时也，“夷王足下堂，桓王箭上肩”，“礼乐征伐自天子出”的秩序分崩离析，周室衰微、夷夏冲突、诸侯争霸、大国兼并，世局之嬗变接踵而至；“争地以战，杀人盈野，争城以战，杀人盈城”，生灵之涂炭触目惊心。然而，生机盎然，希望孕育，“沉舟侧畔千帆过，病树前头万木春”，又岂非“最好”！

这在经济上，是农业进步、工商发达、城市繁荣；在政治上，是制度鼎革、人才辈出、管理创新；在文化上，是百家争鸣、学术下移、思想解放。可以毫不夸张地说，一部春秋战国的历史，充满着矛盾，洋溢着激情，流淌着痛楚，展示着愿景。“乱”与“新”，如影随形；“祸”与“福”，相反相成！

由浙江文艺出版社刊行的白效咏博士这本《礼崩乐坏下的大裂变》，基于翔实的史料，借助优雅的文字，从剖析人物入手，去解读这个“变”而寓“序”“乱”而趋“新”的时代，无疑是一种值得关注的新尝试。该书分为三章：“争霸风云”

收列国之君，“济济多士”收各国谋士，“百家争鸣”收“道”“儒”“法”学派之代表者。

“文章本天成，妙手偶得之。”我们不妨把这三类人物看作三条基本的线索：从列国之君去窥探当时风云激荡、纵横捭阖的国际关系，从谋士贤臣去感受各国在这大裂变时代的发愤图强、峰回路转，从学者及其作品解读这个时代哲人的深长思考与终极关怀，可收触类旁通、纲举目张之效。

而作者亦庄亦谐的笔触，举重若轻的潇洒，带给读者的不仅是“读史使人明智”，还有真正的轻松和莫名的愉悦。历史学的研究固然重要，但历史学的普及更为迫切，从某种意义上讲，后者乃是历史学生存与发展的最根本保证。在“象牙塔”里焚膏继晷固然值得尊敬，在“草台班”上插科打诨同样值得欣赏。历史学科的生存，建立在历史知识普及的基础上。所以，我钦佩当年明月、赫赫勃连大王等人，也激赏易中天、王立群这些央视“百家讲坛”上的“名嘴”，因为他们使芸芸众生开始关心历史、恋上往昔，潜移默化，感化挹注，活得更为明白。善哉善哉，功莫大焉！

《礼崩乐坏下的大裂变》，当然与上述著述情况不尽相同，其格局与眼光更为宏大、更为深邃，书中所蕴含的史识亦更为高迈，但风格上却不无相近的地方，即轻松挥洒、益人启智，而正是这种轻松、这种愉悦，赋予全书以鲜活的生命，以美好的升华，我想，这才是历史学所应该具有的天然本色，也是当今从事历史研究的人所应该锲而不舍追求的崇高境界！

《诸葛亮治蜀与蜀汉政治生态演变研究》序

白杨的博士学位论文《诸葛亮治蜀与蜀汉政治生态演变研究》经修改充实后即将付梓出版，作为她博士生学业阶段的授业导师，我深感欣慰、鼓舞，也借此机会向她本人致以热烈的祝贺，并对中国社会科学出版社奖掖扶持年轻学人之举表示由衷的敬意！

白杨在大学所学的专业是外语，但对中华历史文化的热爱，使她在选择自己的人生目标时做出了与常人大不相同的决定，即甘愿忍受淡泊与寂寞，把从事历史教育与研究作为自己人生的主题。为此，她报考人大历史学专业的硕士生，在孟宪实教授的指导下，学习与研究隋唐历史。硕士毕业时，又以优异的成绩，取得硕博连读的资格，转到我名下攻读中国古代思想史方向的博士学位。无论是读硕士还是读博士，她都全身心投入学业，孜孜以求，锲而不舍，秉承这种难能可贵的敬业精神，加之天资聪颖，她的学术生涯渐入佳境，在相关专业领域初露头角，在学生阶段即有多篇论文发表于《中国史研究》等学术刊物，为自己的日后学术进步打下了较为坚实的基础，也为导师和所在学院赢得了荣耀。

完成博士学业之后，她有幸进入了由罗家祥教授主持的华中科技大学历史研究所，在完成正常的教学工作之余，她更执着地走自己业已起步的史学研究之路，修改与完善博士学位论文，就是其中重要的一项工作。她的努力没有白费，本书的完成和出版，正是最好的证明。

白杨的博士学位论文讨论的主题，是诸葛亮的政治思想、实践与蜀汉政权政治演变之间的内在逻辑关系。这是一个老题目，学术界对此已有过足够多的关注和分析，这方面的论著之多，可谓已是叠床架屋，汗牛充栋；观点之杂，可谓包罗万象，应有尽有；从某种意义上讲，乃是“题无剩义”“山穷水尽”。尤其是有田余庆先生这样大家的专题论文在前，再研究这个题目，似乎是自讨没趣的做法，所谓“采石矶旁一堆土，李白大名高千古，来来往往一首诗，鲁班门前舞大斧”！当时，白杨选择它作自己的学位论文研究对象，不少老师，包括我本人，说实话是多少捏着一把冷汗的。但白杨并没有因此而气馁，更不曾缘此而放弃。而是勇于直面现实，直面挑战。这种学术勇气，正是她能最后圆满完成任务，实现超越的基础。

应该说，从白杨论文最终完成情况来看，她基本上达到了预期的目标。概括地讲，大致有三个方面：

第一，学术视角新颖。学术视角是否适宜关系到论著的格局大小与尺度高低。一个好的切入点，往往能起到点石成金、别开生面的效果，这其实是对正确研究思路和研究方法的选择与把握。就诸葛亮与三国史研究这类新史料有限、前人已反复讨论的问题而言，能否做到这一点尤为关键。白杨本文的突出优点之一，就是能致力于思想史与政治史的综合研究，即论文不再按通常的平面考察诸葛亮思想的模式来展开，而是以诸葛亮的治国理念与实践为切入点，通过分析诸葛亮政治理念与政治实践在蜀汉制度建设中的折射与变异，来探讨蜀汉政治的发展与嬗变。这样，就在思想史研究和政治史研究之间架起一座桥梁，使得有关诸葛亮政治思想的研究，从单一的理论层面推移到现实的政治行为之上，很好地沟通了思想史与政治史研究之间的畛域。另外，注重用“历史长时段”考察的方法，探究诸葛亮治国实践的历史命运，包括论述诸葛亮治国实践对后世政权建设的影响，总结后世对诸葛亮治国实践的评论等等，也属于类似的努力，这有助于就诸葛亮的治国实践做出纵向的回顾，它从一个侧面反映了白杨本人研究视野的开阔，也大大增加了文章的学术厚重度，对于今天更客观地研究诸葛亮治国实践与蜀汉政治生态演变的关系不无意义。

第二，学术创新显著。学术的生命力在于创新，无论是诸葛亮本身研究，还是蜀汉政治探讨，都不乏相当丰富的见解，要有所发明可谓困难重重。但本文则是在依据翔实史料的基础之上，发隐烛微，提玄钩要，别出心裁提出自己独特的看法，对有关成说进行合理有据的商榷，对蜀史研究中不少存有争议的问题进行细致的考辨。例如，论文在关于诸葛亮用人政治实践的评析上，一改以往学者习以为常的宏观论述，而是注重以具体人物为个案研究，并穿插讨论蜀汉制度的特点和蜀汉政治的局势，从而比较清晰地把握蜀汉政治的嬗替更迭及其原因与得失。有关李严事件的分析、孟达之死的考究等等，就非常典型地体现了这种以事说理、以小见大、举一反三的研究理路。又如，论文对蜀汉政权各股政治势力的划分也值得注意。它将蜀汉政权内部划分为原从势力、荆襄势力、益州势力以及外附势力等四大部分，指出它们之间存在着错综复杂的关系，彼此既竞争又合作，由此而造就蜀汉政权内部关系的相当微妙性，而诸葛亮处理这四大势力关系的手腕与具体做法，则在其中发挥着主导性的影响。明白这一点，即可认识并理解蜀汉政治生态演变的历史必然性，这无疑是白杨本文的一个显著创新性亮点。

第三，学术风格谨严。学术创新必须建立在坚实的学术资源掌握的基础之上，否则便是无源之水、无本之木。本文的一大特点，是学风端正，学问笃实。有关见解，都是以占有和分析大量的史料为前提，做到据实而书，务去空言。本文的重点内容，是通过诸葛亮用人问题上的得失，来分析评价诸葛亮政治理念与政治实践的成功及其局限性。很显然，诸葛亮本人身上，理念上的正确性与实践上的不足性是构成一定的矛盾的。这主要表现为他对荆襄势力团体与益州势力集团的倚重有较为明显的不同，这也在客观上埋下了日后蜀汉政权内部的政治疏离。这一点，我曾在拙文《从重用马谡看诸葛亮的圈子意识》中有所提及，白杨基本上认同我的看法。但是，她的重大贡献是没有满足于我的概念性泛泛而谈，而是全面统计了荆、益势力集团主要人物的政治履历、官职地位、职掌职能之后，用具体数据与事实证明了诸葛亮用人上的亲疏之别、地域侧重。这种学贵笃实、论从史出的做法，似乎显得不会取巧，有些“笨拙”，但是，其实这恰恰是学术上有所造就、有所创造的必要保障。在学风普遍浮躁、学术全面虚热的当今，这种沉潜的学术品质尤为值得表彰与弘扬。

1988 年，我在山东大学历史系完成自己的博士研究生学业，光阴如梭，寒来暑往，迄今已是二十四年过去了。如今，当年自己求学经历中的不少细节已渐渐淡忘，但是，山大的“校训”则始终清晰地印刻在自己的脑海中，这就是“气有浩然，学无止境”。白杨的论著出版固然可喜可贺，但是按“学无止境”的学术理念来讲，这仅仅是一个起点，是一个阶段性的收获，更何况，现在的成果也并非无懈可击，并非尽善尽美。相信白杨自己对此也会有一个清醒的认识。因此，我希望白杨不要满足于现有的成绩，而是应该继续努力，争取“百尺竿头，更进一步”！

是为序。

《中国兵学思想史》为何写，怎么写

所谓“兵学”，指的是厘清中国历史上有关战争基本问题、阐述战争指导原则与一般方法、总结国防与军队建设普遍规律及其主要手段的思想学说。它渊源萌芽于夏、商、周时代，在春秋战国时期形成独立的学术理论体系，充实提高于秦汉魏晋南北朝时期，丰富发展于两宋迄明清时期，直至晚清让位于近代军事学。

中国兵学思想主要包括历史上丰富的军事实践活动所反映的战争观念、治军原则、战略原理、作战指导等内容，其主要文字载体是以《孙子兵法》为代表的数量浩繁、内容丰富、种类众多、哲理深刻的兵书。其他文献典籍中的论兵之作也是其重要的文字载体，这包括《尚书》《周易》《诗经》《周礼》等原典的有关军事内容；《墨子》《孟子》《老子》《管子》《吕氏春秋》《淮南子》等所载历代学者、思想家的论兵文辞；史书、类书、政书、丛书中的言兵之作；唐、宋、元、明、清诸多文集中的有关军事论述，“汉中对”“隆中对”“雪夜对”等由史籍所记载的历代政治家、军事家的军事言行。它们同专门的兵书著作一起共同构筑起中国古代兵家思想的瑰丽宝库。

《汉书·艺文志·兵书略》曾对西汉以前的兵学流派作过系统的区分，将先秦两汉兵家划分为兵权谋家、兵形势家、兵阴阳家和兵技巧家等四个大类。在四大类中，兵权谋家是最主要的一派，其基本特征是："权谋者，以正守国，以奇用兵，先计而后战，兼形势，包阴阳，用技巧者也。"显而易见，这是一个兼容各派之长的综合性学派，其关注的重点是战略问题。中国古代最重要的兵书，如《孙子兵法》《吴子》《六韬》《孙膑兵法》大都归入这一派。兵形势家也是比较重要的兵学流派，其特点是："雷动风举，后发而先至，离合背向，变化无常，以轻疾制敌者也。"主要探讨军事行动的运动性与战术运用的灵活性、变化性。兵阴阳家，其特征是"顺时而发，推刑德，随斗击，因五胜，假鬼神以为助者"。即注意天候、地理与战争胜负关系的研究。兵技巧家，其基本特点是"习手足，便器械，积机关，以立攻守之胜者也"。这表明该派所注重的是武器装备和作战技术、军事训练等等。秦汉以降，中国兵学思想代有发展，但其基本内容与学术特色却基本没有逾越上述四大类的范围。

中国古代兵学思想内容丰富，博大精深，大体而言，它的基本内容是：在战争观上主张文事武备并重，提倡慎战善战，强调义兵必胜，有备无患，坚持以战止战，即以正义战争制止和消灭非正义战争，追求和平，反对穷兵黩武。从这样的战争观念出发，反映在国防建设上，古代兵家普遍主张奖励耕战，富国强兵，居安思危，文武并用。在治军思想方面，兵家提倡"令文齐武"，礼法互补。为此，历代兵家多主张以治为胜，制必先定，兵权贵一，教戒素行，器艺并重，赏罚分明，恩威兼施，励士练锐，精兵良器，将帅贤明，智勇双全，上下同欲，三军齐心。在后勤保障上，提倡积财聚力，足食强兵，取用于国，因粮于敌。在兵役思想上，坚持兵民结合，因势改制等。

战略思想和作战指导理论是中国古代兵学思想的主体和精华，它的核心精神是先计后战，全胜为上，灵活用兵，因敌制胜。一些有关的命题或范畴，诸如知彼知己，因势定策，屈敌为上，伐谋伐交，兵不厌诈，出奇制胜，避实击虚，各个击破，造势任势，示形动敌，专我分敌，出其不意，攻其无备，善择战机，兵贵神速，先机制敌，后发制人，巧用地形，攻守皆宜等等，都是围绕着“致人而不致于人”，即夺取战争主动权这一根本宗旨而提出和展开的。

但令人遗憾的是，现在史学研究主要还是集中在政治史、经济史、思想史、文化史以及社会史上面，军事史的研究成果却很少，出书、发表论文特别是高质量的论文，都比较稀罕，备受冷落，大学里基本都不开设军事史的课程，让军事史的研究者大有“茕茕孑立，形影相吊”的感受。即使在有限的军事史研究方面，一般还主要局限于兵制方面，出过一些比较优秀的著作，如蓝永蔚的《春秋时期的步兵》、谷霁光的《府兵制考释》、雷海宗的《中国的文化与中国的兵》、王曾瑜的《宋朝军制初探》、陈恩林的《先秦军事制度研究》等等。可是，对于战争、军事技术、作战方式、兵要地理、兵学理论的研究却很不够，可见在军事史研究内，各个方面也是很不平衡的。许多战争的评论，往往只是讲到进步或落后这一类性质层面的东西，却很少具体分析它的战法，既无战略的总结，亦无战术的解析。这跟外国的研究很不一样，他们战术方面的内容非常的具体，像在记述汉尼拔著名的坎尼之战时，怎样排兵布阵，如骑兵放在哪里，步兵放在哪里，何为主攻，谁作牵制，何时出击等等，都有详细记载。我们的记述，则侧重于战争酝酿阶段的纵横捭阖，逐谋斗智，而真正描述战争过程的往往就简单的几个字——“大破之”“大败之”。我们既不知道他是怎么胜的，也不知道他是怎么败的，没有一些可操作性的东西在里面。这是史书记载中存在的问题，是属于先天性的。更严重的缺陷是我们的军事史研究，基本上还停留在平面、直观的层次，人云亦云，“百犬吠声”，缺乏立体的、多层次的、多角度的研究。

总之，有关军事史，尤其是兵学思想史的研究刚刚处于起步阶段，该领域尚属于一片有待开垦的处女地，可以成为史学研究新的生长点，所谓“秦失其鹿，天下共逐之”。而在《中国兵学思想史》的具体撰写过程中，我个人认为似应该坚持与贯彻以下四个基本理念与主要方法：

第一，从文献释读、资料积累入手，奠定研究的雄厚基础，努力造就一种注重实证、学贵笃实的健康治学风格。这方面应该做的主要工作是诠释古代著名兵书，整理先秦诸子以及历代文集、类书、政书中有关的军事文献资料，对一些具体的军事学术问题进行考证辨析。有关兵学基本文献考镜源流、索隐发微，诸凡字词本义、名物典章、概念范畴，均予以正确的解释，同时对兵书的成书年代、版本著录、承传源流、思想主旨、篇题大义、历史影响，均作深入的探讨，提出自己的见解，并注重以具体战例印证相关的兵学原则。通过这些基础性工作，来为从事深层次的军事史研究做资料、文献方面充分的准备。我把它界定为“点”的深化。

第二，从宏观的视野、整体的角度切入，认真梳理中国兵学发展的基本线索，揭示历代兵学嬗变的内在动因、文化渊源、主要形态、显著特点以及时代精神、历史影响，在此基础上提出我自己关于历代兵学问题的理性认识与价值判断。这部分工作，我个人把它定位为在军事史研究方面“史”的贯通，也就是“线”的勾画。并根据史实，着重反映中国兵学发展史上的三个高潮：即春秋战国的异彩纷呈，两宋时期的系统整合以及晚清期间的近代转型。把握三个基本原则，其一是，根据历史动态性的特点，考察、总结兵学发展的背景、内涵以及规律；其二是，根据历史过渡性的特点，透视、分析兵学发展上前后不同阶段的基本面貌和主导特点；其三是，根据历史多样性的特点，揭示、分析兵学发展过程中的文化差异与地域特点。自出机杼，道前人所未道，为兵学思想史研究的深化做出自己的贡献。

第三，在把握古代兵学思想史发展基本脉络的基础上，对历代兵学中的相关学术问题进行深入的分析和解读，力争在军事学术层面上，对兵学思想史研究的某些关节点予以突破或开拓。我把这理解为是“理”的升华，也可以说是“面”的提高。这是兵学思想史研究领域中最艰难的跋涉，但同时也是最有意义的努力。

务去陈言，索隐发微，当为《中国兵学思想史》写作的努力方向，成为这方面研究的显著特色。这既要体现于宏观命题的开阖论说，也要反映微观细节的精审考辨。如将先秦兵学的演进历程概括总结为四个基本阶段：即以甲骨卜辞、《周易》为代表的前理性时期，以《司马法》为载体的“军礼”时期，以《孙子兵法》诞生为标志的“兵法”时期，以《六韬》面世为象征的综合融会时期，将秦汉兵学发展的文化特征归纳为兵学主题的转换与兵儒合流的发轫，也属于不囿成说的看法。将先秦诸子军事思想的异同概括为崇尚人本精神与执着功利原则、构筑理想境界与讲求操作功能、突出对立特征和凸显融会趋势这三点，等等，窃以为可自成一说。再如，论证《孙子兵法》与古司马兵法之间具有深厚的历史文化渊源关系，揭示《孙子》诸多军事原则本源于古司马兵法的基本教条；指出孙子“伐交”的本义是通过布列阵势、显示实力、震慑敌人而逼迫其退缩或降服，它是三代与春秋时期通行的“观兵”威敌之法的理论总结和升华，是孙子制定战争程序中的有机组成部分，而非通常所称的以外交斗争制服对手等等，也都是经过翔实考证后得出的结论，似可澄清长期以来层叠累积而形成的学术误解，于深化军事史研究或许不无裨益。

第四，立足于现代人的立场、观点，按现代人的思维模式和话语系统，致力于实现兵学思想历史研究对象客体和研究者主体之间的沟通与圆融，揭示历代兵学嬗变的内在规律，着重借鉴和汲取其中具有超越时空的价值内涵，为当今社会生活提供智慧的启迪、理性的昭示。至于在表述方式上，则注重叙事的平民化、文本的生动化，尽量放下学术著作貌似高深的“贵族”身段，坚决排斥伪崇高、伪高雅，努力消弭研究者与一般受众之间的隔膜，用亲切自然的方式叙述高深精确的学术内涵，雅俗共赏，深入浅出，从而感化挹注，激发尽可能多的人对兵学文化生发兴趣。这些努力，我本人认为是研究功能的转化与思维的延伸，即“网”的辐射。因为，在我的认知中，兵学思想史研究，首先是求“真”的追求，即讲求科学理性，努力再现真实可信的历史面貌，同时也是致“用”的希冀，所以借古鉴今、提供启迪永远是研究者的使命之一。

应该看到，兵学思想史研究遭到冷落，除了整个社会日益被功利心态与氛围所包围和充斥这个因素外，也与兵学思想史著述表述上形式机械、观念陈旧、故作高深、顾影自怜直接相关；我当注意避免犯类似的错误，朝着雅俗共赏、深入浅出的方向努力。我认为兵学思想史研究走向成功的标志之一，是科学与艺术相统一的研究方法之高明运用，这大致表现为厚实的史学功底、饱满的军事素养、深刻的哲学思辨与优美的文学语言这四者的有机统一、融合一体。即在科学严谨、准确全面的基础上，做到生动美妙，富有诗情画意。如此，方可以化腐朽为神奇，融认知于审美，克服通行的兵学思想史论著中千人一面、枯燥沉闷的弊端，使兵学思想史著述升华为一种美文，拥有不朽的生命力，从而赢得读者，发挥其应有的社会教育功能和启迪价值。

山西历史文化的三个基本特色

——兼谈“山右历史文化丛书”的出版

山西省“十二五”期间文化强省战略的提出和实施，取得了前所未有的成绩。从话剧《立秋》《一把酸枣》《傅山进京》《走西口》，到说唱剧《解放》，传统晋剧《打金枝》，上党梆子《西沟女儿》；从电视连续剧《乔家大院》，到电影《赵氏孤儿》：文化资源优势正在转化为产业优势、思想优势，充分彰显了山西的文化魅力。“山右历史文化丛书”的出版，放在这个大背景下考察，其意义不言而喻。

山西历史文化资源丰富厚重，并且具有其鲜明的特色。这个特色，集中体现在三个方面。首先，是它的悠久性。这一点在史学大师谭其骧先生的《山西在国史上的地位》一文中有简明扼要又高屋建瓴的概括与总结。后来，在韩毓海、行龙诸教授的笔下也有具体的描述。

其中特别重要的，是晋为春秋历史的第一主角，“周卑，晋继之”，若无“三家分晋”，秦将可能被始终阻隔于函谷关之西，整个中国历史或许会改写。北魏以山西为基地统一北方，为日后隋统一南北奠定基础。李渊晋阳起兵，建立大唐王朝。五代至北宋前期，山西具有战略中心枢纽地位。明清以降，山西经济有着特殊作用。

其次，是山西历史文化中的“尚武”性。从晋文公的“取威定霸”，到“山东宰相山西将”的格局形成，从三晋兵学的兴盛，到魏太武帝的剪灭群雄，从北汉孤臣孽子式的殊死抵抗到杨家将舍生忘死的喋血沙场，我们看到前仆后继、视死如归的尚武精神堪称山西历史文化之精魂。

这种“尚武”精神，在三晋兵学的形成与发展中有突出的反映。三晋兵学文化以其丰富的内涵和独特的品格而在中国古典兵学发展史上占有显著的地位，主要表现为兵学传统的源远流长，成果丰硕，并具有自己的鲜明个性。具体而言：首先是兵学著作数量繁富，形式多样。其次是呈示出理论与实践相结合、学理与操作相统一的鲜明特征。其三是内涵丰富、体系完整、观点鲜明、思维辩证，注重将厉行耕战、增强实力、推行法制、严明赏罚置放于优先的位置。

从整个中国文化风貌的演变中，山西历史文化中的“尚武性”尤其显得难能可贵！中国文化的嬗变过程中，是阳刚走向阴柔，尚武让位崇文，文弱、内敛越来越成为主导趋势，山西文化中的尚武魂魄，成为一种平衡与制约，成为民族浴血重生的希望。

其三，是充沛着积极的自我更新性。这包括文化上的兼容并包精神，王通《文中子》的文化兼容特色，魏晋南北朝时期的民族融合进程，宋辽金时期的多元文化并存互补趋势，也体现为注重实效、质朴平实、应物变化、与时俱进的显著传统。以先秦军事发展为例，晋国的军事改革始终走在诸侯列国的前列，变三军阵为五军阵的是晋国，“毁车以为行”，步兵重新崛起成为主力兵种的是晋国，最早出现“军功爵”雏形的还是晋国。

山西的历史文化资源如此丰厚，其特色又是如此鲜明，进行整理、开展研究乃是必有之义。“山右历史文化丛书”的整理与出版，应该说是这方面所作的巨大努力与突出贡献。收集在其中的不少典籍都具有非常重要的文献学、历史学、哲学、文学的价值。像《大唐创业起居注》，在恢复大唐开国的历史真实性方面，就具有不可替代的重要作用。

“山右历史文化丛书”是以20世纪30年代编纂的《山右丛书初编》为基础而编就的，它固然是创新、是发展，但同时也是传承，是克绍其裘，这是对前人工作的尊重，是学术上薪火相传的一个典范。在今天的国学教育与研究中，如何处理好稳定与发展的关系，处理好继承与创新的关系，处理好沉淀与开拓的关系，“山右历史文化丛书”应该说做出了很好的榜样，值得充分肯定。

第四辑　夜读偶记

学无止境：大学者的学术失误举隅

南辕北辙：关于研究生培养的断想

历史学研究中的四个“误区”

所谓的“历史人物”

门外说“礼”

中国历史上的武圣人

北魏孝文帝改革的历史教训

学无止境：大学者的学术失误举隅

在动笔写作这篇小文之前，我曾陷入很长一段时间的踌躇和纠结，是不是放弃才好，毕竟下面我文章中将涉及的人，都是些享有海内外盛誉、对中国文化的传承与发扬做出过重大贡献的学术前辈。更重要的，是他们早在多年以前已经驾鹤仙逝，我如果不慎而写得有偏差、有缺陷，他们也无法加以纠错指谬，从学术讨论平等立场而说，“来而不往”亦非礼也，并不公允。

但是，心灵煎熬、思想长考的结果，我还是决定将自己的意见表达出来，原因无他，就是建立在事实上陈说，秉笔直书，不为贤者讳，是学术文化薪火相传的重要前提，是尊重内心学术良知的基本要求，同样也是对前辈学者学术贡献的最好纪念。

与当今学术界急功近利之风甚嚣尘上、愈演愈烈，学术成果的水准江河日下、滥竽充数，学术品格的尊严斯文扫地、惨不忍睹相比，我们的前辈学者，无论是知识的广博、学养的深厚、识见的卓荦、品位的高雅、视野的开阔、成就的杰出、影响的巨大，都是令人高山仰止、追慕无已的。

清人赵瓯北诗云：“李杜文章万口传，至今已觉不新鲜。江山代有才人出，各领风骚数百年。”这话说得既对，又不对。我认为：在当今这个学术高度政治化、文化极端商业化的社会里，这些学术大师的成就业已无法复制，哪里还可能有几个人做到“板凳甘坐十年冷，文章不写一字空”呢？能稍稍认真地捣鼓出几份不太离谱的“文化快餐”，已属于难能可贵了。然而，这些学术大师的精神理应秉承弘扬，重振国学，再铸国魂，当是这方面的初步努力。无论什么时候，在我们这些后学者的前行过程中，他们的学术贡献，永远是一面具有引领意义的光辉旗帜。

对前辈学者以及他们的贡献，怀有敬畏之心、感恩之情是理所当然的。但是，敬仰不等于盲从，推崇不等于迷信，若是在其面前画地为牢、亦步亦趋，那么，学术文化的发展也就原地踏步、停滞不前了。正确的做法，应该是像杜甫所说的“不薄今人爱古人，清词丽句必为邻”。更何况，前辈学者是“人”而不是“神”，“智者千虑，必有一失”，“尺有所短，寸有所长”，受政治环境、学术资源、专业局限等外在因素或内在条件的影响，他们也可能出错，也可能闹笑话，甚至于闹匪夷所思的笑话。我们今天也应该秉持孔夫子的教诲，“当仁，不让于师”，实事求是加以指出，这才是对待学术事业应有的正确态度，也是对前辈学者和他们的贡献的真正尊重。

前辈学者中，的确有不少才高八斗、学贯古今的大家名流，但是，学问大的人，往往有自己的个性，自己的棱角，甚至有一些怪诞的言行，这同样会在他们的教学与研究中顽强地表现出来。张中行先生在其回忆文章《红楼点滴三》中曾提及当时北京大学中文系名教授林损（林公铎）在课堂教学上的趣闻。说这位林教授上课时常常是发牢骚，讲题外话，讲解诗歌，一学期不见得能讲上几首，就是这么寥寥几首，也经常喜欢随口乱说，以表示与众不同。如讲解杜甫的《赠卫八处士》，居然称此诗类同于嵇康的《与山巨源绝交书》。杜甫认为这位卫八处士很不够朋友，居然用黄米饭炒韭菜招待老朋友，太随意、太怠慢了！杜甫大不满意，所以，结尾处明确表态：“明日隔山岳，世事两茫茫”，从此之后，你卫八老兄走你的阳关道吧，我杜甫就走我的独木桥。将一首歌颂真诚友谊的诗讲成这般模样，也称得上是信口雌黄、胡说八道了。怪不得，到后来林公铎先生会让北京大学给解聘了。

林公铎先生的奇谈怪论，还是属于在课堂上信口开河的范畴，大概连听讲的学生也不会把它太当回事情。可是有的学者的研究虽说没有像林先生“高论”那样出格，可是其研究所得出的“结论”，也是颇有商榷的余地的。更为要害的，他们还堂而皇之地刊之于论文或专著，广泛传布，徒增纷扰。究其原因，发表这些观点的先生都是有大学问的专家，才华横溢，学富五车，则就免不了纵才使气、率尔操觚了，以至于导致观点有所偏激，结论有所乖戾。

像童书业先生天资之高、功底之厚、学问之大，乃是名闻整个学术界尤其是史学界的。作为历史学的权威学者，童先生专长于春秋史的研究，著有《春秋史》《春秋左传研究》等鸿篇巨制，其在这一领域的造诣之精深，直到今天也无人能出其右。此外，童先生在中国古代手工业史、中国绘画艺术史、中国陶瓷工艺史、中国古代思想史等领域中，也是研究精湛、成就卓著的专家，相关论著都是后学者必备的案头参考书。敝人母校山东大学历史系的数代人，至今提到童先生以及他的学问、他的逸闻，依然是眉飞色舞、手舞足蹈，引以为荣幸和骄傲。

可就是童先生这样的天才型学者，其个别的学术观点也一样难免是过度的标新立异，似乎颇有进一步讨论的空间。众所周知，《春秋史》是童书业先生的成名之作，也是该领域的扛鼎之作，属于典型的有价值的学术论著。可是，就是这样严肃的学术论著，也可以发现不少论证不够严谨、创意过于大胆处，属天马行空，自说自话。

譬如，该书第二章“从西周到春秋时的经济和社会情形”，设有“娼妓制度的猜测”一节，娼妓在春秋时存在，是可以“猜测”的，但是，童先生所依靠的重要论据，居然是《诗经》中的《郑风·出其东门》等等，这多少有些离谱，不够审慎了。童书业先生所征引的《出其东门》的文字，是该诗的第一节：“出其东门，有女如云，虽则如云，匪我思存。缟衣綦巾，聊乐我员。”这里，我们实在看不出有任何“娼妓”的影子或痕迹。

大家都知道，《出其东门》是一首歌颂坚贞爱情的诗篇，余冠英先生《诗经选》一书中有关此诗的题解，是一般人的普遍认知：东门游女虽则“如云”“如荼”，都不是我所属意的，我的心里只有那一位“缟衣綦巾”、装饰简朴的人儿罢了。

可就是这样一首普通的“爱情诗”，让童书业先生将它与娼妓制度联系了起来，还滔滔不绝引申开去，说它“隐约有娼妓制度的存在”，理由是“东门外为何会有如云的游女……他们和她们怀着什么目标，也就可想而知了”。这恐怕也太求之过深，离题万里了。可它的的确确是写进了严肃的学术著作当中，白纸黑字，立此存照的。这不能不说是童书业先生的小小疏漏，也是《春秋史》一书中的瑕疵。

又如童书业先生在其《先秦七子思想研究》一书中论说庄子与杨朱为同一个人，断言庄子为儒家孔子弟子颜渊一脉的“后学”，同样也是没有充足证据的推理，在学术上恐怕是难以让人苟同的。治学严谨的童书业先生尚且如此，当时更多的学者或许也就更等而下之了。

在诸多学术前辈中，比童书业先生走得更远的，可是多得去了。随便举上一例，20 世纪 20 年代末，学界还曾流传过“墨子为印度人”之类的观点，发明者可不是普通人，而是颇有名望的大学者胡怀琛，他在《东方杂志》《中国学术周刊》上发表《墨翟辨》和《墨学出于印度辨》两篇文章，后又出版《墨学辨》一书，石破天惊地提出“墨翟出于印度”“墨翟为印度人”和“墨翟为印度婆罗门教徒”等说法，在当时的史学界引起一时骚动。

更令人惊诧的是，赞同此说者居然大有人在，如有一位名叫金祖同的学者，就曾在此基础上撰写了《墨子为回教徒考》，更提出墨子为阿拉伯人。这些名教授所申述的理由，就是《墨子·贵义篇》有墨子“色黑”的记载，所以他们就论断墨子是印度或阿拉伯人，这纯粹是一种臆测，怪诞荒谬，实在是太夸张了。如果以皮肤“色黑”来推断墨子为印度人或阿拉伯人，那么就干脆将墨子说成是非洲人算了，因为他们的肤色更加黝黑。

近段时间来，社会上怀旧情绪蔓延，许多人对民国时期充满遐想，说什么“民国范儿”，学术文化同样以民国为尚。但是民国没有人们所想象的那么美妙，同样的道理，民国时期的学术文化也没有优秀到高不可攀的地步。民国时期的学术界固然出过很多的第一流精品，但也不乏胡言乱语的垃圾，一样的鱼龙混杂、良莠不齐。我们在今天，实在没有必要将当时的学术文化成就加以神秘化、神圣化，更用不着因此而丧魂落魄、顶礼膜拜。

前辈学者自幼接受传统文化的教育与熏陶，学术根底之厚实，知识积累之丰盈，不是今天的人们所能望其项背的。可是，为什么，有些今天看来属于常识层面的东西，他们也会犯迷糊、闹笑话呢？这中间一定存在着深层次的原因。我想，这中间最重要的原因或许可以归结于两点。一是“趋时”，二是“自大”。

先说“趋时”。

中国是一个拥有长期专制集权政治传统的国度，在这种统治模式之下，读书人与政权之间就很自然地形成了所谓的“毛”与“皮”的关系。读书人没有独立的人格，这就很难坚守“独立的精神”与“自由的思想”。读书人个人奋斗的终极目标，是为了进入体制，依附于体制，服务于体制，即所谓“学成文武艺，货与帝王家”。

这样的主仆依附关系，决定了读书人一切唯上是从、唯书是从、唯官是从。“上有所好，下必甚之”，这在其学术研究中同样会得到鲜明的体现。于是，必然会削学术研究独立性、科学性之“足”，去适当局的意志和好恶之“履”，必然会导致学术研究结论上的理性价值与文化公信的被扭曲甚至消失，这是不以学者们自己的意志为转移的。

郭沫若就是这方面具有典范意义的例子。

在我们那个青少年时代，郭沫若无疑是整个中国文化界、学术界的龙头老大。郭先生是真正的天才，才华横溢、聪慧绝顶，在近现代中国，除梁任公之外，恐怕无第二人了。他搞什么，都能臻至第一流。写新诗，写出《女神》，让其他新诗人黯然失色；研究甲骨文、金文，捣鼓出《甲骨文字研究》《卜辞通纂》《两周金文辞大系》等名山之作，荣登甲骨“四堂”之榜，“堂、堂、堂、堂，郭、罗、董、王”（甲骨文研究领域的最著名四位学者罗振玉、王国维、董作宾、郭沫若，罗振玉号“雪堂”，王国维号“观堂”，董作宾号“彦堂”，郭沫若号“鼎堂”）；研究历史，则有《中国古代社会研究》《青铜时代》《十批判书》《历史人物》《奴隶制时代》等鸿篇巨制面世；客串戏剧，笔下风云，便有《棠棣之花》《虎符》《孔雀胆》《高渐离》《南冠草》《屈原》等历史剧引领风骚、独占鳌头。这种才情，这种气概，他人是望尘莫及的。胡适等人，虽与他政治立场不同，但是首届中央研究院院士遴选时，仍积极提名了他，可见郭沫若的学术水平与成就的确为举世公认，实至名归。

然而，郭沫若先生的品行似乎颇不为人们所欣赏，鲁迅当年曾以“才子加流氓”之形象比喻，加以讥讽。撇开生活私德方面的毛病不说，郭沫若先生的最大问题，是政治上跟风太紧，缺乏文人应有的风骨，投机钻营，卖身投靠，是典型的“歌德派”，颇为正直者所不齿。中华人民共和国成立后，他因为在政治上下注正确，而平步青云，扶摇直上，成了当局的文化领班。这时候，他的政治丑态更是毕露无遗，阿谀奉承，摇尾乞怜，到了无以复加的地步。看看他在“大跃进”中推出的《百花齐放》诗集，就可知道一个文人学者如果突破了做人的底线，那真的是什么都干得出来的。“天作孽，犹可违；人作孽，不可活”，实在让人无话可讲了。

郭沫若先生这种政治投机心理，也一定会在他的学术研究中有充分的表现。他的《李白与杜甫》一书就是这方面的生动事例。

“文革”期间，中国学术界可谓万马齐喑，一片肃杀。整整十年中，除了评法批儒的东西，比较正经的纯学术著作只有两本书，一本是章士钊先生的《柳文指要》，另一本就是郭沫若先生的《李白与杜甫》。可是，你看看这部风靡一时的《李白与杜甫》，真的令人感叹政治竟然能这样的折腾学术，也堪称中国学术史上的一个奇观了。

据说，毛泽东比较欣赏的唐代诗人是“三李”：李白、李贺、李商隐，而对号称“诗圣”的杜甫则不怎么感冒（当然，在“文革”前，在“左”倾思潮的影响下，对杜甫也存在着过度拔高的现象，像萧涤非先生那样推崇杜甫为“人民诗人”就大可不必）。毛泽东的看法只不过是他个人的爱憎取向，可是在惯于揣摩上意的郭沫若先生那里，却成为了至高无上的“圣旨”。于是，他就在自己的《李白与杜甫》一书中，极尽贬损、咒骂、污蔑杜甫之能事，斥责杜甫的地主阶级反动立场这就奇怪了（难道李白就站在了劳动人民的立场），对杜甫的诗歌是横挑鼻子竖挑眼，鸡蛋里面挑骨头，为此，他对杜诗不惜罔顾事实，曲解诗意，任意栽赃，全盘否定。

看看他设的标题，就可以发现他为了迎合“上意”而对杜甫大泼脏水、发泄莫名其妙的深仇大恨了：“杜甫的门阀观念”“杜甫的阶级意识”“杜甫的功名欲望”“杜甫的地主生活”“杜甫嗜酒终身”。有的说法真的是过于夸张，到了匪夷所思、令人喷饭的地步。例如，《茅屋为秋风所破歌》，明明是一首充满儒家人文关怀的好诗，可郭沫若先生居然能将它说成是反映杜甫反动地主立场的作品，大加鞭挞，无端指责，而且吹毛求疵到了这样的程度：“屋顶的茅草有三重，这是表明老屋的屋顶加盖过三次。一般地说来，一重约四五寸厚，三重便有一尺多厚。这样的茅屋是冬暖夏凉的，有时候比起瓦房来还要讲究。”这样的论断，如果不是强词夺理，那什么才是强词夺理呢！

郭沫若先生对该诗的抨击并未到此罢休，还在继续：“使人吃惊的是他骂贫穷的孩子们为盗贼。孩子们拾取了被风刮走的茅草，究竟能拾取得多少呢？亏得诗人大声制止，喊得唇焦口燥。贫穷人的孩子被骂为盗贼，自己的孩子却是娇儿……那样的广厦要有千万间，不知道要费多大的劳役，诗人恐怕没有梦想到吧？慷慨是十分慷慨，只要天下寒士皆大欢喜，自己就住破房子冻死也不要紧。但如果那么多的广厦真正像蘑菇那样一夜之间涌现了，诗人岂不早就住了进去，哪里还会冻死呢？"

诗解释到这种程度，哪里还剩下什么学术性，只有泼妇骂街式的霸道，典型的诛心之论，学者文人紧抱政治大腿的结果，就是折腾出这样的"奇葩"！

这种情况在当时是具有普遍性的，只是程度有别而已。像敝人的母校山东大学中文系先秦文学的泰斗级教授，被列为山大中文系"四大金刚"之一的某先生，其《诗经今注》一书虽是"文革"结束后才出版的，但成稿当是在"文革"期间，因此，也多多少少带有时代的烙印。

如《诗经·陈风》中《月出》一诗，居然让这位先生读出阶级斗争、奴隶起义的内涵，这也太让人佩服了。"月出皎兮，佼人僚兮，舒窈纠兮，劳心悄兮"，这些诗句意思很浅显，也就是一张在皎洁月光之下的绝色美女的素描画像，首句摹写月色之美，次句写该女子的容色之美，第三句写该女子举手投足的姿态之美，末句写诗人自己因爱慕该女子而怦然心动、情不自禁的感觉，可谓是后世曹植《洛神赋》的先声。可是，按这位先生的说法，"僚"当为"镣"的通假，而"窈纠"明明是形容女子行动时的曲线美（参考余冠英说），却被这位先生诠释为"五花大绑"之类。于是，该首诗的含义就被引申为，一场轰轰烈烈的奴隶起义失败了，奴隶主阶级反攻倒算，在月光皎洁的夜里，将戴着脚镣手铐、五花大绑的起义领袖“佼人”押上刑场，准备处死。我揣度，当时这位先生作此解之时，脑海里是一定浮现起舞剧《红色娘子军》中党代表洪常青英勇就义的情景。这同样是政治氛围窒息学术研究，最后弄出非驴非马的“成果”的产物。

这不是郭沫若先生等学者个人的遗憾，也是整个中华文化的共同悲哀。从这个意义上讲，“趋时”对学术良知的压抑，对学术公信力的打击，其后果的严重性，乃是毋庸置疑的。

“自大”同样是前辈学者在学术研究过程中出纰漏、留缺陷的重要诱因。这里我们所说的“自大”，不是指作为学者他个人的“自大”，目空一切、自命清高，而是一种集体无意识情况下的“天朝中心”，民族自大。

中国是历史悠久的文明国度，中华文化博大精深、灿烂辉煌，曾长期在世界上占据领先的地位，这一点，只要不是脑残的人都承认。然而，“风水轮流转”，进入近现代以后，中国的确是被欧美先进国家所超越了，落后挨打了。这让做惯了老大帝国的臣民，当然包括学者在内，心里十分的不爽，心理失衡，郁闷得要命。在“天朝中心”意识的强烈驱使下，一些学者就希望通过自己的学术研究，找回文化的自豪，寻得心理上的平衡。这中间的重要途径，就是要借助于研究的方式，来证明西方发达的物质文明、先进的思想文化等等，不是起源于中国，就是与中国固有的文明异曲同工，殊途同归。从而为所谓的“周虽旧邦，其命维新”之说，找到学理上的依据。在这种民族“自大”心态的基础上做学术研究，其得出的观点与结论，当然免不了捉襟见肘，破绽百出了。

例如，近现代不少有关墨子学说方面的看法，就充斥着这一类自娱自乐的特色。随便检索一下，我们就能够领略到让人啼笑皆非的一大堆“高论”。

“西学中源”是近代不少学人津津乐道的一个命题，说法有很多，如西学源出《周官》说、西学源出先秦诸子说、西学源出《大学》说等等，五花八门，不胜枚举。今天那些倡导新儒学一群中的“原教旨主义者”，实际上就是近代“西学中源”主张者的衣钵传人，拾人牙慧、鹦鹉学舌而已。

而在西学源出先秦诸子说当中，又以西学源出墨学说最为声势浩大，最为博人眼球。

这中间首先是所谓的西器源出于墨学，一些人通过对《墨经》与西方科技的比较，大言不惭地得出：西法、西方器械“尽其伎俩，犹不出墨子范围”（《邹征君遗书》卷一）。大名鼎鼎的黄遵宪也大放厥词，声称“至于机器之精，攻守之能，则墨子备攻备突、削鸢能飞之绪余也。而格致之学，无不引其端于《墨子·经上下篇》”（《日本国志》卷三十二）。

这些学者文人觉得仅仅是西器源自墨学尚不过瘾，于是进而阐发西教源自墨学说。薛福成论断“余常谓西耶稣之教，其原盖出于墨子”（《出使英法义比四国日记》）。而陈炽则更为夸张，干脆将摩西与墨子等同为一个人：“阅《旧约》《新约》诸编，知西教源流实根于《墨子》。摩西者，墨翟之转音也；出埃及者，避秦之事也。”（《陈炽集》，第140页，中华书局）能够如此异想天开、牵强附会，的确堪称神奇！

一些学者还是意犹未尽，于是“百尺竿头，更进一步”，就来了更为了不得的西政源自墨学说。皮嘉祐（著名经学家皮锡瑞之子）著《平等说》一文，颇有勇气地认定，西方近代社会政治学说中的平等观，源自于墨子的“兼爱、尚同”之说：

“夫平等之说，导源于墨子，阐义于佛氏，立法于泰西……佛法之平等，即出于墨子之兼爱尚同；泰西之人人有自主权利，爱汝邻如己，亦出于墨子之兼爱尚同。”一切都来源于中国的墨家那里，毋怪乎，在他们看来，世界政治已是“墨政”之一统天下，就像黄遵宪在《日本国志》中所宣称的那样：“至于今日，而地球万国行墨之道者，十居其七。”能说出这样的昏话来，你真的不能不佩服说话者的勇气！

由于“西学源出墨学说”也实在太捕风捉影、信口开河，缺乏起码的学术公信力，所以，在学术界风光一段时间后，后劲不足，渐渐地有些难以为继了。但是国人们的自我文化优越感是雷打不动的，不会放弃自我中心为特色的文化“自大”狂热。于是，到后来就变化着花样，悄悄地改“西学源出墨学说”为“西学与墨学相合说”。

梁启超、吴虞等学者乃至孙中山、蔡和森等政治人物，都很热衷于倡导这类观点，什么墨学精神与基督教精神基本相一致，什么墨学精神与西方民主精神息息相通，什么墨家思想与社会主义有实质相同处，可谓天花乱坠，让人看得眼花缭乱、神不守舍。

尤其是墨学精神与西方近代民主精神相通之说，由于有梁启超这样的学术大师阐发，在当时的确极具影响，其一些重要观点，如“墨子之政术，民约论派之政术也”，墨子的国家起源说，“与霍氏、陆氏、卢氏及康德氏之说，皆绝相类者也”，“二千年前吾墨子之学说，与二百年前彼霍布士之学说，何其相类也”（《饮冰室合集·专集》之三十七）等等，在今天的墨学研究中，依然受到人们相当的重视，较之于那种徒托大言的“西学源出墨学说”，似乎更显得以学术为本位。

但是，无论是“西学源出墨学说”，抑或是“西学与墨学相合说”，说到底，还是过于强烈的民族优越意识和文化本位心态渗透并影响于学术研究的自然产物。这当然有其历史的合理性与必然性，不可一概否定，但是，我们更要看到，在这种本位中心观的文化心理驱动和制约之下，学者也同其他国人一样，顺乎自然地进入自我陶醉、舍我其谁的“太虚幻境”之中，这样一来，学术就很容易沦落为民族主义的婢女，而失去客观公允的立场，与理性的科学精神时不时处于一种紧绷的矛盾对立状态，这走到极端，就会制造出诸如墨子与摩西为一人之类的神话。这不能不让人感到遗憾了。

当然，我们在今天检讨前辈学者在学术研究事业上的是非功过，应当遵循孟子“知人论世”的教诲，抱有“同情之理解”的态度，能够做到“换位思考”，注意到他们当时所处的特定环境。

换言之，指出他们研究中的局限与不足是简单容易的，也是轻松自在的，可是，假设我们与他们相处在同一个时代，我们难道会有截然相反的表现吗？我想，答案恐怕多半是否定的。

如果我们作为学者，而生活在内忧外患迭至、亡国亡种迫在眉睫的近代，所面临的是“救亡图存”的时代命题，那么也一样会暂时搁置学术的科学性，而去强调突出以中国文化为本位、以中国文化为中心的学术理念……当然也可能走向胡适、陈序经等人所倡导的“全盘西化”之路；如果我们作为学者，而生活在自“反右”以来，乃至“文革”的岁月里，为了“苟全性命”，我们也很有可能是步郭沫若先生的后尘，一样写那些溜须拍马、歌功颂德的东西，毕竟天地之中，只有一个顾准。

所以，我们没有资格轻视和嘲笑我们的前辈。他们的成就是令人羡慕的，而不足与失误却微不足道，就如子贡所讲的那样，“君子之过也，如日月之食焉”。我们在今天指出前辈学者学术研究上的某些不足，无非是要唤起自己的自警和自觉意识，知道追求学术真理的道路并不平坦。前人的成功固然是鼓舞我们前行的动力，而前人的遗憾，也是可用来对照自己的一面镜子。尽可能地少走弯路，尽可能地少留遗憾。同时，也可借此来提醒我们自己，学无止境，连饱学如前辈，尚且还会出差错、留遗憾，那么，像我们这样的学术“素人”，就更应该战战兢兢，如履薄冰，而不敢有丝毫的懈怠，半点的侥幸！

总而言之，“后之视今，犹今之视昔”，这永远是一条颠扑不破的真理！

南辕北辙：关于研究生培养的断想

德国诗人海涅曾写有这样精辟的诗句："我播下的是龙种，可收获的却是跳蚤。"用它来观照和衡量现在国内的研究生培养，你就不能不承认：海涅的诗句，真的是天才的预见。

工业化对高等教育中研究生教育的最大影响，或许就是整个专业人才培养上的批量化生产、程式化管理。具体地说，标准化、数字化，成了放之四海而皆准的独门神器，让学生和导师均磨平了棱角，中规合矩照着规则做，而不敢越雷池一步。

我并不想否定研究生培养上讲求操作规范化的必要性与合理性，在近些年来研究生队伍按几何级数增长，导师群体素质和水平鱼龙混杂、良莠不齐的情况下，讲求培养工作上的规范化是完全必要的，即所谓"没有规矩，不成方圆"。

然而，我个人认为，这种培养模式、管理机制，用于理工科或社会学科上或许比较合适，而落实到传统的人文学科上则很容易导致削足适履、泯灭特色的后果。在人文学科，传统的手工作坊式的师傅带徒弟的人才培养方式，似乎要远胜于大工业化背景下的人才批量生产。它符合学术传承的内在规律，能够形成富有鲜明个性的学术风格，而这种风格又可以使得人才拥有创造性的思维，善于在学术上进行创新与突破，成为开拓型的学术薪火传承者。

可是，当今人文学科研究生培养上的数字化、程式化管理一刀切的简单化做法，则属于治丝益棼。它的良好初衷与最终归宿之间，很有可能是南辕北辙、背道而驰的。

这方面所存在的缺陷，挂一漏万地归总起来，就是形式主义猖獗，大玩花架子，形式大于内容，有哗众取宠之心，无实事求是之意。这具体表现为以下几个方面：

首先，是表格名目各异，泛滥成灾。无论是导师，还是学生，从进入培养环节伊始，就不得不与一大堆莫名其妙的表格打交道，制定培养计划要填表，中期综合考试要填表，论文开题要填表，申请博士生课题要填表，学位论文答辩要填表，毕业派遣还是要填表。总之，填表成了人才培养过程中的一项重要工作，而不少表在设计上肯定不是深思熟虑的产物，而是让大家为填表而填表。所以，即便是填了表，签了字，不见得在日后学习、研究的过程中会执行落实，而管理部门在日后更不见得会仔细考核，严格要求填表人逐一加以落实。一句话，它大多是虚应故事，彼此虚与委蛇，走个过场。既然这是画饼充饥、纸上谈兵的事情，又何必一开始时就搞出一副大动干戈、煞有介事的模样，让学生与导师为此浪费时间与精力，难道就为了虚张声势、虚晃一枪而已？

这中间，最无聊最扯淡的表格，就是研究生刚入学时就填写的“培养计划表”。说实在的，像历史学等专业，一个刚刚考上硕士生、博士生的同学，对自己接下来的学术兴趣、学术规划、研究现状、研究能力以及可能的学术主攻方向基本上谈不上有什么感觉，尚处于茫无头绪的状态，所以，他（她）也就很难早早地梳理清楚研究的思路，选择研究突破的方向。要尽快进入研究的前沿阵地，他们就必须在接下来的时间里，了解和掌握自己研究范围中的研究现状与发展趋势，在此基础上，慢慢地弄清楚自己究竟喜欢研究什么问题，搞明白自己究竟能够研究什么问题。这之后，才可以基本明确并选择自己读书期间的大致学术研究主题与方向。

可是，现在则要求研究生，尤其是博士生，一入学就选择具体的研究方向，并制定出详尽细致的相应工作计划，这显然是强人所难的做法，学生们即便填了表，那也是闭门造车、瞎编一气而已，是不具备操作性的，也是缺乏落实相关计划的保证的。而其导师在未完全、未充分了解自己学生的情况之下，也是很难提出实质性的计划修改建议的。

所以，新生此时填写的表，不过是自己在规则的要求下，临时拼凑出来的“计划表”，没有价值，缺乏必要，完全可以不填或仅简略填一下应付就可以。如果太把它当一回事，那真的是买椟还珠、脑袋进水了。所以，我在指导硕士生、博士生时，学生提交的这类表格，我一般是不会太较真地审读把关的，只要表格上的空白之处已被文字基本填满，相应环节没有缺漏的，我就毫不犹豫签名通过。

其实，大家都知道一个基本道理，即“计划赶不上变化”，《何博士备论·霍去病论》有云：“法有定论，而兵无常形，一日之内，一阵之间，离合取舍，其变无穷。一移踵瞬目，而兵形易矣。”用之观照我们制定的所谓研究生培养计划，实不无启迪意义。人文学科的研究自有其内在的规律，讲求灵光闪现、文思泉涌、立地顿悟、豁然开朗。最犯忌的是中规合矩、刻板僵化。学生三四年学习期间，学术关注上的兴奋点或许会转移，学术研究的潜力与特长有个性上的极大差异。如有的沉潜守拙，适合于做精细的考证；有的高明灵动，擅长于从事思辨色彩浓厚的阐释。而这些都需要学生在治学过程中渐渐实现自我定位，需要导师在指导过程中慢慢地去发现。否则就等于是作茧自缚，即所谓“守一定之书，而应无穷之敌，则胜负之数戾矣”（《何博士备论·霍去病论》）。

当年我们那个时代读硕士生、博士生，并没有这么多乌七八糟的表格要填写，不是也顺顺当当走到今天了吗？那个时候，学位论文可以写成像模像样、花团锦簇的正经论文，也可以拿以校勘注疏为主体，但又确有学术价值的古籍整理成果去交差，没有人会来横加干涉，甚至在一些老先生眼里，与其炮制玩弄概念、故弄玄虚、虚张声势、大而无当的高头讲章，不如脚踏实地做些文献整理的基础性工作。更何况，文献整理同样是发现问题，并运用厚重学科知识、正确研究方法来解决问题的训练过程，同样可以提升学术研究的能力，同样是学术文化传承上的创造性努力。

也是在那个时候，学位论文的选题也可以随时改变，根本没有什么固定的计划。像我的博士生同学齐涛教授，刚入学时初定的题目是韩偓《香奁集》的整理与研究，可一年后便换成了“唐代盐政研究”，从原先的以文学历史研究为对象，变更为以经济史研究为对象，跨度不可谓不大，可谁也不觉得有什么不妥；而我本人的博士学位论文题目，更是到临近毕业前三个月时才最终确定下来，且与最初的题目有了很大的不同，即由整体考察两汉儒学演变的历史，换成了专门讨论董仲舒思想的内涵与意义。这一样也没有导致任何麻烦。如果事先有什么计划，那么，这计划岂不等同于一张废纸？

所以说，没有计划，这恰恰是最好的计划，就像武侠小说中所讲的那样，无招胜有招。应该讲，这合乎兵法上所揭示的克敌制胜最高原则："兵无常势，水无常形，能因敌变化而取胜者，谓之神。"

其次，是规定要主修完相当数量的学分，搞莫名其妙的课程体系。研究生，尤其是博士研究生的课程开设不开设，开设多少门才合理适当，怎么开设等等，同样关系到研究生培养的质量。

研究生是不是应该上课，回答当然是肯定的，天底下，哪有作为学生而不用上课的道理。问题是，现在各个高校研究生的课程设置，似乎很有值得反思和改进的地方。仅就我所比较熟悉的历史学专业而言，其形式上的欠缺，至少有两个方面。

一是课程多为本科生专业课程的放大或延伸，改头换面，了无新意，没有体现研究生教育自身的特点，侧重于一般知识性的传授，而较为忽略对创造性思维的培育和对方法论运用的掌握。如我所在的人大国学院，本科阶段开设有"中国思想史研究"，而硕士生学习阶段又开设有"古代思想家研究"，多年来一直如此。其实，要对这两门课之间的异同作区隔与界定，是比较困难的。学生们在短短时间里，修读两门性质相近、内涵相似的课程，自然不太容易激发起学习的兴趣，其授课的效果、接受的程度肯定会相应打了折扣。

二是课程的数量太多，学分要求牵着同学们的鼻子走，让大家把大量宝贵的时间耗费在课堂听课记笔记上，严重缩减了研究生能自主支配的学习和研究时间，其研究的主动性与积极性无形之中受到侵蚀，与培养研究生独立从事研究能力的宗旨背道而驰。在我们现在的体制之下，政治理论课、外语课是人人都得受教的，这一点，生活在地球上的中国人都懂的，没有人会去挑战它，所以，可以暂且不论，上面怎么规定的，身为草民的我们照章办事就是了。但专业课开设得这么多，则是大可不必了。除了讲授研究方法论的课程和开展重大学术专题讨论的课程之外，一般的知识性介绍课程完全可以减省掉，以大大压缩学分修习的数量。这样，学生便可以拥有更多的自由支配时间，为泡图书馆、读文献资料乃至外出进行学术考察、参加学术会议提供更大的空间。

以我过来人的切身体会，我觉得课真的不必多上，关键在自学。记得我在杭州大学历史系跟随黎子耀师攻读硕士、研习先秦史期间，专业课程也就两门，一门“先秦史专题研究”，一门“先秦文献研究”，学得很轻松，可同时也学得很有效率。再如，在山东大学历史系师从王仲荦师、杨向奎师、田昌五师攻读博士学位时，专业课更只剩了“先秦史研究”一门了，由徐鸿修教授负责讲授。这同样也不曾影响到我对专业知识的系统学习，对研究能力的专门训练。

另外，我个人认为：与其上大量少有新意、乏善可陈的课程，倒不如多听些权威学者的专业讲座，因为这些讲座，或是讲演者本人殚毕生精力所提炼而得的学术精髓，或为学术前沿信息与动态的第一时间反馈，对于拓展学术视野，掌握学术动态，了解学术新见，借鉴学术研究方法，均不无裨益，受用良多。

我本科、硕士的学习生涯都在杭州大学度过。“上有天堂，下有苏杭”，“江南忆，最忆是杭州”，杭州这样的好地方，外地的学者也是普通的人，都有游历的兴致与意愿，所以，当时好多的学术会议都在杭州开。历史系的领导很是敬业，处处为学生们着想。于是秉持“江湖”的规则，“此山是我开，此树是我栽，打从杭州过，留下买路钱”，诚诚恳恳地请求那些专家留下“买路钱”：给杭州大学历史系的同学们作专题讲座。

吾生也有幸，曾聆听过多场精彩的学术讲座，近距离感受了不少史学大师的学术风采。这个名单可以列上长长一串，包括有：著名历史地理学专家、复旦大学的谭其骧先生，著名经济史专家、厦门大学的傅衣凌先生，著名古文献学专家、华中师范大学的张舜徽先生，著名先秦史专家、兰州大学的赵俪生先生，著名法国史专家、北京大学的张芝联先生，著名先秦史专家、吉林大学的金景芳先生，著名宋史专家、北京大学的邓广铭先生，著名先秦史专家、中国社科院历史所的张政烺先生，著名明史专家、中国社科院历史所的谢国桢先生，著名史学史专家、华东师范大学的吴泽先生，著名俄国史专家、北京大学的张蓉初先生……至今思及，犹是悠然神往，感恩于上苍的眷顾！

与课程设置平庸无特色、课程过于繁多相比，授课内容上过分强调系统性、完备性，授课方式上与本科生授课雷同性、同质化，则是更严重影响到研究生培养质量的提高。

《孙子兵法》有云：“无所不备，则无所不寡”，研究生的授课最忌讳的就是追求面面俱到，做平铺直叙式的介绍。研究生不同于本科生，一般的历史学知识他们早已有所接触和掌握，在这种情况下，你若是泛泛地介绍某一领域的知识，一定无法得到他们的认可，听你口干舌燥地讲，远不如他们自己上电脑，到百度、谷歌的检索系统中去检索和了解。他们听你的课，是要听你别开生面的见解，了解你发现问题、解决问题的思路与方法。可是，每个老师的知识结构中都一定会有软肋的，有学术上的盲点。其真正有独到研究心得的，是非常有限的。如果过于追求系统性，那么，许多内容的讲授只能是浮光掠影、浅尝辄止。

像我本人，虽以思想史为专业，但有所擅长的不过是先秦军事思想和两汉经学思潮而已。而“古代思想家研究”这门课，从系统性、体系性完备考虑，魏晋玄学、宋明理学的代表人物就应该讲到，我哪里做得到，硬得要讲的话，也只能拿本参考书，依样画葫芦似的复述一遍，这难道有意思吗？所以，我开这门课时，每讲完两汉思想家，就加以“腰斩”，打住不往下说了，这显然是不符合课程教学大纲的要求的。

其实，真正有价值的课程，都是那种富有学术个性特色的课程，不应该强调体系性、系统性。这方面前辈学术大师已为我们做出了很好的榜样。马叙伦先生当年在北大讲授《庄子》，一个学期就讲了其中的《天下》一篇，遂得“马天下”的雅号。

陈寅恪先生在清华大学讲授中国通史课程中的“晋南北朝史”，第一堂课就开宗明义申明：“本课程虽属通史性质，也不能全讲。如果各方面都讲一点，则类似高中讲法，不宜于大学。每星期两小时，在听者或嫌其少，在讲者已恨其多。其原因有三：（一）自己研究有限，自己没有研究过的，要讲就得引用旁人的研究成果和见解（包括古人的和今人的）。这些，都见于记载，大家都能看到，不必在此重说一遍。（二）有些问题确是值得讲，但一时材料缺乏，也不能讲。（三）以前已经讲过的也不愿意再重复。有这些原因，所以可讲的就更少了。现在准备讲的是有新见解、新解释的。”（蒋天枢：《陈寅恪先生编年事辑》卷中）这可谓是真正的“通人之论”，应该奉为讲授研究生课程时的最高原则。

我所遇上的不少优秀老师，在给学生授课时，也都或多或少不约而同地呈示着陈寅恪先生的教育理念。如杭州大学主讲“世界上古史”的毛昭晰老师，一个学期下来，就讲了“腊玛古猿”专题，古希腊、古罗马，他抄了一黑板的提纲，就算完了。而主讲元史的黄时鉴老师，也只是重点讲了“怯薛”“探马赤军”“也里可温”等几个题目，其他的蒙元史史实，则同样忽略了过去。可恰恰是他们，才是我们当时最崇拜的师长，而且觉得听课最有收获。

至于我的硕士生导师黎子耀先生，他虽给我一个人开设了“先秦史专题研究”和“先秦文献研究”两门课，但是每两周让我去他家里一次，前一门课以王国维的“卜辞中所见的殷先公先王考”为题，对甲骨卜辞所反映的殷代统治谱系展开讨论，提出他自己的看法。后一门课则只讲《诗经》，而《诗经》中则又仅仅疏解了《关雎》一首诗。

到了山大读博士生期间，徐鸿修教授的“先秦史研究”课同样在他家里讲，且也只是讲了“周代宗法”“国人议政”等三四个专题。然而，他们的授课，却真的是第一流的课，因为通过他们的讲解，我多少窥见了治学的门径，能帮助自己做到触类旁通、举一反三。所谓“一法通，万法通”，这才是成功的课程设计，典范的研究生教育之道。而今天求大求全的研究生课堂教学与之相比，其水准低下，相距实不可以道里计。

其三，是违背“因材施教”的原则，泯灭学生个体之间的差异，同时对“学术创新”作简单化、机械化的理解，任意割裂学术传承与学术创新之间的内在辩证统一关系。

学术的生命力在于创新，这一点是毫无疑问的。但是，现在研究生教育与培养上的问题之一，是将所谓的学术创新流于口号化、形式化，一味强调创新，而相对忽略了必要的传承。

事物是辩证统一的，传承与创新互为关系，相辅相成，没有创新，就会窒息学术发展的活力；但没有必要的稳定，创新也会成为无源之水、无本之木的忽悠。所以，《周易》既有“革”卦，肯定开拓、变革、创新的意义，又有“鼎”卦，强调稳定、积淀、厚重的价值，二者不可偏废。在我们中国，“保守”似乎完全是负面的意义，意味着故步自封、封闭僵化、消极落后。其实，事情哪有这么简单，保守在许多情况下是合理的、也是必要的。所以，人家英国一个主要的政党，就干脆取名为“保守党”，因为在某种程度上，坚守自己的核心价值，坚守自己的文化传统，坚持自己行之有效的做法，坚守自己的合理制度，乃是一种美德，一种正能量。

在学术研究上，我们一方面要努力开拓，积极创新；另一方面，也要倡导传承，充分借鉴和汲取前人已有的研究成果，使我们的研究基于原来的学术成绩，又超越于原来的研究成就。然而，我们现在的研究生培养却提倡为创新而创新，这在论文写作上更是强调到了不恰当的地步。

我本人忝列教授之位，也经常受邀担任硕士生、博士生的论文评阅人，或参与同行评议。经常看到评议书的说明文字中，要求评阅人指出该论文有哪些创新，罗列出一、二、三，甲、乙、丙，A、B、C，等等。说实在的，我最嫌烦的，就是这个提法了。人文学科，尤其是历史学，主要的命题，千百年来，早已让读书人研究得相当饱和了，从某种意义上讲，可谓是“题无剩义”了，哪有这么容易让今天的我们任意创新？

我本人研究《孙子兵法》近三十年，创新的地方少之又少，除了写过“伐交”考、《孙子兵法》与《司马法》关系辨析等论文有些新意之外，其他的方面还不是沿袭古今学术界的成说而已。现在一篇博士生学位论文的完成时间一般也就是三年、四年而已，想有多少创新也实在困难。

我个人认为，一篇博士学位论文，能全面梳理清楚前人这方面的研究状况，个别地方有些自己的看法，文通字顺地写出十多万字来，那就算是一篇优秀的学位论文了。如果念兹在兹地强调创新，那么很有可能会是一厢情愿的白费劲，甚至会“创新”出类似“武大郎个子不会太矮”“西门庆是君子”这样的胡说八道。

在研究生教学的实施与管理上，同样也不宜刻意追求所谓的“创新”。否则，同样容易走火入魔，大闹笑话。政出多门、朝令夕改、出尔反尔、标新立异，总是喜欢打着“创新”的旗号，悄悄地夹带追求“政绩工程”的私货，让人手足无措，无所适从。法国罗兰夫人有言：“自由，多少恶行借汝名而行。”套用之，我们也可以这么说：“创新，多少折腾借汝名而行。”

明明是培养方案，却故弄玄虚命名为“某某图”；明明是个必读论文选，却煞有介事宣称为“某文献”。实在看不出有多大的实际意义。况且，即使是同一个专业，学生之间的情况千差万别，该读的书，该看的文，不应该整齐一律。硬性作统一规定，就违背了古圣贤所提倡的“因材施教”之道，是值得商榷的。况且，哪些论著该必读，每一位做导师的，也往往众说纷纭，莫衷一是。萝卜青菜，各有所爱，你也许推崇陈寅恪，我可能赞赏梁启超，哪里会有标准的答案！

所以，与其费心在研究生培养问题上大张旗鼓搞“创新”，还不如鼓励所指导的研究生沉静下来，踏踏实实读点书，顺其自然做学问。毕竟，“板凳要坐十年冷，文章不写一字空”，才是颠扑不破的永恒真理，乃至“宇宙真理”。

历史学研究中的四个“误区”

在中国、在当下，历史的角色与地位显然处于非常尴尬的境地，因为，人们对于作为民族与国家生命历程本身的历史事迹是兴趣盎然、情有独钟的，但对于作为一门学科的历史学则是意兴阑珊、敬谢不敏的。一方面大学历史系门可罗雀，历史学专著无人问津；另一方面，历史题材的影视剧充斥荧屏，大话历史的作品风光畅销。虽然说“阳春白雪”曲高和寡，严肃的历史学术性研究成果受众面的狭窄乃古今皆是，理所当然，它的关注度、影响力不及“下里巴人”性质的公共领域通俗普及史学也是客观的事实，但是，像人们在这么热衷追捧“某某朝那些事儿”的同时，却将历史学专家焚膏继晷、呕心沥血才写成的专著、论文弃之如敝屣，甚至没正眼瞧瞧，这样的反差也实在太大了一些。毕竟，在中国古代，像《史记》《资治通鉴》这类史书，并不仅仅是其撰著者司马迁、司马光的自娱自乐，玩象牙塔里“一个人的精彩”，而是广为流传、至少普及于社会精英阶层的。所以，当今历史学受冷落、被边缘化，其主要根因还得从当下历史学研究自己身上去寻找，而不该怨天尤人。我个人认为，正统严肃的历史学研究之所以遭遇瓶颈、寂寞孤独，除了社会大环境的制约之外，更致命的是理念上的偏颇与方法上的错谬。也就是说，我们的研究宗旨与原则存在着明显的问题，在浑然不觉中进入了严重的“误区”，这类“误区”是很多的，我这里就简单列举四个。

第一，追求虚幻的绝对“真实”。

历史研究的核心意义之一是求“真”，然而，由于历史时空隔膜的存在，决定了所谓求“真”往往耽于一厢情愿似的幻想。尽管以德国兰克为代表的考据学派一再强调历史学应以事实为依据，主张历史研究应“客观如实”“据实记事”，所谓“不是我在说话，而是历史在借我的口说话”，认定历史研究的唯一目标乃是“积累准确的知识”。可是，事实上历史本身的复杂多样性，历史记录者主观认知能力与价值旨趣的差异性，加上拥有话语主导权的统治者出于种种原因有意无意对历史史实的掩饰或歪曲，今天的历史学者在接受相关历史信息时，本来已是残缺不全或真伪混杂的了。在这样的条件下，“客观如实”“据实记事”云云，不过是可望而永远不可即的理想憧憬。“不溢美，不隐恶”作为理想的原则以及努力，值得敬重和效仿，可是作为操作的实践则不免捉襟见肘，遥不可及。

其实，正如柯林武德为代表的思想学派所强调的：“一切历史都是思想史”，“一切历史都是当代史”“人心中的历史”。任何我们所能接触到的史前陈迹，都被赋予了记载者与研究者的主观色彩。所谓历史的真实仅仅是指主观的真实，绝不可能是客观的真实，而只能有近似真实与逻辑真实。遗憾的是，占据我们史学界的主流的，是认同兰克学派的“史料学派”，信奉的是汲汲还原于真实历史的戒律。既然要恢复所谓的“绝对真实”，那么就只能“上穷碧落下黄泉”式地搜集资料，在此基础上堆砌资料，“考镜源流”，于是乎“史料即史学”的提法受到热情追捧，饾饤考证的途径成为最高规则。可这样一来，历史学的叙事手法就不能不沉闷枯燥，历史学的表述形式就不能不僵硬刻板。历史学的真正价值之所在——生存方式与政治智慧就完全被冲淡乃至湮没了，历史研究也只能成为极少数“小众”的圈内“游戏”，就与普通人划清了界线，排斥了更多的人的参与。由此可见，追求绝对真实的迷思，使得历史学的活动空间受到人为的挤压，与整个社会产生严重的疏离排斥，这显然是历史学研究宗旨偏颇而导致表述形式艰涩、无法扩大受众的基本原因。

第二，排斥合理的宏大叙事。

轻视理论思维，满足于对具体历史现象的诠释，导致史学研究在选题上的琐碎化，从而使历史研究被社会边缘化的危机日益严重。自上个世纪 80 年代以来，我国史学界积极借鉴西方年鉴学派“新史学”的理论方法，极大地拓展了历史学领域的研究空间，深化了对诸多历史对象的认识。由此，社会史、环境史研究热潮逐渐涌动，经济史、心态史、人口史、家族史、妇女史、疾病史、灾害史、村社史等新的研究领域日益兴起并不断拓展，并产生了一批新的研究成果，且呈现出方兴未艾的态势。但受年鉴学派第三、第四代史家的影响，我国的社会史研究同样也出现了“病态”。一些论著着眼于对一个村庄、一个家族、一种疾病的探究，忽略了对社会历史背景的参照，显示出琐碎化、细微化的趋向，常常是“一叶障目，不见泰山”，限制了人们对历史整体的认识，特别是限制了人们对具有规律性的重大历史问题的探讨。

在历史学研究的选题中，一些学者只看重对枝节性历史现象的考证或描述，而轻视甚至否定对历史规律和重大问题的考察，这就有可能使得历史学研究迷失方向，严重削弱历史研究的学术价值与现实意义。例如，在上个世纪八九十年代，表面上看起来文化史与社会史研究成为了时髦，可实际上文化史往往陷入云山雾罩的困境，而社会史则不免有鸡零狗碎的讥诮。很显然，轻视理论思维，只满足于在历史学甚至其各级分支学科内部讨论一些过于枝节性的问题，其结果是使历史研究日益被社会边缘化，历史学的价值严重失落，其影响更趋式微。当我们的研究对象日益局限于男人的胡子、女人的小脚之类的考证描述时，社会自然要使历史研究被边缘化，历史学遭到冷落便丝毫没有什么可奇怪的了。

第三，陷入思想方法论上的片面性泥淖。

这种思想方法上的片面性就其表现形式而言是多种多样的。具体来说，它表现为：一是观念上的唯“新”是尚，唯时是趋。创新是史学研究进步的重要动力，但是，史学研究中的创新必须具备两个最基本的条件：一是要符合历史实际，以史实为依据；二是要正确对待传统，尊重前人已有的成果。目前史学界某些人在创新问题上陷入误区，正是违背了史学研究创新的正确宗旨，为“新”而新，所谓“语不惊人誓不休”，一味地标新立异，不加区别、不加分析地做传统定论的翻案文章，虚张声势，强词夺理，过去肯定的历史事件、历史人物，则千方百计否定之；过去否定的，则挖空心思加以开脱、粉饰和美化。包括对以往的学术积累予以基本否定。

二是方法上的照搬套用，唯洋是取。对新的理论、方法，常常是趋之若鹜，机械照搬，对比较传统的研究方法不屑一顾，动辄用各种时髦新潮的方法手段去解决并不深奥的问题，用所谓“后现代”的语言释读各种历史文化现象，将简单的问题复杂化。其实这样做的效果有时不一定理想。如有的原本很见功力的社会史研究专著，由于过多地追求方法论的创新，文字表述过于西化，在某种程度上反而成为了累赘，减弱了自身的学术价值与传播功能。

三是表述上的以点代面，以偏概全。缺乏全面系统的观点，攻其一点，不及其余，一些提法似乎不够严谨，存在着可供商榷的巨大空间。例如，近年来地下文献的出土和刊布，对于先秦两汉思想学术史的研究无疑具有重大的推动意义，但这是否意味着可以全面重写中国思想学术史，则是值得讨论的。简帛材料固然重要，可是它只能起辅助作用，并不能取代传世文献在研究中的主体地位，而以有限的出土文献来抹杀“古史辨派”的学术贡献，则更属于数典忘祖的做法。

第四，强调贯彻所谓的“科学”规范。

历史学研究当然要秉持科学的态度与方法，然而，这并不意味着必须完全排斥艺术，杜绝合理的想象与一定的虚构。中国古代的史学传统之一，就是提倡“文质彬彬”，主张“文史不分家”。因此，脍炙人口的经典历史巨著，如《史记》《左传》等，都不乏用文学语言来做揣摩性质的细节刻画或气氛烘托。而正因为有这种渲染性的描绘乃至夸张，整个历史的场景才鲜活起来，历史的情节才生动饱满，历史的人物才有血有肉，充满了抒情式的诗意，使得人们在了解历史知识，获取历史智慧与启迪的同时，尽情享受历史本身所蕴含的美感与魅力。应该说，这类推理性、具有历史逻辑真实意义的文学性渲染或刻画，是没有十分的科学或事实依据的，换言之，是不尽科学理性的。如《左传》中关于鉏麑放弃刺杀赵盾的计划触槐而死的记载，从科学实证的角度看，显然有问题。因为鉏麑自杀前的复杂心理活动，不可能有旁人作证，更不可能是史官的现场记录，然而这并不影响史书作者作自己的推断：既然有机会下手刺杀而自动放弃，并头撞大槐树而身亡，那么就可以想象杀手死前的心理活动。“叹而言曰：不忘恭敬，民之主也；贼民之主，不忠；弃君之命，不信。有一于此，不如死也。”这种描述或许是杜撰，但逻辑推理上却无疑成立，这就是历史研究中的艺术维度与空间。

又如，司马迁写垓下之战时霸王别姬的情节，也同样属于艺术的虚构。毕竟项羽与虞姬两位当事人均已身死，随同项羽突围的亲信左右亦喋血沙场，且项羽与虞姬分别的场景当有一定的私密性，旁边不会有太多的闲杂人员，那么，有谁能亲耳聆听“汉兵已略地，四方楚歌声，大王意气尽，贱妾聊何生”这样悲恸欲绝的歌声？又有谁能亲眼见证虞姬自尽绝命的悲剧？然而，司马迁毕竟是司马迁，他可以猜度：英雄美人，生离死别之际，一定有番感天动地、缠绵悱恻的戏剧高潮。于是他就合情合理写入史书，并作了淋漓尽致的描绘渲染。这当然不是科学实证，而是艺术虚构。可恰恰因为有了这种虚构，《左传》《史记》才成为了不朽的史学巨著，而不是像《春秋》那样，仅仅是所谓的“断烂朝报”。所以，一味强调所谓“科学性”“实证性”，在历史研究中是有局限性的，而只有在基本尊重科学实证的前提下，运用文学的想象、艺术的虚构等手法，才能保证历史学拥有强大的生命力，才能真正吸引人、打动人，从而最大限度扩大受众，避免被边缘化。说到底，这就是《史记》《左传》等旷代经典与《三朝北盟会编》《宋会要辑稿》等普通史料丛书之间的区别之所在。

可是让人感到惆怅的是，多年来，我们的史学研究太讲究内容表述上的理性科学了，冷静严肃得令人窒息，完全排斥了文学的想象、艺术的夸张，于是乎，研究成果总是千人一面，枯燥乏味，读这类“成果”，不要说一般大众唯恐避之不及，即使对历史工作者来讲，也是一份苦差事，同样兴味索然，昏昏欲睡。这就是当今历史学不受人欢迎的重要原因，而这很显然是单纯讲所谓“科学”所产生的弊端。

当今历史学研究遭遇危机、面临挑战的原因，当然不仅仅是缘于上述四大“误区”。但是，这些“误区”的存在与制约，却的确是影响到了历史学的健康发展。要让历史学重新走向社会，融入今天的生活，就必须正视这些误区，走出这些误区。否则，谈历史学研究的重振，谈以古鉴今，不啻为痴人说梦、顾盼自雄而已！

所谓的“历史人物”

“斜阳古柳赵家庄，负鼓盲翁正作场。身后是非谁管得，满村听说蔡中郎。”（《小舟游近村，舍舟步归》）陆游之感慨，或许就是人们在评价历史人物时普遍会遇上的困扰与纠结。

大千世界，芸芸众生，绝大多数都如沙尘似的，早已无声无息消失在无垠的历史天穹之中，来无影，去无踪，不带走一丝云彩，也不留下任何痕迹。只有极其个别的人，由于自身的作为，也靠了机缘的凑合，被史家在史册上记上一笔，于是，他们就得以在历史上留下或模糊、或清晰的身影，这样的极个别人，我们称之为：历史人物。

在历史上，愿意尽显自己的身手，做成一番事情（且不论事情的善恶对错），因而在历史上留名（且不论是美名还是骂名），成为历史人物，可谓大有人在。桓温所言“大丈夫在世，既不能流芳百世，亦不足复遗臭万载耶”，道出了一些汲汲于在历史上留名者的共同心声。尽管我们可以不屑于历史上一些人的心态与作为，但是我们也不得不承认，正是各式各样的历史人物的卖力表演，才使得我们的历史变得丰富多彩，充满生机与活力，魅力无限，精彩纷呈。

毋庸置疑，历史人物就是历史舞台上的主角，是历史聚光灯照耀的中心点。如果说，在历史这个有机结构当中，历史事件可以喻指为骨，历史文化可以喻指为血，那么，历史人物毫无疑问可以喻指为肉。骨架使人得以成形，血液让人得以鲜活，而肉体则赋予人以具体的形象。

显而易见，在今天解读和评价历史人物，是史学研究中的重要内容和永恒主题。通过对历史人物的了解，我们走近他所处的那段历史，通过对历史人物的评价，我们认识他所处的那个时代。然而要真正看清那些已经消逝、渐渐远去的历史身影，又何尝容易？要客观地做到“知人论世”，在抱有“同情之理解”基础上，走进他们的内心世界，理解他们的思维方式与行为准则，从而体认其思想动机，评述其功过得失，更不啻是困难重重。

这中间，最重要同时又是最给人造成困惑的，就是对历史人物作价值判断与评价。

受研究者自身的阅历、观察问题的角度、社会环境的影响等种种因素的制约，对某一历史人物的具体评价往往会有截然不同的结果，这是历史研究中大量存在的现象，也是导致人们思想困惑的一个重要原因。

根据我的观察，历史人物评价上价值判断的分歧，原因固然很多，但是最关键的因素，也许是道德尺度与历史尺度之间的纠葛与对立。具体地说，对于某一具体的历史人物，用道德衡量或用历史衡量，往往会得出完全不一样的功过得失结论。在道德上占有优势，在人格上具有魅力，并不一定在历史上经得起检验，反之亦然。历史上有大贡献的人物，其所作所为也常常得不到固有的传统道德认可，不能成为人们真心景仰钦慕的人格楷模。而历史研究者侧重于一个方面对其展开评价时，大量尖锐的意见分歧便立即凸显出来了。各执一词，导致持不同观点者在评价历史人物时，意见完全没有交集。

这也是历史上诸多杰出人物“身后是非”、千秋功过任人评说，言人人殊的原因之所在了。以封建帝王为例，对于大多数人来说，通常是心仪于汉文帝刘恒、光武帝刘秀、宋太祖赵匡胤的为人与做事风格，而对秦始皇、曹操、朱元璋嗜杀、残暴、任性专制、严酷无情的行径无法苟同。尽管历史上曾有人别出心裁，努力为商纣王、秦始皇、曹操、朱元璋等人鸣冤叫屈，汲汲于做翻案文章，但结果却往往是言者谆谆，听者藐藐，心劳日拙，徒劳无功，“可怜无补费精神”，秦始皇等人总是成为被普遍诟议的对象，而无法真正翻过身来。这就是道德戒律在历史人物评价中的潜在规范与制约。

然而，评价历史人物的功过是非毕竟不是只有单纯的一把道德尺子。作为历史研究者，与一般大众所不同的，是更多以历史的尺子对历史人物作价值判断。所以尽管秦始皇、曹操、武则天、朱元璋等人在道德品行上存在着备受争议的地方，无法让人认同，更无法令人喜爱，可是平心而论，他们对历史发展的贡献有目共睹，甚至远远超迈占有道德或人格优势的刘秀、赵匡胤等人。所以用历史的标尺衡量，他们又不能不受到充分的肯定与崇高的礼赞。

不过这样一来，学者的观点与大众的认知之间便存在着巨大的差距，如何缩小甚至消弭这种差距，便成了历史研究怎样面对社会，进入大众，而不被边缘化的重大症结。但是遗憾的是，人们在这方面的努力似乎并没有收到积极的效果，在泛道德氛围包围下的社会里，要做出既合乎道德要素又满足历史条件的历史人物价值判断真的是“难于上青天”，各吹各的号，各唱各的调，这始终是历史人物价值判断中普遍的现象，这不能不说是我们在从事历史研究中所面临的一个重大困惑。

其实，历史人物的价值判断也并非是一个无法松解的死结，这方面早在孔子那里已经做出了很好的平衡，堪称典范。翻开《论语》一书，我们可以看到孔子有关管仲的评价，就充分体现了道德与历史的矛盾统一。孔子一方面对管仲不无微辞，甚至多有贬斥，批评“管仲之器小矣”，指责管仲贪货敛财，道德有缺；另一方面又充分肯定管仲辅佐齐桓公“九合诸侯，一匡天下”之历史功勋，盛赞管仲“如其仁，如其仁”。很明显，孔子之批评管仲，乃是就道德层面发论；而孔子之所以肯定管仲，则是就历史层面定位。两者并行不悖，互为参比，从而使历史人物的价值判断在道德与历史的矛盾对立中实现了和谐的统一。这也启发我们，在进行历史人物评价的价值判断时，应区分道德与历史的不同标准，“将上帝的还给上帝，将国王的交给国王”，从而战胜挑战，走出历史人物价值判断上的困惑。

本人在多年从事历史研究的过程中，一直对了解和评价某些特定的历史人物怀有浓厚的兴趣，兴之所至，也忍不住捉笔涂鸦，写下自己对他们功业及其遭遇的看法，斗转星移，日积月累，渐渐形成了自己心中有关历史人物定位与评析上的标尺。在这杆标尺的衡量与掌控之下，我对历史人物的解读与评价，往往是直抒胸臆，剑走偏锋，别出心裁，自行其是。而这种态度、立场上的取舍，自以为恰恰是自己的随笔类文字得以存在的意义之所在。

门外说“礼”

自周公旦制礼作乐，肇基西周皇皇“礼乐文明”之后，中国遂以“礼仪之邦”的形象屹立于天下，在漫长的历史长河中呈示中华文明独特的精神气质与文化魅力，引领风骚，自立于世界民族之林。

正因为“礼乐文明”对中国历史与政治发展的意义如此重大，影响这般深远，所以，历代人们对“礼”的起源、内涵、性质、价值的讨论与阐释，可谓是连篇累牍，不可胜数，称之为叠床架屋、汗牛充栋、浩如烟海亦不为过。

在我看来，“礼”的最显著的特征也许可以归纳为以下几个“性”：

第一，悠久性。“礼”作为系统完备的“礼制文化”与“礼乐文明”，也许出现在国家机器正式建立之后，最为典型的，自然是西周初年的周公“制礼作乐”。但是，“礼”的萌芽则源自原始社会晚期。据业师拱辰杨向奎先生研究，“礼”起源于原始社会的内部之物物交易，所谓“来而不往，非礼也”，即原始之“礼”的孑遗（参见氏著《宗周社会与礼乐文明》，人民出版社）。

第二，包罗性。在前帝国时代，“礼”是上层建筑与意识形态的综合载体，涉及制度建设、道德观念、行为方式、价值取向等方方面面。以典型的“周礼”而言，“礼”就有五大类，即“吉礼、凶礼、军礼、宾礼、嘉礼”，举凡朝觐、盟会、祭祀、丧葬、军礼、聘问、宾客、学校、婚嫁、冠笄等等，无不都有详尽具体的“礼制”规定。如“军礼”，宋襄公在泓水之战后发表的高论，“君子不重伤，不禽二毛。古之为军也，不以阻隘也。寡人虽亡国之余，不鼓不成列”等等，均属于“军礼”所要求做到的准则，《汉书·艺文志》著录有军礼司马法155篇，可见其之蔚为大观。

第三，继承性。“礼制文化”的建设不是一蹴而就的，有一个漫长悠久的发展过程，每一个时代的“礼”，在体现其时代主题的同时，都有对前代之“礼”的借鉴与继承，有所凭借、有所扬弃、有所发展。这就是孔子所说的：“殷因于夏礼，其损益可知也；周因于殷礼，其损益可知也。其或继周者，虽百世，可知也。”从这个意义上讲，“礼制文化”就是一个层叠累积的产物。

第四，等级性。“礼”的基本功能，在于建构社会的秩序，维系社会的稳定。其宗旨是为了确立尊卑有序、贵贱有等、内外有分、亲疏有别的社会超稳定系统。因此，表征社会成员的等级差别、尊卑贵贱，也就成了“礼制文化”的根本属性了，所谓“礼者，分也”。而这种区隔、这种分异，则通常是通过名物度数“礼物”和揖让周旋“礼仪”得以反映的。“刑不上大夫，礼不下庶人”，就是印证。这正如荀子等人所强调的那样：“礼者，贵贱有等，长幼有差，贫富轻重皆有称。”

第五，重要性。“礼”在国家治理、人伦关系维持方面的重要意义不言而喻。历代思想家、政治家对此均有充分的阐述，打开典籍，这方面的言论比比皆是，可以信手拈来。这在《左传》中，是“礼，经国家，定社稷，序民人，利后嗣者也”；在《论语》中，是“克己复礼为仁。一日克己复礼，天下归仁焉”；在《荀子》那里，是“礼起于何也？曰人生而有欲，欲而不得，则不能无求，求而无度量分界，则不能不争。争则乱，乱则穷，先王恶其乱也，故制礼义以分之”，“故人无礼则不生，事无礼则不成，国家无礼则不宁”，“故礼，上事天，下事地，尊先祖而隆君师”。贾谊《新书》，亦设《礼》篇，将先秦儒家的“礼”论归结在一起加以集中阐明。既然“礼”为“国之干也”，那么，它的重要性受到这般推崇也是非常正常与合理的。“礼者，履也”，人们得遵循奉行，不能违背造次，属于必有之义，所谓没有规矩，则不能成方圆。荀子声称“礼”为“治辨之极”“功名之总”“威行之道”，这可不是随便说说而已，而是实实在在的道德伦理与政治管理之诉求。

第六，对称性。先秦时期的“礼”，虽然有强烈的等级区分色彩，但是，值得我们注意的是，当时的“礼”有着一个鲜明的特征，即“礼”的确立与施行，有对象关系上的严格对称性。任何人在“礼”这个大框架中既享受一定的权利，同时也承担着一定的义务。如在君臣关系上，君与臣互为对称，不可偏废。孔子云：“君使臣以义，臣事君以忠。”而孟子更强化了这种对称：“君之视臣如手足，则臣视君如腹心；君之视臣如犬马，则臣视君如国人；君之视臣如土芥，则臣视君如寇仇。”

总之，一切都不是绝对的，而是相辅相成的，子孝固然必须，但父慈同样应该；臣忠俨然合理，君义亦理所当然。无此即无彼。这种对称性，其实是“礼”蕴含有一定人文精神的曲折反映，“礼”的构建与施行，必须建立在循常理、合人情的基础之上，否则就是乖离大道，背悖自然。孟子称孔子为“圣之时也”，讲的就是孔子真正懂得天意人情，能够体谅常理，与时俱进，具有最大的包容性，所谓“江海不择细流，故能成其大；泰山不却细壤，故能就其高”，避免了陷入“水至清则无鱼，人至察则无徒”的窘境。

而后世的陋儒、腐儒片面地强调“礼”的等级性，将它绝对化，而忽略了“礼”的对称性这个重要特征，一味鼓吹“尽天理，灭人欲”“失节事大，饿死事小”“君要臣死，臣不得不死”之类的混账观点，遂使“礼”的人文精神荡然无存，“礼”的对称性销声匿迹，造成“礼教杀人”的局面。这显然是对“礼”的精神实质的曲解与反动，不能不说是一个悲剧。

第七，发展性。“礼乐文明”既有相对的稳定性，但是更不无历史的发展性。它在三代，可以称得上是维系家天下王国时期政治社会秩序的主要统治工具，兼具政刑法度、道德规范、行为规范等多重社会功能，在国家政治生活和社会秩序整合中发挥着主导的作用。自春秋起，尤其是到战国，典型的“礼乐文化”随着整个社会的结构性转型而面临着重大的挑战，遭到严重的冲击，这就是所谓的“礼崩乐坏”。随着帝国政治的发生并确立，官僚体制取代宗法分封的逐渐完成，政治法度与“礼”的界限也有了较为分明的区隔，“礼”逐步演化为新型意义上的“礼义”“礼节”，成为传统社会人的行为规范和道德规范。这是“礼”在本身发展史上一个有根本性意义的转型，在某种程度上，也可以理解为“礼”的发展。

这种发展，也是“礼”的升华。“周虽旧邦，其命维新”，“礼”这个载体犹在，但是新的因素的进入，使之完成了具有革命性的改造。在“礼”的躯壳中，新的内涵得以不断注入，旧瓶装新酒，“礼”被赋予了时代新的精神。形式还是重要的，还是需要有的，正如孔子所言："尔爱其羊，吾爱其礼。"但是，"青山遮不住，毕竟东流去"。更有意义的是，"仁"注入了"礼"的躯壳之中，使"礼"拥有了新的生机，所谓"人而不仁，于礼何？人而不仁，于乐何？""礼乎？礼乎？钟鼓云乎哉？礼乎？礼乎？玉帛云乎哉？"从根本上来讲，礼的精神不附丽于形式，而蕴含于实质。也就是说，内容要高于形式，实质要重于表象。

第八，互补性。"礼乐文明"，核心内涵是"礼治文化"，"礼"是主体，"礼"为根本。但是，在肯定和强调这一点的同时，我们也不能忘了"乐"在这个文化结构中所占有的地位，所发挥的作用。"礼"与"乐"是浑然一体，不可须臾分离的，它们互为前提，相互依存，相辅相成，具有极大的互补性。

这种互补性，体现为"礼"与"乐"两者功能差异与作用不同，"礼为分，乐为和"；"乐合同，礼别异"。"礼"的功用在于分别和区隔，而"乐"的功用在于融合和混同，"礼"强调的是等级森严、上下有序，而"乐"追求的是物我一致、诸生平等，"礼"体现的是敬畏肃然，"乐"呈示的是亲爱和谐，这就是《礼记·乐记》中所指出的那样，"乐者为同，礼者为异。同则相亲，异则相敬……礼义立，则贵贱等矣；乐文同，则上下和矣"。而正是因为有这种互补性的存在，才能克服"礼"与"乐"各自的弱点，就如《礼记·经解》所说的那样，"乐之失，奢……礼之失，烦"，防止因过度强调某一点而导致弊端的发生，所谓"乐胜则流""礼胜则离"，从而使"礼乐文明"的精神实质得以真正的坚持和弘扬。

以现代意识来审视传统的"礼乐文明"，我个人认为：有几点或许应该成为比较普遍的基本共识：

一是“礼乐文明”作为前现代社会中的一种上层建筑与意识形态，是建立在一定的经济基础之上的。黑格尔曾经说过，凡是存在的就是合理的，凡是合理的就是存在的。“礼乐文明”的发生与确立，有其历史的合理性与必然性，人们别无选择，只能主动或被动接受。在人类社会里，“礼乐文明”具有共性的意义，只是表现形式上有所差异而已。西方社会同样也讲“礼”，所谓的骑士精神，体现的就是西方的礼治文化。

二是“礼乐文明”在中华民族成长壮大过程中，毫无疑问，曾起到过凝聚人心、稳固秩序、和谐社会等多方面的重要作用。“极高明而道中庸”，璀璨夺目的中华文明中，是以“礼乐文化及其精神”为重要构成的。于是遂有以“汉官威仪”“礼仪之邦”为中华文明的显著象征。而“泱泱大国”的风采，说到底，就是“彬彬有礼”，让人尊重。从某种意义上讲，“德治”与“礼治”是一物而两名。“礼治”是就形式而言，“德治”是就内涵而言，两者是辩证而有机的统一。而这一点，早在《诗经》中即已发轫：“抑抑威仪，维德之隅”“敬慎威仪，以近有德”。

三是要旗帜鲜明地承认“礼制文化”存在着明显的局限性，而不必羞羞答答、遮遮掩掩，更不宜强词夺理、文过饰非！“礼制文化”的不少内容，如一味强调贵贱尊卑，以维系等级差异为中心的伦理纲常为嚆矢，固然值得批评与反思；而“礼制文化”所呈现的外在形式，同样也令人困扰和嫌恶。那种繁文缛节，那种烦琐细苛，让许多人不胜其烦，敬而远之。当年墨子之所以炒儒家先生的鱿鱼，另起炉灶，很大程度上，就是受不了“礼制文化”的繁文缛节：“以为其礼烦扰而不悦，厚葬靡财而贫民，久服伤生而害事，故背周道而用夏政。”司马谈《论六家要旨》的评论十分到位，儒家“博而寡要”，问题就出在儒家过分地拘束于“礼”，结果弄得自己捉襟见肘，疲于奔命：“累世不能通其学，当年不能究其礼，故曰博而寡要，劳而少功。”

“礼”的琐碎繁杂还只能算是小事，最为糟糕的是，在它的炫目光环之下，经常会衍生出令人作呕的“虚伪”，播下的是龙种，可收获的却是跳蚤。这一点，早在先秦时代，睿哲如老子、庄子等人即有一针见血的批判。老子言：“大道废，有仁义；慧智出，有大伪；六亲不和，有孝慈；国家昏乱，有忠臣”；而庄子更说得决绝：“蹩躠为仁，踶跂为义，而天下始疑矣；澶漫为乐，摘僻为礼，而天下始分矣。”在他们的眼中，“礼”是对自然规律的反动，对本色人性的扭曲，它造成最大的虚伪，导致人性的异化，是天下祸乱的总源头，“礼者，忠信之薄而乱之首也”！

他们的见解，或许不无偏激，但是应该承认其不无一定的道理。在历史上，强调“礼乐”，鼓吹“礼治”，似乎从来就是冠冕堂皇的旗号，但是，事实上，这不过是专制统治的遮羞布而已。“礼乐”至上，结果变成虚伪猖獗，是不争的事实，假道学风靡一时，伪名教畅行无阻，套用罗兰夫人一句名言，就是“礼乐，多少罪恶借汝名而行”。一些思想家痛斥“礼教杀人”，虽是激愤之辞，但是“礼乐”的历史局限性也是不必讳言的。

四是要对传统的“礼乐文化”富有“同情之理解”，持更加客观理性的态度，展现最大的包容性。“礼乐文化”是中华传统文化中重要的有机组成部分，它不但作用于往昔，而且影响于今天，同时也伴随于将来，人们没有选择的空间，更没有拒绝的可能，只有直面它，只有坦然承受，与生俱来，血浓于水，“无所逃于天地之间”。既然无法在主观上定取舍，那么，对待它的态度也只能是“杂于利害”，将它作为一个整体性的事物来对待，而不能作主观性的选择，因为“礼乐文明”的优势与弱点，乃是一个硬币的正反两面，是个不可割裂的整体，互为前提，彼此依存，当一方不存在时，另一方也不可能继续存在。今天的人们，能够做的，也无非是爱其美而多少知其恶，用其长而尽可能避其短。所以，对它简单加以肯定或片面予以否定，都是有违科学理性的立场和包容开放的精神的。而所谓的“扬弃”，虽说是老生常谈，可是舍此之外，是别无其他的路径可走的。

总而言之，“礼乐文明”的优劣得失之评判标准是难以一概而论的，若要硬性地规定，一定会是缘木求鱼，南辕北辙，结果是无事生非，适得其反。在今天，幻想用传统的“礼乐文明”应对现实的挑战，解决当前的问题，自然是天大的笑话；可是，企图荡涤“礼乐文明”的内涵，拒绝“礼乐文明”的影响，将它视为阻碍社会进步、文明提升的绊脚石，这同样是异想天开的思维误区。事实也已经证明，旧传统与新文明之间，并不是非此即彼、水火不容的关系。“礼失求诸野”，综观“东亚文明圈”中的日本、韩国、新加坡诸国，它们在国家发展过程中，曾引入并采纳中华古典礼乐文明的诸多因素，尊礼尚乐，可这并没有影响其顺利地实现现代化。这就是最好的证明。

可见，对“礼乐文明”心存一份“同情之理解”，既不自大，又不自卑，这就是最大的文化自信！

中国历史上的武圣人

伟人崇拜，是一种复杂的社会文化心理现象，而这种现象，在中国社会生活中表现得尤为显著。在我国历史上曾经有过“文圣”，有过“书圣”，有过“画圣”，有过“诗圣”，有过“医圣”……非常自然，与这相应的也有“武圣”（也常常称作“兵圣”）。

没有谁不知道，在中华文明发展的历史长河中，战争作为一种特殊的社会现象，占有极其重要的位置。与其相适应，则是历史上兵家辈出，将星璀璨。他们或跃马扬戈，叱咤风云，建功立业，名垂青史；或龙韬虎吟，运筹帷幄，撰著兵书，泽惠天下，共同铸造了光辉灿烂的古代军事文化。所谓“武圣”者，指的便是中国军事文化的浓缩积淀，是璀璨将星长河中的北斗巨星，也是名人崇拜情结在军事领域中的具体体现。

同孔老夫子长期以来一直拥有“文圣”头衔的情况颇不相同，历史上“武圣”这顶桂冠却是几度易人。先是姜太公，接着是关公，后来又落到孙子的头上。总之，是“人事有代谢，往来成古今”，各领风骚数百年。这一文化现象颇值得玩味，人们或许可以从中省察到传统文化的某些本质属性，裨益于更好地揭示和把握文化嬗变的内在规律。

据文献记载，历史上最早登上兵林群豪首席宝座的，是西周开国功臣姜太公（先秦两汉时期人们曾祭蚩尤为兵主，但这属于神祇祭祀范围，故蚩尤算不得是武圣人的开山鼻祖），时间为唐玄宗开元十九年（731）："始置太公尚父庙，以留侯张良配，中春、中秋上戌祭之，牲乐之制如文宣（孔子）。"（《资治通鉴》卷二二一，肃宗上元元年，胡三省注引）到了唐肃宗上元元年，朝廷进而"追谥太公望为武成王"（《资治通鉴》卷二二一），正式与"文宣王"孔子相颉颃。同时，既然"文宣王"庙中可以有孟子、颜渊、子思、曾参等人配享，吃冷猪头肉，作为"武成王"的姜太公待遇也不能低了，身边自然也少不了有人"坐侍"。于是，统治者在追谥"武成王"的同时，又遴选出历代名将为"亚圣""十哲"。其中的"十哲"按左昭右穆的顺序排列，分别是左侧：白起、韩信、诸葛亮、李靖、李勣；右侧：张良、司马穰苴、孙武、吴起、乐毅。从此，"武圣"终于靠了国家政权机器的力量得以推选出来，而次一等的武"亚圣"，也际会风云，排定座次了。

姜太公能有如此显赫的地位，当然不是偶然的。他是西周王朝的开创者之一，在伐纣灭商的生死斗争中运筹帷幄，指挥若定，功勋卓著。司马迁在《史记·齐太公世家》中曾这样评价姜太公的功业和地位："迁九鼎，修周政，与天下更始，师尚父谋居多"，"其事多兵权与奇计，故后世之言兵及周之阴权，皆宗太公为本谋"。显而易见，姜太公是中国兵学文化的奠基人，是韬略智慧的化身。如此特殊的身份，再加上唐肃宗在位期间，正赶上平定"安史之乱"的重要关头，朝廷急切需要在兵林中树立一尊最高偶像来振奋精神、鼓舞士气，这些都决定了在当时只能以兵学鼻祖姜太公作为首屈一指的"武圣"人选。而那些能够进入"武成王"庙，分享杯羹的兵家"亚圣"，也同样只能以战功大小、韬略高低、资历深浅作为最主要的选择标准。这么一来，品行虽有这样那样的缺陷，但战功实在突出的吴起、白起、韩信之流，也得以夤缘而进，抢个座位了。

可是，宋明以后，姜太公却从“武圣人”的宝座上悄然隐退了，而三国时期蜀汉大将关公则崭露头角，成为兵家将星的典型代表。历代统治者对关公屡次加封褒扬的结果，小说戏曲对关公浓重墨彩粉饰神化的效应，使得其亡灵“侯而王，王而帝，帝而圣，圣而天”，步步青云，庙祀无限，位齐孔圣，名播天下，成为中国历史上最受崇拜的神圣偶像之一，被戴上了炫目摇神的“武圣人”的桂冠。在民间，关公的声誉甚至有驾乎文圣人孔夫子之上的势头，别的姑且不说，单单是关帝庙就遍布于域内城乡，在数量上远远超过祀奉孔子的“文庙”。而他所享受的墓葬规格，也和封建帝皇的待遇相埒：建有气象森严的“关林”，与文圣孔子的陵墓“孔林”并驾齐驱、交相辉映。

这种现象的发生，的确有让人感到诧异纳闷的地方。因为论资历，关公自然不及“兵学鼻祖”姜太公；讲军事理论建树，关公比不上“百世谈兵之祖”、写有《孙子兵法》一书的孙子；比将德，关公在那位“精忠报国”的岳武穆面前显然大为逊色；言战功，关公也远远不如“连百万之众，战必胜，攻必取”的韩信等人。一句话，历史上的关公论武功并不特别显赫，理论上也没有任何建树，可是偏偏是他能当上“武圣人”，这究竟是历史的误会？抑或是后人的昏聩？遂酿成这一啼笑皆非的局面！

其实，要猜破这个谜底，也不是太难。

关公能当上“武圣人”，是有其深厚的历史文化背景的。

自宋代起，封建中央集权统治进入了新的发展阶段，思想文化专制也日复一日严密。道学家们吃饱了撑的，喋喋不休地鼓吹“存天理，灭人欲”“饿死事小，失节事大”等教条，更对此起到了推波助澜的作用。这便使得儒家学说中保守落后的一面无限膨胀，钳制着人们的思维方式和行为。明清两代，在这方面更是“日出江花红胜火”，后来居上。这种文化发展趋势，当然要在军事领域中得到顽强的表现。于是，对“武圣人”的遴选，自然不能再以战功大小、韬略高下为主要标准，而合乎逻辑地要以封建道德的优劣为基本评价尺度了。军事上的建树尽管依然是确定“武圣”身份的一个因素，却完全处于次要的地位。换句话说，当时风光八面的儒家道德至上主义，决定了“武圣人”不过是“文圣人”在军事领域中的化身，是儒家文化传统的特殊“传人”罢了。

在这种变化了的形势面前，姜太公尽管是天下言兵者的祖师爷，但“阴权修政”毕竟不够光明正大，当然只好拱手让出“武圣”的头衔，“下岗待业”，另谋出路，攀附上道教一脉，成为神魔界的首脑人物。这正如《封神榜》所描绘的那样：“姜太公在此，诸神退避。”这样一来，姜太公便多了几分仙气，少了一点人性，“神”则神矣，“圣”则未必，从此与“武圣”说声“拜拜”。

姜太公的遭遇如此，唐代武成庙中配享的“十哲”的境况也不怎么妙。他们中的大多数也因不合儒家所提倡的道德规范而遭到贬斥。如白起、韩信，尽管用兵如神、百战百胜，就作战指导高明程度而言，古代名将几乎无出其右者。但一个残忍嗜杀，长平坑卒四十万，落下万世唾骂的恶名；一个不得善终，背负不忠谋叛的黑锅。这时拿出“仁义道德”“忠君死节”等儒家伦理纲常标尺一加衡量，他们自然要被打入另册，逐出兵家亚圣的行列。

反观关公，他的所作所为却是最大限度地符合了儒家所提倡的封建纲常伦理的规范。就对儒学的基本态度而言，关公他倾心孔学，尊崇儒教，平生爱读《春秋左氏传》，“（关）羽好《左氏传》，讽诵略皆上口”（《三国志》卷三十六《蜀书·关羽传》裴松之注引《江表传》）。于戎马倥偬之际，捧读儒家经典，俨然一派身披战袍的“儒将”气象。

就“忠心事上”这点讲，关公“匡扶汉室”，以保卫刘姓江山、维护汉室尊严为自己的天职。在他的心目中，“君君，臣臣”畛域分明，“尊尊，卑卑”界限森然。对于董卓、曹操之流的欺上罔君行为恨之入骨，必欲除之而后快，而对君权的象征——汉献帝和刘玄德，则是克职尽忠，尊事无贰。即便是赴汤蹈火，肝脑涂地，亦在所不辞。保献帝，忠刘备，成为其一生的奋斗中心，人生意义。

至于“节义”，关公更是超群绝伦。事无巨细，他均以大义为准绳，矢志于义，恪守诺言，义结桃园，誓同生死。在人生道路上，不论遇到什么样的风波，都始终不改其初衷。真正践行了儒家所提倡的“富贵不能淫，贫贱不能移，威武不能屈”的道德准则。实可谓义气干云，千载之后，犹荡气回肠，不胜凛然。

就“勇”这个标准而论，关公也是勇冠三军，光彩照人。这既表现为在沙场上他出生入死，骁勇善战，温酒斩华雄，杀颜良，诛文丑，千里走单骑，闯五关斩六将，所向披靡，号称“万人敌”，为蜀汉王朝的建立立下了汗马功劳。更表现为他贞守名节，视死如归，慷慨捐躯，杀身成仁，真正体现了儒家

“志士仁人，有杀身以成仁，无求生以害仁”的“大勇”精神情操。

总而言之，在关公的身上，充满了儒家所推崇的各种美德。借用文天祥、赵孟頫等人评价岳飞的话讲，就是“忠义与日月争光”“忠孝素根于心”。这样千载难逢“春秋义薄云”式的“儒将”，自然为“孔圣人”在兵林的化身，是所谓“武圣人”的最佳人选了。

毫无疑问，关公成为“武圣”，也是整个社会心理一致认同的逻辑结果。在上层当权者的眼里，关公乃是忠孝节义的样板，其高尚的封建道德情操，实在有助于收揽人心，推行教化，稳定统治秩序，巩固一姓江山。因此就多方加以利用，拼命予以褒扬。清代乾隆皇帝诏改关公谥号的做法，就充分透露了这方面的消息。当年乾隆下令编纂《四库全书》，其间曾多次下达谕旨，嘱令馆臣按照“圣旨”办事。其中有一道谕旨这样写道：“关帝在当时力扶炎汉，志节凛然，乃史书所谥并非嘉名（按，《三国志》本传记载关羽的谥号为“壮缪”）……今当钞录《四库全书》，不可相沿陋习，所有《志》内关帝之谥，应改为忠义。”为了褒扬关公，不仅追加封号“灵佑忠义神武大帝”，而且居然篡改史书，而立足点则落在“忠义”两字之上，于此可见当权者的真实用心。

至于普通下层民众，也从关公身上看到了叱咤风云、横扫千军的神武和大义凛然、以身殉职的风范，因而充分肯定，敬若神明。而“桃园三结义”故事所体现的对友谊忠贞不渝，为“大义”不惜献身的崇高情操，更与下层民众对相互理解、相濡以沫、荣辱与共的强烈心理渴求相契合。就是个别具有叛逆思想倾向的文人，他们对关公也倍为推崇，不胜仰慕。例如那位“不以孔子是非为是非”的明代激进思想家李贽先生，就曾经这样表白过自己对关公的态度：“古称三杰，吾不曰萧何、韩信、张良，而曰刘备、张飞、关公。古称三友，吾不曰直、谅与多闻，而曰桃园三结义。呜呼！惟义不朽，故天地同久……某也四方行游，敢曰以公（指关羽）为逑。惟其义之，是以仪之；惟其尚之，是以像之。”（《焚书》卷四）

就这样，社会不同阶层的人们出于各种不同的动机（概略地说，当权者看到的是“忠”，而民众所珍视的是“义”），在接受关公作为精神支柱的问题上取得了共识，达成了一致。于是就从根本上决定了关公在中国文化史上所处的特殊地位，而这也正是关公之所以千百年来坐稳“武圣人”这把交椅的根本缘由。当然，《三国演义》以及有关三国戏对此所起的潜移默化、感化挹注的作用和影响，同样不可忽视。

随着封建制度的寿终正寝，封建社会的统治思想——儒学不再占据历史舞台的主角，由儒学文化精神塑造而就，依附儒教纲常义理而存在的“武圣”关公，也不可避免要丧失过去的特殊地位。于是笼罩在他头顶上的神圣光环渐渐黯淡了，完成了由神到人的复归。

旧的“武圣”完成了历史使命，但这并不意味着人们就此与内心深处的“武圣”崇拜情结挥手作别，而仅仅是表明人们将根据现实的需要，从灿若繁星的兵家中重新遴选一位伟人，来作为中国辉煌军事文化的象征。人们的目光在历史长廊中反复寻觅，终于找到了不朽军事名著《孙子兵法》的撰著者孙武，并把他尊奉为“兵圣”。这正是所谓众里寻他千百度，蓦然回首，那人却在灯火阑珊处。

孙子作为著名的军事思想家，实际上早已经闻名遐迩了。

他本人曾被誉为“百世谈兵之祖”,《孙子兵法》一书也享有“兵经”的盛誉。在不少兵家的心目中,孙子及其理论,是超越时空,无可企及的,“前孙子者,孙子不遗;后孙子者,不能遗孙子”(《武备志·兵诀评》)。可是,这么一位伟大的军事家,尽管颇受历代政治家、军事家的推崇,却未能在普遍民众中间产生多大的影响,无法拥有“兵圣”的头衔。之所以会如此,是因为孙子重智尚谋,主张“兵以诈立,以利动,以分合为变”;讲求权谲诡道,以谋克敌,以智制胜。而这一切与儒家所鼓吹的道德原则是南辕北辙的。在那些正统儒生的眼睛里,孙子几同于名教罪人,必须大张挞伐。高似孙《子略》中的一番议论,实可为这类陈腐观念的代表:“兵流于毒,始于孙武乎!武称雄于兵,往往舍正而凿奇,背信而依诈……《诗》《书》所述,《韬》《匮》所传,至此皆索然无余泽矣。”在这种社会文化思潮氛围之下,孙子不能成为“武圣”也就顺理成章了。

社会的变迁,将孙子推向了历史的前台。穷本溯源,最早尊奉孙子为“武圣”的,乃是我们的近邻日本人。他们认为:“孔夫子者,儒圣也;孙夫子者,兵圣也……后世儒者不能外于孔夫子而他求,兵家不得背于孙夫子而别进矣。是以文武并立,而天地之道始全矣。可谓文武二圣之功,极大极盛矣。”同样,他们也把《孙子兵法》推尊为“武经之冠冕”。到了近现代,我们对这种观点渐渐予以认同,开始称孙子为“兵圣”,将他看成是东方兵学文化的最杰出的代表。

孙子之所以受到现代人的青睐,在于他以讲求智慧谋略为主干的理论体系和思想方法,最符合现代社会竞争机制的需要。社会发展到了今天,各行各业的竞争已日益趋于复杂和激烈。

而人们要在竞争中立于不败之地，成为事业上的成功者，便面临着如何预测形势、筹划全局、避实击虚、出奇制胜的问题。《孙子兵法》讲求战略运筹，提倡以谋制胜，主张量敌用兵，权宜机变，强调致人而不致于人，掌握主动权……所有这一切，不但深刻地揭示了战争活动的一般规律，在现代军事领域内具有普遍的借鉴意义；而且对人们从事政治角逐、外交谈判、企业管理、商业经营、体育竞赛等社会活动，也起到了重要的启迪作用。很显然，一旦人们开始意识到要摆脱被社会淘汰的危险，成为生活中的强者并取得事业的成功，就必须丰富自己的智慧，增长自己的才干。而孙子的思想，则能够提供这方面的帮助。因此，尊崇孙子为“兵圣”，研究其思想，弘扬其精神，也就成了合乎当代人思维理性的选择。

总之一句话，“武圣”为历史所造就，也被时代所选择，历史的辩证法就是如此。

北魏孝文帝改革的历史教训

（在四观书院的演讲，有删节）

我今天讲演的题目是魏孝文帝“全盘汉化”的不归之路。看这个题目，知道我对这个问题的评价是有一定保留的，我考虑两个问题。

第一个问题是什么？改革是必需的，但是改革怎么个走法？跟西方之间互动，是以什么样的态度和立场？有的强调“全盘西化”，这肯定是有问题的。有的强调中国文化至高无上，西方文化不可取，反正西方那种东西，都没有什么价值，都是包藏祸心，必须彻底排斥，我们不用进取，不用发展了。这两种观点都有问题。

第二个问题是什么？关于北魏孝文帝改革，后人除了叫好，也不乏批评和否定的声音，我个人觉得那些古人的批评，包括后人的反思，都值得我们加以深思与反省，予以借鉴。这不是多一块砖，还是少一块砖，并非无所谓，因为我觉得，孝文帝改革事件的本身的确还存在着一些问题是可以讨论的，换言之，其作为历史学本身的学术研究也有意义。

第一个意义，我们是恢复历史真相，具有学术性的意义。也许我的观点有点儿片面，但是我始终认为搞研究最大的意义在于，千万不要人云亦云，全面的平庸不如片面的深刻。我始终认为，我讲课具有片面性，但是片面的深刻，要远远胜过于全面平庸。

改革是公元5世纪后期，就是公元479—499年，20年左右的一场改革，历史上称为北魏孝文帝改革，应该说这是中国历史上的一个转折点。所以它的地位、作用、影响之重要与深远是毋庸置疑的。

这一点已由国家教育部的历史教科书编纂原则中得到证明了。现在的中学历史教学中，共计有4本必修教材、10本选修教材，选修教材10本里面第一部，就是《历史上重大改革回眸》，就是回顾改革，借鉴改革，把它列为第一部了。教育部规定了十大改革里面，列有商鞅变法、明治维新、王安石变法、魏孝文帝改革、戊戌变法等等。这中间，既有中国的，也有外国的，例如俄罗斯的农奴制改革，甚至还有一个大家都不知道的就是埃及的阿里改革也给列进去了，另外，还包括了古代希腊的改革。

然后国家几家出版社可以出，就是上海人民出版社，湖南的岳麓书社，河南的大象出版社，最有权威的，或者说最老牌的，是人民教育出版社。人民教育出版社编辑室主任许斌先生找我们主编《历史》选修Ⅰ《历史上重大改革回眸》，主编是我。十个改革里面我写了两个，一个是“商鞅变法”，一个是“孝文帝改革”。

北魏孝文帝改革，我们教科书上都是正面的。中规中矩、四平八稳，保持政治上的正确性。当时我当主编的时候，他们社长还包括他们编辑部主任，都说黄老师你放开写，怎么写都可以。其实，你写了白写，写了他还给你改掉。我明白这个道理，没有必要去挑战“红线”，所以，我还是老老实实地按照政治正确的原则去编写这个教科书，写了会白写，那么又何必去自讨没趣、自寻烦恼？

我们为什么对日本教科书这么恨，因为那些教科书会把孩子的历史观给扭曲了，那就麻烦大了，所以我们说要聪明一点。你们都是成年人了，我怎么说你们不会受影响。但孩子，老师说的、书上说的就容易相信，我们若没有责任感，率性而为，那就麻烦了。

我们现在还把太平天国起义当成重点写，像义和团这些，这是革命党时代的客观要求，可是现在我们是执政党了，执政已经近七十年了，你还天天讲太平天国，讲义和团，你要干什么？你的重点应该要转移了。

但是我说孝文帝改革，我们书上还是四平八稳的。我们基本上定调，魏孝文帝是一个古代少数民族的杰出改革家，政治家，中华民族的功臣，我们对他的改革应该给予最充分的肯定，所以我的标题就是“推动了经济复苏和繁荣”“加速了北魏政权封建化的进程”。总而言之，这个改革是正面的。

应该说是三个定义。第一个，孝文帝是伟大的；第二个，他改革是正确的；第三个，他历史地位是光荣的。这是我们的基本定调，作为教科书是可以理解的。我觉得孝文帝改革是有意义的，这个意义是什么呢？就是消除了鲜卑族作为少数民族的特色，先对少数民族汉化了，这个汉化就是民族的融合。也就是说没有当年孝文帝根本性的改革，少数民族的鲜卑族就很难跟中原主体的汉族之间融为一体，消灭畛域。

孝文帝的“去鲜卑化”以后，对于促进民族融合方面可谓功不可没，名垂青史。换言之，没有当年孝文帝犁庭扫穴，彻底“去鲜卑化”的努力，就不可能有后来隋朝水到渠成、瓜熟蒂落式的混同南北，实现统一。有此一点，亦足以让孝文帝青史垂名、亘古不朽了。孝文帝改革对于后来公元589年隋朝的统一创造了条件，光凭这一点，我认为孝文帝改革，孝文帝本人，在历史上有他的地位，可以永垂不朽，因为中华民族统一是一个不可逆转的趋势，是历史对我们这个国家、我们这个民族提出的最高命题。

但是，如果我们从更广阔的历史视野看一下孝文帝改革的话，这场轰轰烈烈的改革，价值意义的判断，就不像教科书那么简单了。更何况我们现在好多学者的观点也不一样了。

我认为，我经常在讲课里面贯彻一些我的想法，譬如说这个观点就是教科书本质上来说是个宣传，但宣传与研究是有区别的，即宣传是正向的，单线条的，是自说自话的，是有所选择的。客观叙述要服从于主观动机的要求，强调原则，坚持立场，这是宣传根本的动机。而我们所说的研究则是逆向的、多线条的，是讨论型的、商榷型的，要于不疑处找到疑点，观点表述要尽可能排斥主观上的先入之见。

我们现在好多文章好多书，大家不愿意看，不是说缺乏公信力，就是混淆了"宣传"跟"研究"两个不同的概念。报纸上你怎么说？我认为报纸、微信，包括其他平台里的东西是以宣传为主，因为面对的是广大受众。研究是少量人，如果少量人讲的只是对报纸里的话加以重复，鹦鹉学舌说一样的话，那么这个研究成果就没有太大的意义。而且现在往往是领导怎么想的，他论述跟领导一样。我们觉得学术精品稀少，就应该从这里面找原因。

孝文帝改革有几个问题是无法避免的，哪几个问题呢？

第一个问题，孝文帝在整个改革过程中究竟扮演了什么样的角色？

孝文帝当皇帝将近二十年，我们后面可以看到，有的是他当权的时候做的，有的是他没有当权时候做的，也即他身为皇帝傀儡的时候做的。实际上孝文帝改革分为两个阶段，“冯太后改革”和“孝文帝改革”。

第二个问题，既然改革的效果如此神妙，又是振兴经济，又是稳定政局，又为何孝文帝逝世才三十年左右，北魏就爆发“六镇起义”，北魏的统治就陷入分崩离析、万劫不复的局面？后来北魏分为两个魏，一个叫东魏，一个叫西魏。后来又分为北周和北齐。三十年不到，居然闹出这样大的乱子，这个局面到底是由谁造成的？这个你要回答。

第三个问题，孝文帝改革以“全盘汉化”为根本宗旨，结果它直接彻底摧毁了北魏赖以统治的根基，完全泯灭了鲜卑族的个性特征，使整个曾经生机勃勃、骁勇善战，打遍天下无敌手的民族，逐渐消失于历史的长河之中，这样的归宿究竟该怎么看待？我觉得这都是大问题。

第四个问题，孝文帝改革“全盘汉化”，汉化的重点究竟在哪里？其汉化的内容是汉文化中的精华还是糟粕，其汉化的途径与思维是否妥当？

我自己的看法，第一个问题我这么回答。我认为北魏孝文帝改革可以以公元490年为界，划分为前后两个阶段。前段的改革侧重于“形而下”的部分，主要是整顿吏治、理顺关系、改革经济、改善民生；而后期的改革则侧重于“形而上”的部分，包括迁徙都城、移风易俗、兴起礼乐、推行“汉化”。前者务实，后者务虚，前者重绩效，后者求声势。从经济基础到上层建筑，皆有涉及，皆有触动。可谓全方位、立体化、综合性的全面型改革。

公元490年前，孝文帝并不是朝廷的实际统治者，命运不错，他父亲叫拓跋弘。一个是宏大的宏，一个是弘扬的弘。这个冯太后我们过去注意和重视得严重不够，冯太后其实可以成为电视剧创作的原型，她对以后历史的影响，比慈禧太后正面，慈禧太后最后卖国了。可冯太后不一样，她是历史上很正面的一个人物，冯太后是孝文帝的祖母，当然不是亲祖母。

你看慈禧太后，要么用同治，要么立光绪，是不是？都是小皇帝，小皇帝好控制。你5岁懂什么？能吃饱就可以了。我们说他5岁当皇帝，一直到公元499年去世。499年前20年他成傀儡，就像光绪皇帝在慈禧太后面前什么也不是，他是傀儡皇帝。而且冯太后权力非常之大，十分强势。

所以历史上我们可以看到对她的评语，三句话，九个字。“多智略”——智慧有心计、韬略非常。“猜忍”——这个人比较狠心，比较强硬。孝文帝的父亲虽然让位了，还是被他的母亲给干掉了。人家说虎毒不食子，他就能把自己的儿子毒死，因为孝文帝父亲让位以后，还是想回来，那对不起了，留着你就是祸根，把你干掉。“能行大事”——这个人做了一些重大的事情，是一个强势的女人。比如说英国的撒切尔夫人。我们看《甄嬛传》就知道了，那里面后宫的钩心斗角。而且她是汉族人，慈禧太后还是满族人呢。她是汉族人，是位典型的“铁腕女人”。李沖和李安世等宠臣，冯太后告诉他们，你要当我的小白脸，不但要体力好、性功能强，还要能办事。所以她依赖这些粉丝的拥戴辅佐，牢牢地掌握了北魏朝廷的军政大权。曾一手策划了其子献文帝的废立，并操纵着其孙孝文帝本人的一切。曾经两度“临朝听政、省决万机”，“生杀赏罚”“决之俄顷”，“威福兼作”，“震动内外”，“事无巨细”，是北魏朝廷的实际统治者。她对孝文帝拓跋宏，简直是视如无物，动辄责打。比如说小皇上把米掉到地上了，米没有捡，这种小事儿，太后就说从小不爱惜农民的辛勤劳动，就打板子。而孝文帝保命第一，绝不敢有任何的辩解，更不敢有些微的抱怨。“宦者先有谮帝于太后，太后大怒，杖帝数十，帝默然而受，不自申明。”

一直到了公元 490 年，冯太后六十来岁时终于挂掉了，女强人，毕竟还是人，抗不过自然规律，寿终正寝了。这时，孝文帝拓跋宏才开始亲政。

我觉得光绪皇帝最后失败是什么原因？戊戌变法，你想当家做主太急不可耐了，其实他应该隐忍不发，韬光养晦，熬下去，熬到慈禧太后死掉以后就一切 OK 了。总之，应该保存实力掩藏下来，然后等待时机，重要原则是要遇事能忍。孝文帝还是很成功的，他忍了二十年，没有任何反抗，中规中矩的，百依百顺的。你想想武则天换了几个皇上，把这些儿子逼死的逼死、放逐的放逐，唐中宗、唐睿宗都废掉了，最后差一点立她自己的侄子为帝。所以，政治上成熟与老练的标志，就是说你得忍。

应该说这时候孝文帝才能按照自己真正的意愿处理事情，北魏进入了一个新的时期。我们可以看到，所有顶层设计、推进实施，即建立卓有成效的新制度，以取代旧制度，都在亲政后。如推行班禄制，就是说我按月给你发工资，你不要做坏事了。实施三长制，倡导均田制。老百姓最重要是什么？土地。孟子讲要有恒心，所以我说中国最稳定的基数是什么？中产阶级。中产阶级最怕就是动乱，动乱了，你房子、金子、银子不能换吃的，你就会完蛋。孝文帝前期的改革，如租庸调制、三长制、均田制、班禄制等等，虽然成效卓越，但说实在的，其实都与他没有太直接的关系，那些新制的政策与制度，都是李充等人秉承冯太后的意思搞出来的，事实证明，其效果还算不错。

从这个意义上来讲，真正属于北魏孝文帝是后半段，但是我们知道两者之间也是连在一起的，冯太后的改革为他后面的改革创造了条件、奠定了基础。

那么，我们可以看一看，490—499 年，魏孝文帝本人究竟有什么改革措施。最主要的是两项。

第一项，是公元 493 年全面启动、第二年完成迁徙都城。把北魏都城从今天山西大同迁到了河南洛阳。山西军事地理，我之前专门看了谭其骧先生的一篇文章，《山西在国史上的地位》，他指出山西在中国历史上有特殊地位。就是说山西这个地方，我们中国军事的重中之重。所以杨家将出在山西。山西包括晋国，当时春秋时期最重要的国家晋国，都从山西起家的。山西的地势是比较高的，它又依托了内蒙古大草原，土地比较贫瘠，老百姓不往外发展，就无法好好生存，打仗是穷人的事业，富人家不打的。西北兵冲锋在前，绍兴兵都坐在后面，富人是不愿意打仗的。绍兴兵不行，嵊州兵就行了，为什么？出土匪的地方。

所以他做出了一个最重要的战略举措：离开了最重要的战略中心平城，跑到洛阳去了，洛阳当然也是重大的战略要地之一，但是地势的险要、战斗力的强悍完全不能跟平城相比。

第二项，移风易俗，“全盘汉化”，彻底去掉鲜卑族的民族特性，将其完全融入汉族之中。应该说正面意义大于负面影响，因为迁都本身不算一个制度改革，但是它实现了北魏政治中心转移，首都所在都城所在，就是政治之所在，强化了对中原地区的统治。

另外，他为什么要迁都？还有一个很重要的原因，冯太后虽然死掉了，但是元老院里面、贵族院里面这些老大臣还在，什么李沖、李安世他们都还活着。他们是当时冯太后的红人，现在，他们虽然退出了朝廷中枢，但是，那些新官都是他们提拔起来的亲信，有着千丝万缕的联系。魏孝文帝要迁都很重要的原因，就是内心的原因，就是要摆脱冯太后的阴影，摆脱冯太后残余的影响。这些地方让他触景生情，他想起来我在这个地方被我奶奶打了一百棍，他都是回忆，都是一些童年、少年时期不好的回忆。

迁都有利也有弊，迁都的负面因素也是明显存在的，都有哪些呢？

第一个，他耗费了大量的人力、财力、物力，给当时的社会经济造成不利的影响。

第二个，破坏了鲜卑族的纯朴风尚，使鲜卑贵族沾染上魏晋门阀氏族的种种恶习。现在搬到洛阳，洛阳是中原地区统治中心，那里就是“山外青山楼外楼，西湖歌舞几时休”的氛围。人要学好不容易，要变坏，一个晚上就可以变坏了。我要变坏，去洗一次头，洗一次脚就变过去了。比如说八旗子弟，原来都有战斗力，到了后期就是拎着鸟笼子到处蹓跶，骄奢淫逸。

有一个研究者写了一部《魏孝文帝改革研究》的书，他在书中指出，迁都丧失了拓跋贵族集团的强有力支持，造成了洛阳新贵与平城老人之间的疏离和对立，导致统治集团内部的分裂，酿成日后北魏的政治危机，伏下了北魏衰亡的契机。孝文帝去世后仅三十余年，北魏政权便迅速地分崩离析，走向灭亡。秦朝也不是被外面推翻的，也是由统治集团的内乱而颠覆的，因为你把自己的中流砥柱都干掉了。所以是要整顿，但也不能走极端，彻底伤筋动骨。他这一迁都，造成了这么多的问题。

所以宋朝大学者叶適说魏孝文帝“始迁洛邑”的举措，乃是错误的抉择，属于“根本既虚，随即崩溃”。你的最大优势就是你占领了天下的枢纽地区，占领了平城，你离开了平城到了洛阳，就等于动摇了“根本”。我们不能多看教科书，教科书都把人教傻了。

迁都以后做了汉化的措施，那就更值得商榷了。我们看到拓跋宏是虔诚的汉文化的迷恋者，史载其“雅好读书，手不释卷。五经之义，览之便讲。学不师受，探其精奥。史传百家，无不该涉。善谈庄老，尤精释义。才藻富赡，好为文章。诗赋铭颂，任兴而作”，当属不争的事实。这样的价值取向，决定了他主政后大搞“全盘汉化”，乃是必然的选择。

迁都洛阳后，孝文帝即开始雷厉风行推行他的汉化措施了，全方位促进鲜卑族接受汉族文化。具体措施有以下几点：

1. 易服饰。我们领导人出国的场合按道理的话，都应该穿唐装。就是说，服装是一个民族的象征。假如说碰到一个人，穿得端端正正的，是很体面，你就会亲近他。孝文帝改革，重要举措之一，就是易服装，公元495年，下诏禁止士民穿胡服，一律改穿汉服。

2. 讲汉话。孝文帝正式宣布以汉语为“正音”。他说我们这是少数民族，官方语言应该是讲汉语。他把自己的鲜卑语贬之为“北语”，严格要求朝臣“断诸北语、一从正音”。明确宣布“不得以北俗之语，言与朝廷，若有违者，免所居官”“若有故为，当降爵黜官，各宜深戒”。这一来，可是从根子上断了鲜卑文化的血脉，从此以后，没有人会讲鲜卑话了。

3. 改汉姓。太和二十年（496）正月，孝文帝拓跋宏正式下诏改鲜卑复姓为单音汉姓：“北人谓土为拓，后为跋。魏之先出于黄帝，以土德王，故为拓跋氏。”从此以后，鲜卑之姓不见了，从姓名上，再也分不清谁是汉人，谁是鲜卑人了。

4. 定族姓。孝文帝拓跋宏对魏晋以来的门阀制度情有独钟，在改汉姓的基础上，他参照汉族门阀制度的做法，来确定鲜卑族的门第高低，并据此来安排官职，营造社会分层隔断的局面。

根据门第高下来选拔人才，任命官吏，这是一个大问题。比如说院士是书呆子，他连皮鞋左右都分不清，你非让他当校长，他自己都管不好，还能够管好学校？你给崇高的地位也就算了，但如果是据此而选拔人才，当官做宰，那就麻烦大了去了。

5. 通婚姻。你要是通婚姻，问题更大，因为名字改了还不是最要紧，以后换了皇帝，咱们再改回来，而通婚后，双方血浓于水，真的不分彼此了。孝文帝为了使鲜卑和汉两族进一步融合，还大力倡导鲜卑人与汉人互通婚姻。这一来一去，那个血就杂了，这就分不清了。所以，开个玩笑，我们以后若是想要同化日本，可以考虑的选择之一，就是多嫁我们的女人过去，多娶他们的女人做我们的老婆，那就世界大同了。这是最厉害的，他没法打仗了，帮母亲打还是帮父亲打？

他身体力行，带头示范，自己娶门第地位很高的汉世家大族的女子，如范阳卢氏，纳为嫔妃。“太原王氏四姓，衣冠所推，咸纳其女以充后宫”。此外，他还亲自为六个弟弟聘妻室，六个王妃中，除次弟之妻出于鲜卑族外，其他都是汉族。

6. 改籍贯。完全按照自己所居的中原之地为新的籍贯，生活在洛阳的鲜卑人，死后必须埋葬在河南，不能回老家，自此以后，籍贯就是洛阳了。

我们看一下这改革六条，实际上就是“全盘汉化”，他没有语言，也没有自己的姓名，也没有自己的服装，也没有了自己纯粹的血统，这样一来鲜卑就彻底丧失了作为一个民族的独立性。斯大林讲，构成一个独立民族必须具备几个核心要素，即，有自己的语言，也有自己的风俗习惯，有自己的文字。可经孝文帝这么一改革，鲜卑族现在都没有了，完全被汉化了。而且汉化的过程，把南朝地区已经趋于没落了的那一套东西，人为地在北方地区借尸还魂。

有学者认为，魏孝文帝是“迂腐的汉化”“消极的汉化”。消极是汉文化当中的糟粕，生搬硬套的方式，使得尚无厚重文化积淀的鲜卑拓跋氏贵族迅速腐化堕落。当官的目标是权力而不是享受，有了权力就是未来，他已经看多了，他没有新鲜感了。鲜卑族一看不用打仗，有这么好的日子过，意志就消沉了。

鲜卑拓跋氏因此而自断自己的根脉，孝文帝以“全盘汉化”为宗旨与特色的改革，对于北魏王朝来说，对于鲜卑前途命运而言，怎样贬斥也是合情合理。

除了上面这些做法以外，还有一些儒家学说的确立，按照汉族礼仪制度来改造，重用洛阳新贵。应该说他提倡儒学，丢掉了自己的特征与优势——勇武质朴。用我们今天的话说“天下承平，学业大盛”。像宋朝文化之高度繁荣，但是斗志消沉。就说是这种礼仪，起到什么作用？把鲜卑族的血脉给割断了。

原来，鲜卑族有自己的祭天大典，所谓“以酒祭天神主”，并让女巫在祭坛上摇鼓作法，然后再“帝拜，后肃拜，百官内外尽拜”。可是，这也让孝文帝拓跋宏一纸诏令给废除了，而改为采用汉族帝王的祭天地。

从好处讲，他这个“全盘汉化”是贯彻礼乐制度。但是换位思考，这是掘鲜卑族自己的祖坟，断鲜卑族自己的龙脉。很显然，孝文帝他是鲜卑族最大的“叛徒”，做的是敌人想做而做不到的事情。我们现在也是这样的，我们动不动就是西方情人节、圣诞节等等，一个民族自己的根都没有了。所以造成的后果一定是“亲者痛，仇者快”。

孝文帝的行径也是得不偿失的。他要消解冯太后的影响，要摆脱旧贵族的掣肘，要走出平城时代的阴影，建立自己的核心班底，这本来是可以理解的，但是不能操之过急。光用那些比较狭隘的身边的人，那最后一定是会有问题的。

而且把汉族的头面融入到这里面来了，有的是原来就有地位，有的是新贵。所以对鲜卑而言，就是对原来的首都（也就是平城）那帮人的怠慢，对整个鲜卑老根据地地区的忽略，导致了内部的分化。旧贵族还时不时地捣乱，他的儿子也逃了，太子废掉了。太子废掉了可以，但是太子后面是代表着一批人的。最后这种紧张和矛盾全面激化，导致战争全面爆发，而战争一旦爆发，所有人都是输家，北魏王朝土崩瓦解。

隋炀帝也是这个问题，他不愿意接受老父亲的遗产，他发现老臣对他具有非常大的牵制，所以他干脆跑到江都（也就是今天的扬州）去，用的人都是江南地区的地主豪族和知识分子。结果你得罪了你的王公贵族，就是甘肃陕西那边的贵族——关陇集团，这样他们就跟你彻底闹翻了。实际上隋炀帝与唐太宗李世民，大家都是有亲戚关系的，最后闹翻，说到底，是你隋炀帝自己自绝于关陇贵族集团，走到了对立面。所以这始终是一个大问题。孝文帝的错误，是他忘了对老贵族的尊重和照顾，对盘根错节的旧势力，你应该秉持“事缓则圆”的方针，慢慢地加以消化。

对魏孝文帝改革持否定态度的人是很多的，比如说宋代的叶適，明清的王夫之、赵翼等人，都认为迁都洛阳，推行“全盘汉化”的做法是错误的，“不计阶除，不本土俗，不量难易”，结果自然是“昧先后，失名实，不安于本而眩其末”，可谓“好名慕古而不实见国家大计，其害至此”。应该说，这是一针见血、鞭辟入里的批评。他们一直强调孝文帝改革的后果是悲剧性的，“国势之衰，实始于此”“十余年而国为虚”。毫无疑问，对北魏王朝接踵而至的大动乱，魏孝文帝负有不可推卸的责任。

排除叶適他们的意气成分，我们认为还是有一定的道理的。应该说孝文帝改革的初衷，本身并没有错，假如说冯太后不改革，北魏统治是难以维持的，北魏王朝的前景是黯淡无望的，改革就是箭在弦上。改革本身没错，但是孝文帝崇尚汉化，丧失了他自己的威信，主要是他的改革措施也陷入了致命的误区，就是“不本土俗”“不安于本而眩其末”，不适合北魏国家的国情和族情，是他个人好恶感情的冲动，而不是政治理性运作的产物。

孝文帝改革的致命问题，是他在改革过程中，搞所谓的全盘汉化。现在我们跟西方交往的时候，我们中国文化处在弱势的地位，我们脑子里面想的都是自由、民主、人权、平等。包括我们核心价值观，必须有自由、民主，都是来自于西方的核心价值观。

所以，当时孝文帝也一样，看到汉文化里面很多优势，于是他被迷惑了。是一种被动的，丢掉了作为独立民族在改革事业中的话语权。一切唯“汉”是尊，唯“汉”是从。历史有惊人的相似之处。我们今天和当年的孝文帝一样，也同样面临着改革的方向问题，我们有时也得思考，中国本位文化是否太被削弱和消减了？尤其是现在的经济学，完全是西方经济学概念。

我们现在的一些做法也是自我缴械，去拥抱好莱坞，拥抱西方价值观，而孝文帝当时是拥抱汉文化，自己给自己挖掘坟墓。这真是“天作孽，尤可说；自作孽，不可活”。后果至为悲惨，教训极其之大。

总而言之，物质文明、制度文明、观念文明再美好再优秀，也无法直接移植、生搬硬套。否则，就难免是东施效颦、邯郸学步，成为历史舞台上的悲剧角色，孝文帝就是一个悲剧。

应该说，魏孝文帝改革为我们今天提供了弥足珍贵的历史启示，这就是中国的改革向何处去？中国整个改革当中，应该站住什么样的位置？主体性、战略性如何强调？对西方先进的文化怎么借鉴？既不能一味排斥，又不要过度迷信；既不能夜郎自大，也不能照搬照抄。这些都是孝文帝改革为我们提供的一个借鉴。

我们都真正关心中华民族的命运，关心中华民族的前途。而这种命运、这种前途是有历史的教训的，是可以提供我们认真借鉴和深刻参考的，历史的意义正在这里！

图书在版编目(CIP)数据

今宵酒醒何处/黄朴民著. —长沙:岳麓书社,2018. 2

ISBN 978-7-5538-0873-4

Ⅰ. ①今... Ⅱ. ①黄... Ⅲ. ①随笔—作品集—中国—当代

Ⅳ. ①I267. 1

中国版本图书馆 CIP 数据核字(2018)第 007264 号

JINXIAO JIU XING HE CHU

今宵酒醒何处

作　　者:黄朴民

责任编辑:曾德明　吴　茵

责任校对:舒　舍

封面设计:风格八号

岳麓书社出版发行

地址:湖南省长沙市爱民路 47 号

直销电话:0731-88804152　0731-88885616

邮编:410006

岳麓书社网址:www. yueluhistory. com

2018 年 2 月第 1 版第 1 次印刷

开本:890mm×1240mm　1/32

印张:10. 25

字数:222 千字

印数:1—2 000

ISBN 978-7-5538-0873-4

定价:45. 00 元

承印:长沙超峰印刷有限公司

如有印装质量问题,请与本社印务部联系

电话:0731-88884129